WOLFGANG HOHLBEINS
SCHATTENCHRONIK

Band 6

WOLFGANG HOHLBEINS
SCHATTENCHRONIK

Alisha Bionda & S.H.A. Parzzival

CALVIN

Schattenchronikauszüge und Exposémitarbeit
Jörg Kleudgen

BLITZ

BLITZ-Bücher werden nach der alten Rechtschreibung gesetzt.
Wir verwenden ausschließlich umweltfreundliches Papier.

Redaktion: Jörg Kaegelmann
Covergestaltung: Mark Freier (www.freierstein.de)
Illustration: Pat Hachfeld (www.dunkelkunst.de)
Lektorat: TTT, Mallorca
Satz: M. Freier, München
Druck und Bindung: Drogowiec, Polen

www.BLITZ-Verlag.de
ISBN 3-89840-356-4

INHALT

WAS BISHER GESCHAH

Die Vampirin Dilara versucht, Licht ins Dunkel ihrer Vergangenheit zu bringen und sich vom Einfluß des Fürsten der Nosferati, Antediluvian, zu befreien, der ihr durch den Kuß der Verdammnis ewiges Leben schenkte. Als Gefährten gewinnt Dilara den jungen Buchhändler Calvin. Das Vampirpaar beschließt, mit Hilfe der widerständlerischen Vampirgruppe *Cemeteries* den Kampf gegen Antediluvian aufzunehmen. Vorher bittet Calvin Dilara, ihm mehr über ihr Leben zu erzählen.

Sie beginnt mit einer Zeit, in der Antediluvian von ihr verlangte, sich ein Schriftstück aus den Archiven des Vatikans anzueignen, das offenbart, daß die Wiege der Nosferati auf vorsintflutliche Zeiten zurückgeht, und daß einer alten Prophezeiung zufolge das Zeitalter der Zusammenkunft aller Nosferati unter der Herrschaft eines Blutgottes begonnen hat.

1891 begleitete Dilara dann den Anthropologen Roger Gallet auf eine Forschungsreise nach Mexiko. Als die Expedition Aztlan, die Urheimat der Azteken, erreichte, wurde Dilara gefangengenommen und den Dienern des Tonatiuh übergeben, dessen Hohepriester niemand anderes als Antediluvian war, mit dessen Hilfe sie den Sonnenstein raubte.

Gestärkt durch ihre Erinnerungen will Dilara mit ihren Verbündeten den Kampf gegen Antediluvian fortsetzen. Dieser hat andere Pläne. Dilaras Wissen um den Sonnenstein ist der Schlüssel, den er zur Erweckung Tonatiuhs benötigt. Nachts lockt Antediuvian sie in das British Museum, um an einer dort ausgestellten Mumie das Ritual zu vollziehen. Doch der Sarkophag birgt nicht Tonatiuh, sondern Coyolxa. Als die Mondgöttin erwacht, vernichtet sie Antediluvian.

In einer Fernsehsendung sehen Dilara und Calvin die mysteriöse Luna Sangue, die Dilara verblüffend ähnlich sieht, und deren Ziel es ist, den Schattenkelch – der ewiges Leben verheißt – zu finden, was Dilara und Calvin verhindern wollen. Dilara erinnert sich daran, daß sie zu Beginn des Ersten Weltkrieges in Frankreich die Seherin Geneviève Zaeppfel traf, die nach einer Séance entführt wurde. Dilara nahm die Verfolgung auf und wurde in eine Festung verschleppt, aus der sie und Geneviève mit Hilfe von Zigeunern entkamen. Dabei sah Dilara einen Kelch, der wundersame Kräfte zu besitzen schien. Dilara und Calvin brechen auf der Suche nach dem Kelch nach Frankreich auf. Ihre abenteuerliche Reise endet in dem Zigeunerwallfahrtsort Les Saintes-Maries-de-la-Mer. Dort gelingt es ihnen, den Schattenkelch in Besitz zu nehmen und zu fliehen. Kurz darauf verschwindet Calvin. Seine Spur führt zu seinem Vater in Santa Barbara/Kalifornien.

CONSILIUM ABEUNDI

(Der Rat, wegzugehen)

„Ich bin ich, und ich bin ihr Schöpfer. Manchmal frage ich mich, ob es richtig war, ihr den Kuß zu spenden. Ich habe sie gefunden und wieder verloren – dieses Mal endgültig. All mein Streben war vergebens, alle Versuche umsonst, alles Wissen scheint verloren. Habe ich mich zu sehr auf die alten Prophezeiungen verlassen? Ich befolgte, was die alten Codizes vorschrieben. Mein ist die Macht, und doch ist sie mir entglitten. Was habe ich bloß getan?"

(aus den geheimen Aufzeichnungen Antediluvians)

Santa Barbara, Juni 2006

Calvin verhielt zögernd den Schritt, als er sein Elternhaus erblickte, und ein Kaleidoskop der Erinnerungen zog an seinem geistigen Auge vorbei. Aber nur so bruchstückhaft, daß es ihn mehr verwirrte, als Aufschluß zu geben.

Es war auch derzeit nicht wichtig.

Calvin blickte in den strahlend blauen Himmel. Keine Wolke verunzierte ihn. Die für die Küste so typische Meeresbrise fuhr übermütig in die Palmen, die den Strand säumten, und bauschte ihre grünen Wedel wie Fächer auf. Calvin spürte eine melancholische Stimmung in sich aufsteigen. Er hatte das Land als Kind geliebt, war ihm aber durch seine Erziehung in England von der Mentalität her „entrückt".

Dennoch lag ihm Santa Barbara immer noch am Herzen. Für Calvin war es die schönste Stadt an der Central Coast, die im Vergleich zu anderen kalifornischen Städten ihren spanisch-mexikanischen Einfluß im Stadtbild erhalten konnte. Calvin sprach besonders die lebhafte und fröhliche

Aura an. Auch wenn sie nie zu seinem eigenen Naturell gepaßt hatte.

In diesem Augenblick besaß er ohnehin keine Augen dafür.

Nur noch wenige Minuten, und er würde seinen Vater wiedersehen. Wie lange war es her, daß sie sich das letzte Mal von Angesicht zu Angesicht gegenübergestanden hatten? Er wußte es nicht mehr. Alles, was mit seinem Vater in Zusammenhang stand, lag in einer Art Nebel, der durch die Negativerlebnisse und Verdrängungsmechanismen hervorgerufen wurde, die seine Seele zu schützen versuchten. Doch jetzt nützten sie ihm nichts mehr. Nun mußte er sich der Gegenwart und Vergangenheit stellen.

Calvin holte tief Luft und klopfte an die Tür des schmucken Anwesens im maurischen Stil, das von einem gepflegten Garten umgeben war. Als habe das Dienstmädchen bereits hinter der Tür auf ihn gewartet, öffnete es diese und lächelte freundlich und einladend.

„Ich möchte zu meinem Vater!“ sagte Calvin ohne Umschweife. Auch wenn es unhöflich war, so duldete das erste Zusammentreffen mit ihm nach so langer Zeit plötzlich keinen Aufschub mehr, denn der Inhalt des Briefes, den er durch Oliver Richmond erhalten hatte, ließ vermuten, daß sein Vater nicht mehr lange lebte. Calvin verspürte selbst bei dem Gedanken keine versöhnlichen Gefühle in sich.

„Er ist in der Bibliothek“, hörte er hinter sich die Stimme des Dienstmädchens.

„Danke, Jennifer.“ Calvin ging zielstrebig auf das Heiligtum seines Vaters zu. Wie oft verbrachte dieser dort seine Abende und Nächte, während Calvin und seine Mutter...

Calvin verdrängte die finsteren Gedanken, die bei der Erinnerung an seine Mutter in ihm aufzusteigen drohten. Immer noch haßte er seinen Vater für das, was er innerhalb seiner kleinen Familie angerichtet hatte. Dennoch fürchtete sich Calvin vor dem, was er in wenigen Minuten vorfand. Einen gebrochenen, vom Tode gezeichneten Mann? Würde es Vater und Sohn vergönnt sein, noch einmal miteinander zu reden? Sich gar zu versöhnen? Letzteres schloß Calvin zumindest von seiner Seite her aus. So schnell würde er nicht in der Lage sein, seinem Vater zu verzeihen. Trotz allem konnte er die Bande, die *Bluts*bande, die dieser in dem Brief ansprach, nicht vollends verleugnen. Daher verspürte Calvin ein mulmiges Gefühl in der Magengrube, wenn er an die nun bevorstehende Begegnung dachte. Er öffnete lautlos die Tür und trat leise in den Raum ein.

Sein Vater saß im Halbdunkeln und schien ihn nicht zu bemerken. Doch sein: „Da bist du ja, Sohn!“ widerlegte diesen Eindruck.

Calvin zuckte zusammen. Im Gegensatz zu der leicht gebeugten, kraftlos wirkenden Haltung seines Vaters, der sichtlich ergraut war, klang seine Stimme immer noch fest und befehlsgewohnt – und irgendwie energiegeladen.

Anton Percy Vales Geist schien voller Elan und Lebensfreude zu sein, was dem Inhalt des Briefes widersprach.

In Calvin sträubte sich bereits schon wieder alles, als er den Tonfall hörte. Dessenungeachtet fragte er möglichst freundlich: „Wie geht es dir, Vater?“ Diese kurze Frage kostete ihn schon ein Höchstmaß an Überwindung. Am liebsten hätte er sich herumgedreht und schleunigst wieder das Haus verlassen – und somit die Fesseln der Vergangenheit abgestreift.

Sein Vater griff mit der Rechten über die Sessellehne und tastete nach dem Schalter der Lampe, die auf dem kleinen Beistelltisch neben ihm stand. Licht flackerte auf. Nicht grell, sondern anheimelnd und warm.

Calvin schloß trotzdem geblendet die Augen, weil er zufälligerweise genau in die Richtung der Lampe geblickt hatte. Als er die Augen wieder öffnete, stand sein Vater bereits vor ihm. Hochaufgerichtet, keinen Deut Schwäche zeigend und mit einem Lächeln, das nicht triumphierender hätte sein können.

London, Juni 2006, LUNA-Tower

Luna fühlte ungeheure Zufriedenheit in sich aufsteigen. Dilara und Calvin waren endlich getrennt. Das war der erste – der entscheidende – Schritt in ihrem Ränkespiel. Nun konnte sie sich unbemerkt und wie ein Krebsgeschwür ausbreiten und Dilara auf ihre Seite ziehen. Wenngleich sich Luna Sangue ambivalent fühlte bezüglich der Frage, wer wichtiger für sie war, die schöne Vampirin oder ihr langhaariger Gefährte. Aber nun war die Gelegenheit günstig, Dilara aufzusuchen und mit „offenen" Karten zu spielen.

Lunas Mund verzog sich zu einem häßlichen Grinsen. Was man so „offene Karten" nannte. Das As würde sie nämlich im sinnbildlichen Ärmel behalten.

Es klopfte an der Tür.

„Ja, herein!" Lunas Stimme klang wie immer unwirsch, jetzt sogar einen Ton schärfer.

Als Mark Garimont wie erwartet eintrat, wurden ihre Gesichtszüge noch eine Spur ernster und unnahbarer als sonst.

Wieder schoß es Garimont durch den Kopf: Diese Frau ist gefährlich. Daß sie es war, wußte er nun, wenn er bedachte, welche Energien sie verwandte, um an das zu gelangen, wonach es sie gelüstete.

„Da sind Sie ja wieder, Garimont. Was haben Sie uns zu berichten?“ Der Blick, mit dem sie ihn bedachte, glich dem einer Schlange, die ihr Opfer seelenruhig betrachtet, bevor sie es genüßlich verschlingt.

Mark Garimont fror bei diesem Blick, so, wie er immer in der Nähe dieser Frau fror, die Feuer mehr mied als der Teufel das Weihwasser.

Irgendwie paßte es zu ihr. Selbst ihre Wutausbrüche, die er schon erleben durfte, wenn etwas nicht so lief, wie sie es wollte und wie sie es sich vorstellte, waren von berechnender Kälte. Glichen mehr einer Bestrafung desjenigen, den sie trafen, als einer emotionalen Entladung.

„Wir hören!“ Lunas Bernsteinaugen sezierten ihn förmlich.

Mark Garimont atmete tief durch. „Dilara Demimondes und Calvin Percy Vale wurden getrennt. Wie Sie es wünschten!“

Lunas Blick wurde härter. „Das ist aber nicht Ihr Verdienst! Sie haben es nicht einmal vermocht, Dilara zu uns zu bringen!“ Sie hämmerte mit den perfekt manikürten Fingernägeln ihrer rechten Hand auf dem Schreibtisch herum. Eine Geste, die deutlich zeigte, daß sie sehr verärgert war. „Sei es wie es sei, es stimmt, die beiden sind getrennt – und das wurde höchste Zeit. Um den Rest kümmern wir uns erst einmal selbst!“ Sie zog ihre Augen zu engen Schlitzen und beugte sich vor. Mark Garimont spürte Unbehagen in sich aufsteigen. Seit er im Dienste dieser Frau stand, fühlte er sich in ihrer Gegenwart immer häufiger verunsichert. Etwas, das ihm überhaupt nicht ähnlich sah. Aber es war so. Vor allem beschäftigte ihn, daß sie immer im Plural sprach, als wohnten mehrere Seelen in ihr. War sie schizophren? Oder war es nur eine Marotte von ihr?

„Was aber viel wichtiger ist“, fuhr sie ungerührt fort. „Was ist mit dem Schattenkelch?“

London, Juni 2006, Scotland Yard

Cassandra erschien fast eine Stunde früher zum Dienst, und doch war ihr Partner Mick schon zugegen. Seine durchtrainierte Gestalt saß zusammengesunken auf dem Bürostuhl, und er hätte den Eindruck erweckt zu schlafen, wenn ihn nicht die seltsam dunklen, bronzefarbenen Augen verraten hätten, die im Neonlicht zwischen den Augenlidern aufblitzten.

Cassandra blieb an dem kleinen Zwischenfenster stehen, beobachtete Mick vom Gang aus und ertappte sich dabei, daß sie leise aufstöhnte. Dieser Mann sah einfach nur gut aus. Nach einem weiteren kleinen Seufzer öffnete sie die Tür und betrat das gemeinsame Büro. Als Cassandra ihren Partner wieder ins Blickfeld bekam, blätterte er in einer losen Klarsichtmappe. „Schon auf den Beinen?" murmelte Mick und tat so, als sei er seit längerem mit dem Studium diverser Papiere auf seinem ansonsten fast penibel aufgeräumten Schreibtisch beschäftigt.

„Ich habe die Nacht schlecht geschlafen." Cassandra stellte den kleinen Rucksack, den sie täglich zum Dienst mitnahm, auf ihren Platz. Ihr Arbeitsbereich machte einen weitaus chaotischeren Eindruck als der ihres Partners. „Dein Abgang bei mir gestern war schon etwas seltsam."

Es war Mick nicht anzumerken, ob er eine Anspielung auf sein eigenartiges Verhalten in Cassandras Apartment erwartet hatte, denn er war fluchtartig aus ihrer Wohnung gestürmt, als diese sorgsam verdrängten Gefühle wie eine heiße brennende Woge in ihm hochstiegen.

Der Hunger nach Fleisch!

*Menschen*fleisch!

„Mir ging es plötzlich nicht gut, Cassandra." Mick bemühte sich, seiner Stimme einen beiläufigen Tonfall zu geben. Er sortierte halbherzig seine Papiere weiter und vermied den direkten Blickkontakt. „Entschuldige bitte."

„Keine Ursache. Mir kam es überhaupt nicht so vor, als würde es dir nicht gutgehen. Du sahst gestern abend blendend aus. Frisch und voller Vitalität."

Mick zwang sich zu einem Grinsen und nahm, ohne seine emsige Sortiertätigkeit zu beenden, Cassandra näher in Augenschein. Heute steckte ihre füllige Figur in einem dunklen Overall mit sehr tiefem Ausschnitt. Der Ansatz ihrer Brüste war mehr als gut zu erkennen. Ihre helle, fast weiße Haut schimmerte jung und frisch. Auffällig an ihrem glatten, ungeschminkten Gesicht waren lediglich die kurzgeschnittenen roten Haare.

Dieses Outfit tut deiner Erscheinung außerordentlich gut, dachte Mick leicht amüsiert und ließ seinen Blick für einen kurzen Augenblick – länger als sonst – auf Cassandra ruhen. Genau für diesen Moment, der von Frauen wie ihr mit Erleichterung und Genugtuung wahrgenommen wurde. Der wie Seelenbalsam wirkte.

„Was war mit dir?" hakte Cassandra nach. Kaum hatte sie auf dem kargen Bürodrehstuhl Platz genommen, streckte sie Arme und Beine von sich, räkelte sich und gähnte lautstark. „Du hast doch nicht etwa in meiner Wohnung Angst vor mir bekommen?" fragte sie, dabei erinnerte sie sich genau, daß sich in *ihr* ein beklemmendes Gefühl breitgemacht hatte.

Mick registrierte, wie sich der dünne Leinenstoff über ihre festen Brüste spannte. Plötzlich war Cassandra wieder dieser große, weiche, warme Fleischberg für ihn. Gebannt starrte er auf die makellose weiße Haut ihres Dekolletés, und sein Blick wanderte weiter zu dem straffen Hals. Alles war so wunderbar fest und doch von einer fraulichen Weichheit. Beinahe genüßlich nahm er ihren angenehmen Körperduft, der ihn in kleinen Wellen erreichte, in sich auf.

„Warum sollte ich vor dir Angst haben?" fragte er und machte ein betont erstauntes Gesicht, um es einen Atemzug später belustigt wirken zu lassen. „Bestand denn Grund dazu?"

„Wer weiß, vielleicht hast du ja geglaubt, ich würde dich in mein Schlafzimmer zerren." Cassandra senkte ihr Kinn auf die Brust und entschloß sich, den breiten Reißverschluß einige Zentimeter weiter nach oben zu ziehen. Schlüpfrige Gespräche in dieser Pose waren ihr dann doch zu heikel.

„Sehe ich so aus, als wäre ich dem nicht gewachsen?" wollte Mick zum ersten Mal an diesem Tag mit fester Stimme wissen.

Cassandra stutzte und verspürte urplötzlich ein leichtes Kribbeln in der unteren Magengegend. Mit dieser mehrdeutigen Antwort hatte sie nun wiederum nicht gerechnet. Eher mit einem kurzen Lachen, aus dem alles Mögliche, nur keine wohlwollende Aufmunterung zu interpretieren war.

„Nein, so siehst du ganz sicher nicht aus", gestand sie zögernd und nachdenklich. „Vielleicht hätte ich die Gelegenheit nutzen sollen, um dich in deinem kleinen Anfall von Schwäche gefügig zu machen."

Sie erschrak selbst über die Deutlichkeit, mit der sie den letzten Satz ausgesprochen hatte und schickte sicherheitshalber noch schnell ein kurzes Kichern hinterher, das der Situation die Unbeschwertheit, die ihren sonstigen Umgang bestimmte, zurückgeben sollte.

Mick fixierte sie mit seinem männlich harten Blick. „Probier's doch einfach mal aus."

Cassandra schluckte. Das war deutlich gewesen!

Als ihr Telefon zu läuten begann, registrierte sie es erst nach einigen Sekunden. In ihr breitete sich ein wohliges Gefühl aus. Ihr gutaussehender Partner nahm sie auch als Frau wahr. Auf eine Art und Weise, wie sie es bis gerade eben noch nicht zu hoffen wagte. Sie hob den Hörer ab und seufzte ihren Namen in die Sprechmuschel.

London, Juni 2006, Park Lane

Dilara verzog unwillig das Gesicht, als es an der Tür klopfte. Seit sie aus Frankreich zurückgekehrt war, hatte sie ihr Haus in der Park Lane kaum verlassen. Zu sehr beschäftigten sie die vergangenen Ereignisse, besonders Calvins Verschwinden, das sie nicht verwinden konnte.

Wieder klopfte es.

Dilara stand mit einem Laut des Unmutes auf und eilte an die Tür.

Das Klopfen wurde eindringlicher.

„Jaja, ich komme ja schon!“ fauchte Dilara verärgert, öffnete mit einem Ruck die Tür und prallte zwei Schritte zurück, als sie die junge Frau erspähte, die auf der Schwelle stand. „Delphine!“ entfuhr es ihr fassungslos.

„Hallo Dilara“, antwortete diese, als wäre es das Selbstverständlichste von der Welt. Als hätten sie sich tagtäglich gesehen – seit damals.

Dilara war es, als würde ihr jemand die Kehle zudrücken. Sie öffnete den Mund, brachte aber keinen Ton heraus und starrte statt dessen die junge Frau mit den hellblonden Haaren und der weißen Strähne an. Dilaras Blick wanderte auf den Ring, den die lolitahafte Erscheinung trug. Er wies einen großen schwarzen Stein von ovaler Form auf, in dessen Oberfläche ein Muster eingraviert war.

Der auf dem Kopf stehende, fünfzackige Stern!, dachte Dilara. Und dann durchzuckte es sie: Sie hat sich keinen Jota verändert.

Delphine war immer noch schön, von mädchenhafter Ausstrahlung, mit einem engelsgleichen Lächeln und – wie Dilara sofort spürte – einer nach wie vor abgrundtief bösen Seele.

Gerade das war das Gefährliche an ihr. Daß sie wie die Unschuld in Person wirkte, aber der Teufel in Vampirgestalt war. Mehr noch.

Dilara rang nach Fassung. Spielte ihr das Schicksal wieder einen Streich? Daß Delphine ausgerechnet jetzt auftauchte, wo Dilara Calvin verloren glaubte. Auch wenn sie das weit von sich wies, aber ihre telepathische Verbindung war zerbrochen. Dilara hoffte, daß es nur *das* war. Die andere, ebenfalls naheliegende Möglichkeit, daß Calvin von einem ihrer Verfolger vernichtet worden war, wies die Vampirin gedanklich weit von sich. Das durfte einfach nicht sein!

„Darf ich hereinkommen?“ fragte Delphine in Dilaras Gedanken hinein.

Die nickte nur. Zu sehr überraschte sie das Erscheinen ihrer ehemaligen Blutsschwester zu gerade diesem Zeitpunkt. Das konnte kein Zufall sein. Und Delphines nächste Wort erhärteten diesen Verdacht: „Du steckst in Schwierigkeiten.“ Sie warf ihr langes, fast weißblondes Haar über die zarten Schultern und fügte mir ihrer souligen Stimme hinzu: „Aber ich werde dir helfen!“

Der Houngan vollführte mit ekstatischen Bewegungen sein Ritual. Mick verfolgte den Tanz aus rotgeränderten Augen. Er spürte deutlich, daß etwas in ihm vorging, das ganz und gar nicht zu dieser Zeremonie und ihren Teilnehmern gehörte. Der haitianische Priester beschwor einen kürzlich Verstorbenen, um dessen verlorene Seele einzufangen. Seine Schreie und Gebete sollten ihn zum Astralzombie machen. Die hektischen Bilder verschwammen vor Micks Augen. Er mußte sich abwenden und zog sich langsam rückwärts kriechend aus der Gruppe zurück.

In seinem Inneren wogte ein Gefühlsorkan nie gekannten Ausmaßes. Weiße und schwarze Kräfte kämpften miteinander, verwoben sich auf eine für seine Seele schmerzhafte Art und Weise.

Mick stöhnte und zitterte. Inzwischen hatte er sich bereits soweit von den anderen entfernt, daß sie seinen erbärmlichen Zustand nicht bemerken konnten.

Er schwitzte, und das dunkle Haar klebte wie ein unheilvolles Zeichen auf seiner Stirn.

Appetit auf Menschenblut verspürte er, seit er denken konnte. Anfangs noch latent und durchaus erträglich, wuchs das herrische Gefühl jedoch merklich Jahr um Jahr zu einer stacheligen Gier heran. Noch immer hielt er sich unter Kontrolle, doch jetzt paarte sich Blutdurst mit dem Verlangen nach Menschenfleisch. Zusammen wurde diese unheilvolle Mischung übermächtig, ja geradezu unerträglich, und ergriff Besitz über sein Denken und Handeln.

Mick erhob sich mit steifen Gliedern und entfernte sich langsam von dem heiligen Voodooplatz. Von diesem Augenblick an war er nicht mehr der, dessen Seele er in sich zu erkennen glaubte. Von Stunde zu Stunde wuchs die Sucht nach Menschenblut und -fleisch in ihm. Jeder weitere Tag wurde zu einer unüberwindbaren Qual und grausamen Last.

Doch seine überaus starke Persönlichkeit ließ ihn zu einer Gesamtheit reifen, die ihn zum Obersten Götzen innerhalb einer Baka-Sekte machte. Sein tiefes Seelenlicht zwang sich zu einem Kraftakt, dessen Ausmaß weder für ihn noch für jemand anders deutlich werden konnte.

Nach einem anstrengenden Jahr der inneren Zerrissenheit verließ Mick Haiti und fand eine neue Heimat in den USA. Von dort zog es ihn schon nach kurzer Zeit auf die europäische Insel England, genau in die nebeligen Straßen von London. Er konnte sich nicht erklären, warum gerade dieser Ort eine so unglaubliche Anziehungskraft auf ihn ausübte.

War es die heimliche Bewunderung für einen geheimnisvollen Schlitzer, der unter dem Namen Jack the Ripper bis heute unbekannt bleiben konnte? Oder war es eines der vielen anderen Mysterien, die diesen Kontinent so magisch auf ihn wirken ließen?

Mick wußte es nicht, zumindest erhielt er dort seine innere Zufriedenheit Stück für Stück zurück, und seine zeitweise so gequälte Seele kam zur Ruhe.

Ihm gelang es, seinen Herzenswunsch zu realisieren: eine zeitweilige Anstellung als Schutzpolizist bei Scotland Yard. Doch damit nicht genug, in nur wenigen Jahren schaffte er es, die Karriereleiter behende emporzuklettern – argwöhnisch beobachtet von einigen Kollegen. Aber das kümmerte ihn nicht. Er ging seinen Weg und erlebte in London die glücklichsten Jahre seit seiner frühen Kindheit auf Haiti.

London, Juni 2006, Scotland Yard

Cassandra erzählte ihrem Partner lachend etwas von dem kurzen Telefonat, doch Mick wirkte völlig geistesabwesend und schien durch sie hindurchzustarren.

Komisch ist er wirklich, dachte die junge Polizistin, aber in ihrer aufblühenden Verliebtheit nahm sie auch wahr, wie aufregend und unglaublich erotisch dieser Sergeant der Spezialeinheit auf sie wirkte.

Cassandra verlor sich ebenfalls in ihren Gedanken, und als sich die Blicke der beiden nach einer Weile bewußt trafen, lächelten sie zusammen in einer wunderschönen Art von beginnender Verbundenheit.

Der hauseigene Sesselfurzer Dr. Peter Grean war es dann, der diesen kurzen Moment der Vertrautheit jäh zerstörte.

„Es gab einen weiteren Mord!“ brüllte er in den Raum. Sein Gesicht hatte bereits wieder die Farbe einer Blitzleuchte angenommen. „Auf zum Tatort! Ab jetzt müssen endgültig Ergebnisse her!“

Der Blick aus Micks bronzefarbenen Augen heftete sich auf seinen Vorgesetzten. Der zog es vor, im Türrahmen zu verbleiben. „Ich weiß, daß ich mich ständig wiederhole!“ Greans Stimme klang genervt. „Aber wenn sich nicht bald etwas tut, sehe ich mich gezwungen, euer kleines Team aufzustocken oder sogar gänzlich zu verändern. Will heißen: umzubesetzen!“

Mick blieb unbeeindruckt sitzen, während Cassandra bereits einige Dinge aus ihrem Rucksack nestelte. „Wir sind schon unterwegs“, beeilte sie sich zu versichern.

London, 2006, in den Katakomben der St. Paul's Cathedral

Guardian lief unruhig in seiner mit schlichtem Mobiliar versehenen Kammer hin und her. Er vermied es erst, Antediluvians Räumlichkeiten zu bewohnen, aber nach einer Weile kam es ihm geradezu grotesk vor, sich Einlaß in die Welt des ehemaligen Fürsten der Nosferati zu erbitten und sich dann seinem „Allerheiligsten" zu entziehen. Anfangs ging Guardian für seine Verhältnisse zurückhaltend an das Refugium des Urnosferatus heran. An dessen Vermächtnis. Aber dann, als die ersten zögerlichen Schritte getan waren, erwachte seine Wißbegier, und er tauchte mehr und mehr in Antediluvians faszinierende Welt ein. Allein die Bibliothek versetzte den blonden Vampir in Verzückung. Diese schier endlosen Massivholzregalreihen, vollgestopft mit Büchern aller Alter und Arten. An einer Felswand standen verschlossene Vitrinen, in denen besonders wertvolle Werke aufbewahrt wurden. Schon von Kindesbeinen an fühlte sich Guardian dem geschriebenen Wort verbunden und hatte, während seine Spielkameraden die Gegend unsicher machten, lieber lesend in einer stillen Ecke gesessen. Als er Antediluvians Bibliothek zum ersten Mal betreten hatte, wußte er sofort, das sollte fortan *sein* Raum werden! Dort würde er sich die meiste Zeit aufhalten! Und so war es auch gekommen. Doch nicht nur die Bücher, sondern auch die Schätze, die er vorfand, beeindruckten ihn zutiefst. Sie waren im Gros weniger von weltlichem Wert als von geistig-kulturellem.

Mehr und mehr wandelte sich während des Sichtens das Bild, das sich Guardian von Antediluvian gemacht hatte.

Besonders als er eines Nachts, während seiner Streifzüge durch die Katakomben, auf die Grotte mit dem Altar und dem Tempelschrein stieß, aus dem einst Dilara und Calvin die Schattenchronik entnommen hatten, ihn öffnete und die in altes, rissiges Leder gebundenen Büchlein fand, die Antediluvians handgeschriebene Aufzeichnungen enthielten.

Wie es Dilara schon vermutet hatte, war der Urnosferatu keinesfalls ihr Feind gewesen. Guardian hatte sich erst immer wahllos einen der kleinen Bände aus der erstaunlichen Menge herausgezogen, dann aber zunehmend gezielt und der Chronologie entsprechend.

Was er dabei zutage förderte war ungeheuerlich.

London, Juni 2006, Hyde Park

Die beiden Special-Cops tauchten mit gemischten Gefühlen am Tatort auf. Cassandra aß beim Verlassen des Einsatzwagens noch schnell eine Banane. Dieses Obst vermochte es auf fast wundersame Weise, einen nervösen Magen zu beruhigen. Mick hingegen fühlte schon wieder den teuflischen Hunger in sich aufsteigen. Bereits der Gedanke an das, was ihn jetzt erwartete, regte sein Gehirn und alle dazu gehörigen organischen Funktionen an.

„Was ist nur in London los?“ Cassandra sprach es mehr zu sich selbst und rückte nervös an der weiten Lederjacke, die sie jetzt über dem Overall trug.

Mick schlug die Wagentür hinter sich ins Schloß und klappte seinen Mantelkragen hoch. Die wärmende Morgensonne ließ noch auf sich warten.

„Ich befürchte, bis heute abend brauchen wir Ergebnisse, sonst verändert sich vielleicht wirklich unsere Teamaufstellung!“ rief Cassandra etwas vernehmlicher zu ihrem Partner hinüber.

Mick steuerte um den Polizeiwagen herum und breitete in hilfloser Geste beide Arme aus.

„Hier passiert etwas, in einem Ausmaß, dem wir unter Umständen nicht gewachsen sind.“

„Wie bitte?“ Cassandra machte große Kulleraugen. „Höre ich da so etwas wie Resignation in deinen Worten? Da habe ich dich irgendwie anders eingeschätzt.“

Mick nahm seine Kollegin in den Arm und drückte sie einmal kurz an sich. „Keine Angst, wir schaffen das schon. Allein aus dem Grund, um diesem diensteifrigen Grean zu zeigen, daß wir ein gutes Team sind.“

Ein weiterer Beamter in Ganzkörperplastikkleidung fotografierte, was die Technik nur hergab. Während Sensationsreporter der örtlichen Yellow Press hinter einem schnell aufgerichteten Schutzzaun Känguruhsprünge aufführten, um möglichst viele Fotos vom Tatort zu schießen.

Mit steifen Fingern begann Cassandra mit der Routinearbeit. Fast mechanisch füllte sie ein Formular nach dem anderen aus und warf ab und an einen Blick auf ihren Kollegen.

Mick stand mit unbewegter Miene vor den zerfetzten Leichenteilen. Lediglich an seinen arbeitenden Kieferknochen konnte man erkennen, wie sehr auch ihn dieser neuerliche Mordfall berührte.

„Wir haben wieder einen Serienkiller in London!“ rief Cassandra in seine Richtung.

„Ja, und diesmal in einer besonders wahnsinnigen Ausführung“, pflichtete ein Kollege der Spurensicherung bei, ohne den Blick von seiner Arbeit abzuwenden. „Und es handelt sich nicht nur um eine einzige Person. Das ist eine ganze Meute von reißenden Bestien."

„Bestien?" fragte Cassandra erstaunt. „Sie vermuten, daß Tiere dieses Blutbad hier angerichtet haben?"

„Nein! Tiere sind zu so etwas nicht in der Lage. Das ist eindeutig das Werk von Menschen."

Wenn man für solch einen Täter überhaupt noch den Begriff *Mensch* verwenden darf, überlegte Cassandra und setzte angewidert ihre Notizen fort.

Mick schritt den Tatort auf und ab, beugte sich an einigen Stellen herunter. Es schien, als würde er schnuppern, eine Witterung aufnehmen.

Cassandra beobachtete ihn fasziniert. Die Bewegungen ihres Partners wirkten geschmeidig und zielorientiert. Es war sehr anregend, ihn zu beobachten. Sie spürte auch sehr deutlich, daß Mick etwas ahnte oder sogar wußte, zumindest mehr, als er bis jetzt zugegeben hatte. Und irgendwie wurde sie das Gefühl nicht los, daß die Morde mit dem sonderbaren Mann mit den blonden halblangen Haaren und den stechenden blauen Augen in Zusammenhang zu bringen waren. Wie hatte Mick ihn genannt? Cassandra dachte angestrengt nach. Guardian... ja, Guardian. Sie sah noch das Bild vor ihren Augen, wie er im Hyde Park in der Nähe der letzten Leiche stand und diese seltsamen Worte mit ihrem Partner wechselte.

Cassandra trat nah an Mick heran. „Was tun wir jetzt?"

Der blickte sie nur traurig an und sagte nichts.

Cassandra befestigte den Stift an ihrem kleinen Klemmbrett, klappte die spärlich ausgefüllten Formulare zurück und verstaute alles zusammen in der Innenseite ihrer gefütterten Lederjacke.

„Mick!" Sie sah ihn beschwörend an. „Was weißt du? Die Begegnung gestern mit dem Blonden. Hat er etwas mit den Morden zu tun?"

Mick blieb seltsam stumm.

„Du weißt was. Richtig?“ Cassandra hielt ihre Stimme gesenkt. „Bitte, rede mit mir!“ Sie kannte in groben Zügen die Karriere ihres Partners. Er hatte es geschafft, einen Fall nach dem anderen zu lösen, war von Erfolg zu Erfolg geeilt, und nun starrte er stumm vor sich hin und wußte nicht mehr weiter?

Das paßte nicht zusammen!

Mick berührte seine Kollegin sanft an den Schultern, und sofort beruhigte sich Cassandra wieder. „Ja, ich habe eine vage Vermutung“, antwortete er wortkarg.

„Und?“ Sie sah ihn beinahe flehend an. „Was machen wir? Wo setzen wir an?“

„Macht dich Dr. Grean nervös?“

„Unsinn!“ Cassandra trat einen Schritt zurück und deutete auf den Arbeitsplatz der Spurensicherung. „*Das* macht mich nervös, Mick! Dieser Schauplatz einer sinnlosen Metzelei!“

Mick nickte. Cassandra hatte recht. Er mußte zu sich finden. Warum sollte er sich jetzt und gerade in diesem Fall bremsen. Er ahnte, wo er ansetzen mußte. Es gab keine Zeit mehr zu verlieren. Der Countdown lief – ab sofort!

Santa Barbara, Juni 2006

Calvin blieb gedankenversunken an dem Hafen von Santa Barbara stehen und betrachtete das spiegelglatte Wasser und die Schiffe vor sich, die sich seicht im Wind bewegten. Sollte es tatsächlich möglich sein, daß die Gefahr für seine Art, die von diesem fließenden Element ausging, durch den Schattenkelch abzuwenden war? Daß sie durch die Macht des Kelches wirklich unverwüstbar wurden?

Calvin dachte an Dilara, und die Sehnsucht nach ihr wurde beinahe unerträglich. Er fühlte sich unvollständig ohne sie, doch auch wenn es ihm enorm viel abverlangte, sie nicht an seiner Seite zu haben, diese Wegstrecke mußte er alleine gehen.

Dilara im Ungewissen über seinen Verbleib lassen zu müssen, schmerzte ihn zusätzlich.

Es ist notwendig, hämmerte er sich immer wieder ein.

Aber Zweifel nagten an ihm. War es das tatsächlich? Wäre es nicht sogar klüger gewesen, sie mitzunehmen? Sie an seiner Seite zu haben, hatte ihn bisher immer gestärkt.

Calvin seufzte, und ihn beschlich mehr und mehr das Gefühl, daß ihm die Dinge allmählich entglitten – daß er manipuliert wurde. Und zwar von seinem Vater. Was nicht sonderlich erstaunlich gewesen wäre, da dieser schon immer dazu neigte, anderen seinen Willen zu diktieren. So viele Geheimnisse sein Vater auch um seine Bruderschaft machte, so sehr verplauderte sich Oliver Richmond manchmal. Mit beinahe fanatischem Glanz in den Augen hatte er mehr als einmal geschwärmt, wie sehr Anton Percy Vale diese Gemeinschaft beherrsche.

„Und nicht nur diese. Auch dein privates Umfeld, allen voran Mutter!" murmelte Calvin wütend vor sich hin, und der Groll auf seinen Vater wurde wieder übermächtig.

Dilaras lachendes Gesicht schob sich vor sein geistiges Auge. Calvins Herz vollführte einige heftige Schläge und krampfte sich dann zusammen. Dilara, dachte er inbrünstig und versuchte, sie mental zu erreichen. Aber ihre besondere Verbindung war gestört.

Calvin ging gedankenversunken die State Street entlang. Auf den breiten Gehsteigen der Hauptstraße bummelten lachende Touristen, und die Einwohner erledigten ihre täglichen Einkäufe. Calvin passierte dicht besuchte Straßencafés, Läden, die kunstgewerbliche Artikel anboten, noble Antiquitätengeschäfte und Boutiquen. Doch er beachtete das lebhafte, bunte Treiben nicht. Dabei ruhte sehr wohl mehr als ein Blick der jungen Frauen, an denen er vorbeiging, auf dem langhaarigen jungen Mann. So sehr ihm das früher geschmeichelt hätte, so wenig interessierte es ihn, seit sich sein Leben derart verändert hatte. Seit... seit Dilara.

Calvin spürte einen Stich in der Herzgegend beim Gedanken an seine schöne Vampirgefährtin. Doch er verdrängte ihn ebenso rasch wieder, wie er in ihm aufgeflackert war. Langsam ging er den Hügel, auf den er sich zielstrebig zubewegt hatte, hinauf und erreichte sein Ziel in der Laguna Street: die 1786 erbaute Mission über der Stadt, die eine klassische Mischung von spanischer und maurischer Architektur darstellte. Calvin verharrte eine Weile, in den Anblick des von den Chumash-Indianern erbauten Gebäudes vertieft. „Die Königin der Missionsstationen“, murmelte er leise. „Ist das nicht etwas weit hergeholt?“ Sein Blick wanderte zu den beiden Türmen, die 1820 hinzugefügt worden waren. Schon als kleiner Junge hatte dieses Bauwerk seine Phantasie angeregt. Immer dann, wenn seine Mutter ihn in das in der Station befindliche Museum mit Kunstgegenständen aus der Kolonialzeit der Spanier mitgenommen hatte. Calvin erinnerte sich noch daran, wie anschaulich sie ihm die Arbeit der Franziskanermönche erklären konnte. Besonders waren ihm aber ihre ernsten Schilderungen über das Los der Indianer in Erinnerung geblieben: Indianer, die entweder durch eingeschleppte Krankheiten oder die Fronarbeit, die sie den Mönchen erbringen mußten, beinahe völlig ausgerottet worden waren.

Calvin trat auf den Friedhof und verspürte wieder die morbide Aura dieses Ortes beim Gedanken daran, daß in den Massengräbern vor ihm beinahe viertausend Chumash-Indianer lagen. Calvin verließ den Friedhof wieder und ging in den wunderschönen Garten im Innenhof der Mission, setzte sich dort auf eine Bank und blickte hinaus in die Ferne. Er dachte erneut an Dilara und den Schattenkelch und fragte sich, wie alles weitergehen sollte.

Mit ihm, dem Kelch und Dilara – und er wußte plötzlich mit Gewißheit, daß er selbst der Ausschlaggebende in der Entwicklung war. Calvin seufzte. Und hier konnte nur einer Aufschluß geben: sein Vater!

London, Juni 2006, Park Lane

Dilara fühlte sich wie zerschlagen.

Doch was hatte Calvin einmal zu ihr gesagt: „Auch Scherben können blühen, Dilara."

Sie hoffte es – nein, sie wünschte es sich!

Immer wieder rief sie sich den Brief, den Oliver Richmond ihrem Gefährten überreicht hatte, in Erinnerung. War Cal dem Ruf seines Vaters gefolgt? Der Bitte um Aussöhnung? Hatte er seinen Vater noch lebend angetroffen? Aber warum war das spezielle Band zwischen ihr und Calvin zerrissen? War er doch gegangen? Oder von den Zigeunern, die den Schattenkelch wieder an sich bringen wollten, gestellt und überwältigt worden?

Dilara schloß die Augen. Die Vorstellung, ihren Gefährten nie wiederzusehen, raubte ihr fast die Sinne. Sie wollte es sich erst gar nicht ausmalen. Doch die Furcht blieb in ihr und wurde eher größer als geringer.

Dilara versuchte sich zu beruhigen. Er mußte gehen, sagte sie sich immer wieder. Weil es wichtig für ihn war. Aber auch für sie. Das Bild des Schattenkelches tauchte vor ihrem geistigen Auge auf. Der kunstvoll gearbeiteten Zinnfuß, das blaue schlichte Gefäß. Der Kelch war unscheinbarer als die anderen gewesen, die die Zigeuner versammelt hatten. Und doch ruhte soviel Kraft in ihm. Kraft, die aber nur durch Calvin und das in ihm verborgene Wissen zur Entfaltung kam. So hatte es zumindest den Anschein!

Dann wanderten ihre Gedanken zu Delphine, die gerade jetzt nach so langer Zeit wieder aufgetaucht war. Was mochte das alles bedeuten?

Ruhelos und innerlich zerrissen irrte Dilara nachts durch das dunkle London, und ihre Seele lief Gefahr, ihre Verankerung zu verlieren.

In dieser Zeit war ihr Guardian eine wertvolle Stütze. Guardian, dieser undurchschaubare, ihr wohlgesonnener – soviel war gewiß – Vampir, der Einzug in Antediluvians unterirdisches Reich gehalten hatte. Anfänglich verspürte Dilara noch Scheu und Widerwillen, wenn sie hinab in die Katakomben unter der St. Paul`s Cathedral floß. Aber sehr schnell fühlte sie sich dort heimisch.

Wie auch in dieser Nacht, als sie wieder Guardians Nähe suchte.

Sie nahm ihm gegenüber, auf einem reichverzierten, geschnitzten Holzstuhl mit breiten Armlehnen, die mit Leder überzogen waren, Platz. Guardian saß hinter Antediluvians mächtigem Schreibtisch und las, bevor Dilara eingetreten war, in einem kleinen Lederband.

Dilaras grüne Augen taxierten den blonden Vampir. „Wie

hast du es eigentlich angestellt, daß der Rat der Alten zugestimmt hat, daß du hier Einzug hältst?“ Sie schlug die langen, schlanken Beine übereinander.

Sie wird immer schöner, durchfuhr es Guardian. Selbst die Ungewißheit über Calvins Verbleib vermochte es nicht, ihre Ausstrahlung zu mindern. Im Gegenteil. Die Zerrissenheit brachte etwas Wildes und Leidenschaftliches auf ihre Gesichtszüge, das sie noch schöner und zügelloser wirken ließ. Der weinrote Seidenanzug und die in einem dunkleren Farbton darauf abgestimmte Bluse brachten ihre weiße Haut und die dunklen Haare, die wieder eine Spur länger geworden waren, vollends zur Geltung. Dilara wirkte reifer, seit sie Calvin kannte. Was paradox erschien, da der langhaarige Vampir jünger als sie war. Aber er war ihr – nein, berichtige er sich, *ihnen* – in einigen Dingen voraus. Das spürte Guardian nicht nur, das wußte er auch.

„Warum die Alten meinem Einzug in Antediluvians Reich zugestimmt haben, fragst du?“ Er zuckte mit den Schultern. „Ich kann da nur Vermutungen anstellen.“

London, Juni 2006, Park Lane

Hört das denn nie auf?, fragte sich Dilara genervt, als es an der Tür klopfte, in diesem Haus geht es seit neustem zu wie in einem Taubenschlag.

Es war nicht einmal eine halbe Stunde her, daß sie aus Guardians unterirdischem Reich zurückgekehrt war. Guardian, dachte sie versonnen, seit er in den Katakomben der St. Paul´s Cathedral residiert, haftet ihm etwas Hoheitsvolles an.

Das Klopfen wurde immer heftiger. Der Besucher, der Einlaß begehrte, schien ein ungeduldiger Zeitgenosse zu sein. Ja doch, durchzuckte es Dilara ärgerlich. Sie fragte sich, wer sie zu so nachtschlafender Zeit zu stören wagte, denn es hatte schon vor einer Weile zur Mitternacht geschlagen.

Sie riß die Tür auf, und die unwillige Bemerkung blieb ihr im Munde stecken, als sie die Frau vor sich stehen sah.

Luna, durchfuhr es sie, Luna Sangue, die hat Nerven, hier wieder aufzutauchen.

All der Groll, den sie gegen diese Frau hegte, besonders seit diese ihre Krallen nach Calvin ausgestreckt hatte, stieg in ihr hoch.

„Wir müssen mit dir sprechen, Dilara!“ sagte Luna mit ihrer rauchigen Stimme und verhielt sich so, als wäre es das Selbstverständlichste auf der Welt, als wären sie gute, alte Bekannte.

Wir?, fragte sich Dilara, wer ist *wir*? Sie trat zu ihrem eigenen Erstaunen zur Seite und deutete Luna mit einer knappen Handbewegung, ihr ins Innere des Hauses zu folgen. Allerdings geleitete sie ihren Besuch nicht in das große Kaminzimmer, sondern in die antik eingerichtete Wohnküche.

Luna setzte sich ohne Aufforderung an den runden Küchentisch, der – von Holzstühlen umgeben – in einer gemütlichen Ecke stand und beobachtete Dilara, die ebenfalls Platz nahm. Minutenlang saßen sie sich schweigend gegenüber und starrten sich an, bis Dilara letztendlich die Stille unterbrach.

„Sie wollen mich sprechen?“ fragte sie ruhiger, als sie es innerlich war. „Worüber? Was führt Sie zu mir?“ Sie vermied es bewußt, so wie Luna eine persönliche Anrede zu benutzen, um eine Distanz zwischen ihnen zu wahren.

Luna Sangue schien das nicht sonderlich zu beeindrucken. „Wir möchten dir ein Angebot unterbreiten.“

„Mir?“ In Dilaras grüne Augen trat ein kaltes und mißtrauisches Funkeln. „Welches Angebot sollten *Sie* mir schon machen können? Und vor allem, *warum*?“

„Weil uns mehr verbindet, als du denkst!“

„Ach nein, was Sie nicht sagen!“

Luna enthielt sich einer sofortigen Antwort, öffnete die elegante Ledertasche, die sie bei sich trug, zog ein altes, vergilbtes Dokument hervor, legte es vor sich auf den Holztisch und schob es dann zu Dilara herüber.

„Lies!“ forderte sie diese auf.

Dilara ergriff zögernd das Pergament, entfaltete es – und glaubte ihren Augen nicht zu trauen.

London, Juni 2006, Jonathan Street

Mick saß stumm am Steuer des Dienstwagens, den sie neben ihren Motorrädern benutzten, und Cassandra konnte erkennen, wie es hinter seiner Stirn arbeitete. Eine Antwort auf ihre Frage nach dem blonden Unbekannten verweigerte er ihr immer noch. Sie mochte auch nicht weiter drängen, denn nun bewegte sich etwas in dem Fall, das spürte sie deutlich. Ganz offensichtlich hatte Mick bereits einige Vorarbeiten getroffen, denn er bog zielsicher in eine kleine Nebenstraße der Jonathan Street ein.

„Was ist hier?“ fragte Cassandra, als Mick den Wagenschlüssel abzog. Sie befanden sich in einer der wohl winzigsten und dunkelsten Gassen von London. Hier würde die Morgensonne niemals hineinfinden.

„Der Beginn unserer Ermittlungsarbeit“, erwiderte Mick wortkarg und prüfte seine Dienstwaffe.

„Wohnt hier der Blonde, mit dem du gesprochen hast?"

„Vergiß den Mann jetzt erst einmal." Mick schien fast unwirsch darüber, daß Cassandra ihn bereits mehrmals auf diese Begegnung ansprach. Mit einem Satz war er aus dem Wagen. „Du wartest hier."

Cassandra blickte ihn verdattert an. Was hatte das jetzt nun wieder zu bedeuten?

„Wir sind Partner. Warum in aller Welt willst du alleine da rein? Das ist gegen die Vorschriften."

Mick fixierte sie kurz, dann nickte er. „Okay, wir gehen zu zweit. Du hast ja recht."

Cassandra öffnete den Doppelverschluß ihres Holsters und folgte Mick, der mit langen Schritten auf einen dunklen Hauseingang zustrebte.

Mick verspürte etwas in seinem Inneren, das er noch nicht richtig einzuordnen vermochte. In London ging etwas vor, das auf irgendeine Art und Weise auch mit ihm zu tun hatte. Hier gab es Wesen, die ihm gleich waren. Nie zuvor war er mit jemandem in Berührung gekommen, der ähnliche Empfindungen oder Neigungen besaß wie er selbst. Dadurch war es ihm gelungen, alles zu verdrängen und unter Kontrolle zu bringen. Damals vor vielen Jahren in seiner Heimat Haiti war es aus ihm hervorgebrochen. Erst in den USA und jetzt hier in London fühlte er sich wohl und nicht mehr von diesem Blutdurst und Hunger auf Menschenfleisch besessen. Hier konnte er seine gesamte positive Kraft entfalten, und seine unbändige innere Energie ließ ihn zu einem guten Cop und Ermittler werden. Seine Instinkte verhalfen ihm zu außerordentlichen Erfolgen, doch jetzt sollte sich wohl alles anders entwickeln, denn nun hatte er es mit seinesgleichen zu tun. Aber genau dieser Umstand machte ihn eigentlich erst zur richtigen Waffe gegen diese Bestien. Denn niemand konnte sich besser in die dunklen Seelen der Hölle hineindenken als er selbst.

Die verglaste Haustür sah verschlossen aus. Durch unsachgemäßen Gebrauch schien sie jedoch nicht mehr in einem intakten Zustand zu sein. Im oberen Gelenk war sie aus der Führung geraten und konnte nur noch angelehnt werden. Mick stieß sie mit einem Tritt auf.

„Wen oder was suchen wir hier?“ fragte Cassandra weiter. Es nervte die junge Polizistin, daß ihr Partner so wenig mitteilsam war. „Wen hast du hier ermittelt?“

Mick tastete nach dem Lichtschalter.

„Bitte!“ Cassandra fühlte sich plötzlich nicht mehr wohl in ihrer Haut.

Schwaches Licht flackerte auf, um gleich wieder zu verlöschen.

„Shit!“ Mick schlug mit der rechten Hand alle in einer Leiste befindlichen Schalter um. Ein diffuses Schimmern drang von oben herab. Die anderen Lampen waren offensichtlich defekt.

„Es würde zu lange dauern, um dir jetzt alles genau zu erklären“, sagte Mick dumpf. „Es ist ein erster vager Anhaltspunkt, den ich mir aus den Rechnern von Scotland Yard geholt habe. Hier soll der Wohnsitz eines vor Jahren verurteilten Kannibalen sein.“

„Ein Kannibale?“ Cassandra staunte nicht schlecht, war aber doch froh, endlich mal etwas Handfestes von ihrem Partner zu hören. „Hier wohnt ein Kannibale? Sollte der nicht besser in einem Gefängnis hausen?“

„Die Tat geschah bereits Ende der achtziger Jahre. Angeblich war es Tötung auf Verlangen. Dann vorzeitige Entlassung wegen guter Führung. Du kennst das ja. Der Mann ist seit dem Jahrtausendwechsel längst wieder auf freiem Fuß und hier gemeldet.“

Das klang plausibel. Und hier anzusetzen, das erschien Cassandra mehr als logisch. Sahen die Leichenfunde doch aus wie von Tieren angefressen und leergesaugt. Ein Kannibale paßte da sehr gut in das Täterprofil.

„Wie heißt der Mann?“ bohrte Cassandra weiter „Oder sollen wir rufen: Kannibalen bitte raustreten!?“

Mick nuschelte einen Namen und fügte hinzu: „An den Namensschildern konnte ich ihn nicht entdecken.“ Er hämmerte gegen die erste Tür im Erdgeschoß. Das Haus besaß nur drei Stockwerke. „Probieren wir es so.“

Mick klopfte heftig, und Cassandra stellte den Türsummer auf Dauerbetrieb.

Nichts tat sich.

Als die beiden Cops die Treppe noch oben stiegen, sahen sie im angrenzenden Gang eine Gestalt im Halbdunkel. Mick spannte seinen Körper kurz an und nahm die letzten Stufen in einem Satz.

Vor ihm stand ein großer hagerer Mann, schätzungsweise Mitte fünfzig. Das stoppelige Gesicht war bleich und wirkte regelrecht verfallen.

„Was wollen Sie?“ fragte der Unrasierte, und Mick registrierte, wie stark die Stimme klang, ganz im Gegensatz zum übrigen Äußeren.

„Scotland Yard!“ sagte Mick und zückte seine Dienstmarke.

Im selben Augenblick machte der Mann auf dem Absatz kehrt und rannte auf eine offenstehende Wohnungstür zu.

Mick brüllte „Stopp!“ und war mit zwei Sprüngen direkt hinter ihm. Der Mann krallte sich am Türrahmen fest, als der Cop ihn an den Schultern zu fassen bekam. Die Waffe im Anschlag, hechtete Cassandra heran und stieß dem Flüchtenden mit zwei kurzen Tritten beide Füße zur Seite. Durch die Gewichtsverlagerung knallte der Hagere auf die dreckigen Bodenkacheln.

Mick nickte Cassandra dankbar zu und zwinkerte dabei aufmunternd mit dem rechten Augenlid. Cassandra nahm es fast glücklich zur Kenntnis. Ja, mittlerweile waren sie ein richtiges Team.

Der Überwältigte schrie und zeterte, als Mick ihn gewaltsam auf den Boden gedrückt hielt und nach Waffen durchsuchte. Wütend trat er mit den langen, staksigen Beinen nach den beiden Cops, so weit es ihm in dieser mißlichen Lage überhaupt möglich war.

„Sauber!" Mick beendete seine Leibesvisitation und ließ von dem Mann ab. „Langsam hochkommen!"

Cassandra sicherte vorschriftsmäßig die nähere Umgebung ab, insbesondere die verbleibenden zwei Stockwerke. Nichts und niemand zeigte sich mehr auf der Bildfläche. Alles blieb ruhig. Keine Tür öffnete sich, kein Kopf streckte sich heraus. Offenbar stand das Gebäude fast gänzlich leer, oder die Bewohner hielten es aus leidigen Erfahrungen heraus für besser, erst einmal Ruhe zu bewahren und die sichere Behausung nicht zu verlassen.

„Name!" Mick hielt den Mann mit eisernem Griff am Kragen fest.

„Father Mullin", keuchte der und rollte angstvoll mit den Augen. „Was wollt ihr von mir?"

„Nur die Ruhe, Father Mullin", sagte Mick gelassen und schob den Mann langsam in dessen Wohnung. „Wir suchen und befragen aus reiner Routine, überhaupt kein Grund, hier den Hampelmann zu machen."

„Was haben Sie zu verbergen?" fragte Cassandra und folgte den beiden. Ganz offensichtlich drohte von anderer Seite zur Zeit keine Gefahr.

„Nichts!" Mullin wurde von Mick auf einen Küchenstuhl gedrückt, danach untersuchten die beiden Cops die Wohnung nach weiteren Personen – ebenfalls Fehlanzeige – und steckten die Dienstwaffen in die Holster zurück.

„Warum versuchten Sie, vor uns zu flüchten?“ bohrte Cassandra weiter.

„Ich habe mich nur erschrocken.“ Mit fahrigen Fingern griff Mullin nach einer Zigarettenpackung und nestelte sich bebend einen Glimmstengel heraus. „Darf ich?“ Fragend deutete er auf ein Feuerzeug, das etwas entfernt neben einer Herdplatte lag. Mick nahm es und warf es ihm zu. Mullin stopfte sich den papierumhüllten Tabak zwischen die spröden Lippen und inhalierte nach Entzündung wie ein Drogensüchtiger den Qualm.

„Wir ermitteln in den Mordfällen der letzten Tage“, begann Mick ohne Umschweife und war erstaunt, ein „Ich weiß!“ von Mullin zu hören. Kein „Und was hab ich damit zu tun?“ oder eine ähnliche Entgegnung. Nein, Mullin sagte doch tatsächlich: „Ich weiß!“

„Sie wissen?“ entfuhr es Cassandra. „Was wissen Sie noch?“

„Sonst nichts!“ Mullin schien seine übereilt ausgesprochene Bemerkung bereits zu bereuen. Seine Augen rollten leicht in ihren Höhlen, als ihr Blick dem Zigarettenrauch bis zur speckigen Decke folgte. „Na ja, es ist doch logisch, daß ihr Cops zuerst hier sucht. So, wie die Morde beschrieben werden. Abgenagte Knochen und so.“

„Abgenagte Knochen und so“, äffte Mick Mullin nach. „Sie wissen also, daß sich ein verurteilter Mörder, ein *Menschenfresser*, in diesem Haus befindet? Sie kennen ihn?“

„Natürlich kenne ich ihn.“

„Wo ist er jetzt? Wer wohnt noch in diesem Haus?“

„Keiner! Ich bin der letzte in diesem Gemäuer. Außer mir vegetiert hier niemand mehr.“

„Niemand mehr?“

„Ja, niemand mehr!“

Die beiden Cops blickten sich irritiert an.

„Was heißt das genau?“ fragte Cassandra. „Wieso wohnt jetzt niemand mehr hier?“

„Alle aufgefressen!“

Mick und Cassandra wechselten den verständnislosesten Blick in ihrer bisherigen kurzen gemeinsamen Tätigkeit.

„Aufgefressen?“ kam es von beiden wie aus einem Mund.

„Ja, aufgefressen!“ Mullin stimmte ein meckerndes Lachen an, das schließlich in einer gräßlichen Hustenorgie mündete und erstarb.

„Erst kriegt er vor Angst die Socken nicht hoch, und nun gibt er uns den Scherzbold“, preßte Mick hervor und blickte mißmutig aus den verdreckten Fenstern.

„Verarschen ist nicht, Father Mullin!“ herrschte Cassandra den hustenden Spaßvogel in harscher Polizeimanier an. „Geben Sie uns bitte ordentliche Antworten auf unsere Fragen, ansonsten müssen wir Sie leider aus Ihrer überaus behaglichen Wohnung zu uns aufs Revier zerren. Dort neigen unsere Mitarbeiter zu handfesteren Verhören.“

Mullin röchelte sich für einen kurzen Augenblick frei und fing sich danach wieder ein wenig.

„Sorry, Cops, war nicht so gemeint. Ich bin selbst ziemlich nervös. Hier im Haus wohnt wirklich außer mir kein Schwein mehr. Alle sind in den letzten Jahren nach und nach ausgezogen. Der sogenannte Kannibale ebenfalls. Plötzlich war er verschwunden.“

„Soso, einfach verschwunden.“ Mick nickte gedankenverloren in Richtung Decke. „Einfach verschwunden.“

„Richtig. Von einem Tag auf den anderen“, bekräftigte Mullin noch einmal.

„Er ist aber noch hier gemeldet“, beharrte Cassandra und vertraute einfach mal auf Micks Recherche.

Mullin zuckte nur mit den Schultern, drückte den Zigarettenstummel in einer leicht schimmeligen Untertasse aus und schielte bereits wieder begierig auf seine Camel-Packung.

Cassandra stand nahe am Fenster und ekelte sich vor unzähligen zerdrückten Fliegen auf der Scheibeninnenseite. Man hatte sie getötet, aber nicht entsorgt. Widerlich!

Ihr Blick fiel nach draußen, und sofort wurden die toten Insekten zur Nebensache.

London, Juni 2006, Hyde Park

Dilara starrte auf die Zeichnung der beiden Frauen, die ein Ebenbild von Luna und ihr selbst waren. Zwei Frauen, die sich wie Schwestern glichen, vereint. Mit stolzer Haltung, Seite an Seite.

Doch als Dilara zu lesen begann, fühlte sie Schwindel in sich aufsteigen.

„La-lu-di-na-ra, wiedergeboren aus dem Schattenfeuer. Form ist nichts, Form ist alles. Feuer ist Leben, Feuer ist Tod."

Dilara mußte sich abstützen. „Woher haben Sie das?"

Luna genoß die Wirkung der Zeichnung und des kurzen Textes auf ihr Gegenüber. Sie wußte, daß sich die mühsame Arbeit, die sie investierte, lohnen würde.

Mark Garimont hatte herausgefunden, daß Dilara davon überzeugt war, das Schicksal aller Schattenwesen sei in einem Buch festgeschrieben, das *Schattenchronik* genannt wurde. Er forschte in diversen Antiquariaten und okkulten Zirkeln nach und entdeckte einzelne Blätter, die dem Buch zuzuordnen waren. Ein komplettes Exemplar fand er leider nicht. Doch Luna war mehr als erstaunt, als er ihr das Blatt überreichte, das ganz offensichtlich sie und Dilara zeigte. Wie war das möglich?

„Es stammt aus der Schattenchronik!“ behauptete sie.

„Darin gibt es diese Abbildung nicht!“ sagte Dilara verblüfft.

Luna lächelte teuflisch: „Dasselbe Papier, dieselbe Zeichentechnik. Deine Chronik ist nicht vollständig, mein Schatz!“ Dilara öffnete den Mund zu einer Erwiderung, doch Luna kam ihr zuvor. „Und du irrst, wenn du glaubst, daß die Chronik das Allheilmittel zum Schlüssel zu unserer Art ist. Es ist der Schattenkelch, dessen Magie und Macht uns stärken wird!“

Dilara trieb es in das Dunkel des Hyde Parks.

Nach ihrem Gespräch mit Luna war ihr nach einem schnellen Opfer. Nach Blut und dem Gefühl der Überlegenheit, das ihr Luna so ohne Anstrengung genommen hatte. Dilara fühlte Verunsicherung in sich. Verunsicherung und den Reiz, zumindest über Lunas Angebot nachzudenken, gemeinsam über die Wesen der Nacht und Schatten zu regieren. Es war zugegebenermaßen verführerisch, aber Calvin konnte nicht vernichtet worden sein, auch wenn das Band zwischen ihnen zerrissen war. Gehörte sie nicht weiter an seine Seite? Vor allem jetzt, wo sie wußte, daß der Schattenkelch existierte, und sie ihn in Sicherheit wähnte. Aber auch Luna war er ein Begriff.

Was wußte sie noch?

Dilara hatte keine Ahnung, was sie tun sollte. Auf ihre Frage, ob sie etwas über Calvin und dessen Verbleib wisse, antwortete Luna Sangue ausweichend. Was Dilara beschäftigte, denn es schien, als zeige Luna einen Anflug von Beunruhigung, wenn die Rede auf Calvin kam.

Und einmal mehr wurde Dilara bewußt, daß auch er eine Rolle zu spielen schien, die weit über jene hinausging, einfach nur ihr Gefährte zu sein.

Dilara erreichte den Serpentine-See und ließ sich am Ufer nieder. Lange saß sie bewegungslos da, starrte in sich gekehrt in das Dunkel des Parks und versuchte krampfhaft mit Calvin Kontakt aufzunehmen – vergeblich!

Als der Morgen bereits graute, seufzte Dilara niedergeschlagen, stand mit einer fließenden Bewegung auf und kehrte zurück in ihr Haus.

Sie fühlte sich mit einem Mal müde – unendlich müde.

„Dilara!“ flüsterte plötzlich jemand hinter ihr.

Dilara fuhr beim Klang der Stimme herum, und ein freudiges Lächeln verklärte ihre Züge, als sie erkannte, wer sie angesprochen hatte. „Cal!“ rief sie und verstummte, als sie den Mann erblickte, der nur wenige Schritte von ihr entfernt stand. Es war Calvin und auch wiederum nicht. Er war gealtert, Silberedelfäden durchzogen sein Haar, das kürzer und dünner war. Auch schien er an Gewicht zugelegt zu haben.

„Cal!“ entfuhr es Dilara erneut. „Endlich! Ich habe dich sehr vermißt!“

Das Lächeln, das er ihr schenkte, erreichte nicht seine Augen. Dilara war nie zuvor aufgefallen, daß er eine so her-

rische Haltung innehielt. Breitbeinig, die Arme vor der Brust verschränkt, stand er da. Eine Geste, die sie nur zu gut von ihm kannte. Und doch...

Dilara stutzte.

Da war etwas mit seinen Augen.

Etwas fehlte.

Dann wußte sie, was es war. Calvin sah sie immer auf eine ganz besondere Art an. Mit diesem warmen und erotisierenden Funkeln, das ihr signalisierte, welche Wirkung sie auf ihn ausübte.

Dieser Mann, der ihm so ähnelte, nicht.

Was bedeutete das alles?

Dilaras schlanker Körper straffte sich. Sie mußte auf der Hut sein!

Sie sah ein Gebäude hinter ihm. Die Mission... die Mission von Santa Barbara. Was hatte Calvin ihr erzählt? Daß er aus Kalifornien stamme. Santa Barbara... das war in Kalifornien...

Der Mann, der wie ein um Jahre – nein, Jahrzehnte – gealterter Calvin aussah, verzog den Mund zu einem freudlosen Lächeln. „Er gehört jetzt wieder mir!“ stieß er drohend hervor. „Wage es nicht, meine Verbindung zu ihm zu vereiteln! Ich warne dich!“

„Cal!“ schrie sie...

... und schrie es immer noch, als sie erwachte. Ihre Hände umklammerten fest das Kopfkissen, als würde sie Calvin umarmen. Doch er war nicht da. War weit, weit fort. In einer anderen Welt. Und, darüber war sich Dilara nun im klaren, er lebte, aber er schwebte in Gefahr. Sie drückte das erhitzte Gesicht in das Kissen und schwor sich, daß sie ihm über den großen Teich folgen würde.

NOSCE TE IPSUM

(Erkenne dich selbst)

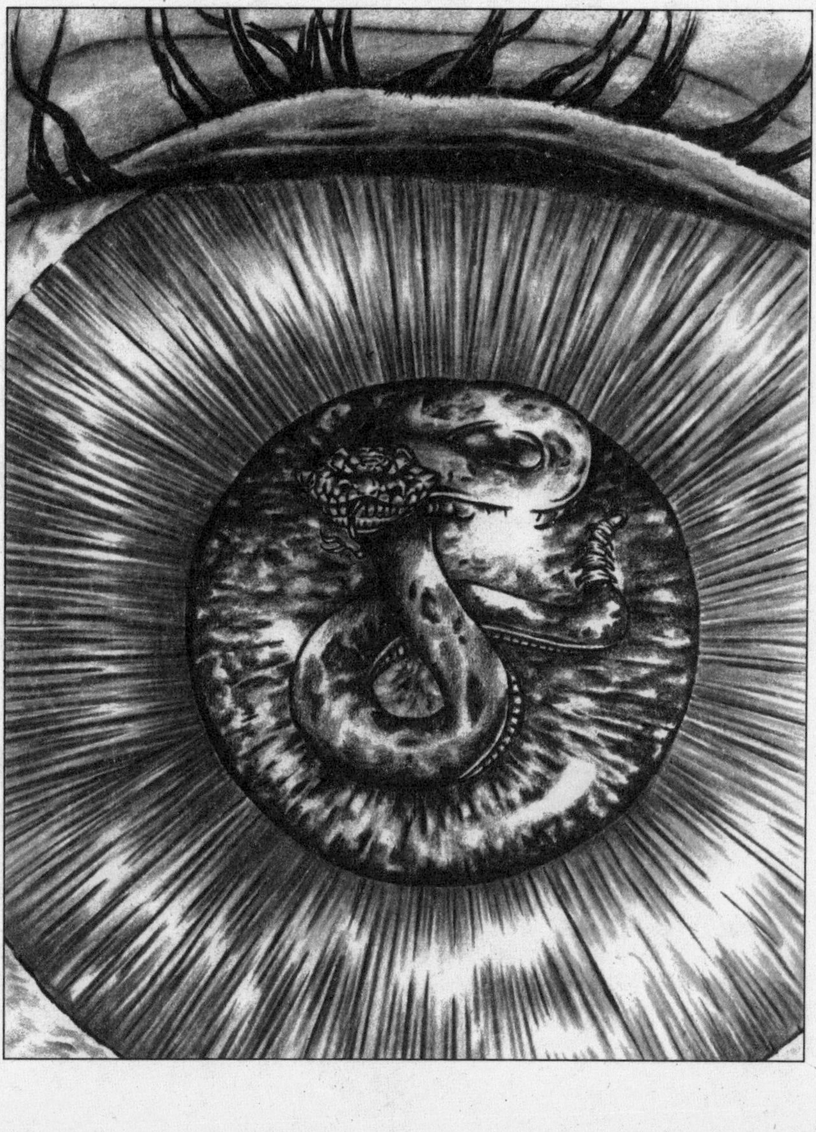

Santa Barbara, Juni 2006*

Als Calvin von seinem Spaziergang zurückkam, wurde er bereits von seinem Vater erwartet, der mit auf dem Rücken verschränkten Armen ungeduldig in der Bibliothek auf und ab lief. „Da bist du ja endlich!“ entfuhr es ihm unwillig, als sein Sohn eintrat.

Calvin ersparte sich jeglichen Kommentar, weil er wußte, daß es ohnehin zu nichts geführt hätte, und weil er innerlich müde war. So beschloß er, sich nicht weiter darüber zu ärgern, daß ihn sein Vater unter falschen Voraussetzungen nach Santa Barbara gelockt hatte, sondern statt dessen herauszufinden, was er beabsichtigte. Calvins Haltung straffte sich. Es würde seinem Vater nicht mehr gelingen, ihm das Selbstvertrauen zu nehmen, weil er ihn nicht mehr an sich heranzulassen gedachte. Angriff war da immer noch die beste Verteidigung. Er mußte versuchen, das Zepter in die Hand zu nehmen.

„Was willst du von mir, Vater? Es muß etwas sehr Wesentliches sein, wenn du mich unter einem solch makabren Vorwand hergelockt hast.“ Calvin stieß einen verächtlichen Laut aus. „Ich hätte es besser wissen müssen! Ich hätte *dich* besser kennen müssen!“

Anton Percy Vale stutzte und hielt mitten in der Bewegung inne. Sein Sohn war gefestigter in seinem Charakter und viel willensstärker, als er vermutet hatte. Das Wissen gibt ihm Kraft, durchfuhr es ihn, und ihn befiel eine Mischung aus Vorfreude darauf, es zu bergen, als auch Furcht, daß er womöglich zu lange gewartet hatte. Ob sein Sohn schon zu stark war? Ob er sich seinem Einfluß entziehen würde?

„Also, ersparen wir uns weitere Lügen, was willst du von mir, *Vater*?"

Anton Percy Vale trat auf seinen Sohn zu und faßte ihn hart am Handgelenk.

Erst jetzt registrierte Calvin, daß sein Vater etwas in der Hand hielt, das wie ein Injektions-Pencil für Diabetiker aussah.

„Was hast du vor, Vater?" stieß er hervor. „Was soll das?"

In den Augen seines Vaters flackerte es unselig und *fremd.*

Er ist wahnsinnig, durchzuckte es Calvin, wer weiß, wie lange er das schon ist.

„Ich will das Wissen!" zischte sein Vater. „Und daß du dich endlich selbst erkennst!"

Calvin versuchte, sich von ihm zu befreien, was im Normalfall ein leichtes gewesen wäre, aber irgend etwas hemmte seine Kraft. Mehr noch, sein Vater drehte ihm beinahe spielerisch die Hand nach hinten auf den Rücken, und veranlaßte seinen Sohn so, rückwärts gegen die Wand zu taumeln. Dabei zerrte er weiter an dessen Arm. Calvin schrie schmerzerfüllt auf. „Was zur Hölle soll das?"

„Ich werde dafür sorgen, daß die Kräfte, die dich hemmen und hindern, nicht mehr wirken können! Und das Wissen zutage befördern, das schon seit deiner Geburt in dir schlummert. Ich befreie dich von allem, was dir nicht guttut. Besonders von dieser *Frau*!"

Dilara!, flackerte es erschrocken in Calvins Gehirn auf. Er machte eine heftige Abwehrbewegung, die den Griff seines Vaters aber nicht lockerte. Ein weiterer Ruck an seiner Hand hatte zur Folge, daß Calvin die Sinne vor Schmerz teilweise schwanden, weil sein Arm brutal hinter seinem Rücken nach oben gerissen wurde. Er schrie wütend auf, als er den Einstich der Injektionsnadel spürte, bevor er das Bewußtsein verlor.

Als er Stunden später wieder zu sich kam, war die Erinnerung an Dilara in ihm erloschen!

London, Juni 2006, Jonathan Street

„Mick!“ Cassandras Blick löste sich wieder von den toten Insekten.

Ihr Partner war direkt an ihrer Seite. „Was ist?“

Cassandra deutete mit dem Finger in die Tiefe – in einen kleinen dunklen Innenhof zwischen den Häuserwänden. Unter einem winzigen schäbigen Wellblechdach saßen zwei breitschultrige Männer mittleren Alters an einem wackligen Holztisch. Sie tranken Dosenbier, rauchten und unterhielten sich gestenreich. Das Besondere an ihnen aber war die blutverschmierte und teilweise zerrissene Kleidung. Die Männer machten den Eindruck, als läge ein fürchterlicher Kampf hinter ihnen, und als fühlten sie sich in ihrer engen dunklen Nische unbeobachtet. Lediglich aus diesem Haus, in dem sich die beiden Special-Cops von Scotland Yard befanden, konnte ihr furchterregendes Treffen beobachtet werden.

„Also doch!“ Mick quetschte es wie einen Fluch heraus. Cassandra registrierte deutlich, wie sich seine Gestalt versteifte.

Jetzt wurde es ernst!

Offensichtlich waren sie auf der richtigen Fährte. Aber wie in aller Welt hatte Mick diese Spur so präzise aufnehmen können? Für einen kurzen Augenblick wurde er ihr wieder unheimlich. Sie spürte plötzlich abermals die Kälte in seiner Nähe, jedoch gepaart mit einer Entschlossenheit, die wie ein Blitz brannte, der in einen morschen Baum fuhr.

„So, du wohnst also doch nicht alleine!“ Mick packte Mullin wieder am Kragen und zerrte ihn hoch. Der war gerade dabei, seine nächste Camel ohne Filter der Vernichtung preiszugeben und knurrte wütend, als ihm die Zigarette durch die Finger rutschte.

„Wie komme ich da runter?“ Mick drückte Mullin gegen die schmierige Fensterscheibe. Schon aus zwei Meter Entfernung würde man von außen bei Tageslicht nicht mehr in den Raum sehen können.

„Die kenn‘ ich nicht“, plärrte Mullin nach einem kurzen Blick in den Innenhof und wollte sich wieder seiner Camel widmen.

Mick verstärkte seinen Griff, und Mullin jaulte kurz auf. „Die Treppe runter, dann durch die grüne Stahltür. Sie ist immer offen. Ein kleiner Kellergang. Eine zweite Stahltür, dann bist du im Innenhof. Sag den Jungs, sie sollen ihren Dreck wegräumen.“

Mick setzte Mullin wieder auf den wackeligen Holzstuhl und trat dabei wie zufällig die Camel auf dem Boden platt. Mullin verdrehte anklagend die Augen, hielt sich aber ansonsten vorsorglich geschlossen. Der dunkel gekleidete Cop besaß einen Griff wie ein fabrikneuer Schraubstock. Widerworte waren da so unnötig wie ein Kropf und Mullins körperlicher Unversehrtheit nicht dienlich.

„Ich gehe nach unten und nagele die zwei fest“, rief Mick an Cassandra gewandt. „Du bleibst hier.“

„Nein!“ In Cassandra keimte bereits wieder Mißtrauen. „Ich komme mit.“ Warum will er mich nicht dabei haben?, überlegte sie. Welchen Grund konnte es geben, daß er sie in manchen Dingen auf Distanz hielt?

„Du bleibst hier!“ bestimmte Mick unnachgiebig und rückte seine Handschellen zurecht, die an der hinteren Gürtelseite befestigt waren.

Cassandra machte ein Gesicht wie ein Schulmädchen, das nicht auf die Pyjamaparty seiner besten Freundin durfte. „Aber...“

„Kein Aber! Du paßt auf den da auf!“ Mick deutete auf Mullin, der gerade entsetzt feststellen mußte, daß seine Zigarettenpackung zwar noch Volumen besaß, aber ansonsten leer war.

„Er hat nichts damit zu tun. Ich kann ihn auf dem Stuhl fixieren. Das reicht doch“, startete Cassandra einen weiteren Versuch, bemerkte aber schnell, daß es sinnlos war, Mick umzustimmen. Er schien seine Gründe zu haben. Aber welche? Irgendein Geheimnis umgab diesen stahlharten Schönling. Sie nahm sich vor, es herauszufinden, und ahnte nicht, wie schnell sie dazu Gelegenheit haben sollte.

„Nein, Cassandra, glaube mir bitte. Es ist besser so, und um Verstärkung anzufordern, ist es bereits zu spät. Ich sag’s nur, falls du das noch als Einwand bringen wolltest. Ich gehe jetzt in diesen verschissenen Innenhof, und in fünf Minuten können wir über den nächsten Akteneintrag nachdenken.“ Nach einer kurzen Pause fügte er noch hinzu: „Von hier oben hast du einen guten Überblick und kannst mich besser schützen, falls es nötig sein sollte.“

Cassandra schwieg mit einem hilflosen Gesichtsausdruck. Mick verschwand aus dem Raum. Sie ging wieder zum Fenster und fand das Geschehen unten im Hof unverändert vor. Die Männer schienen sich völlig sicher zu fühlen, und ganz offensichtlich machte es ihnen nichts aus, ihre verschmutzte Kleidung noch weiter zu tragen.

Cassandra wartete gespannt darauf, daß Mick auftauchen würde. Sorgsam prüfte sie die Fensterverriegelung. Zur Not konnte sie ohne weiteres die Scheibe einschlagen.

Cassandra atmete tief durch und gab ihrem Partner insgeheim recht. Von hier oben war sie als Hilfe wertvoller, sollte ein Eingreifen erforderlich sein.

„Haben Sie vielleicht eine Zigarette für mich?“ fragte Mullin.

„Ruhe!“ zischte Cassandra und sah, wie im selben Moment Mick mit seiner Waffe im Anschlag den Innenhof betrat.

Auf dem Weg nach Santa Barbara, Juni 2006

Es hatte Dilara große Überwindung gekostet, in das Flugzeug zu steigen, das sie nach Los Angeles bringen sollte. Sie haßte es, Stunden in einem begrenzten, abgeschlossenen Raum unter vielen Menschen zu verbringen. Dann fühlte sie sich schutzlos ausgeliefert. Aber sie mußte sich überwinden. Calvin brauchte ihre Hilfe. Dessen war sie sich immer sicherer geworden. Auch, daß er noch lebte. Sie würde es einfach spüren, wenn seine dunkle Seele erloschen war. Irgendwie wurde sie das Gefühl nicht los, daß er gegen seinen Willen von ihr ferngehalten wurde. Aber wie konnte das sein? Er war doch zu seinem kranken Vater geeilt. Und dieser konnte unmöglich... Dilara zuckte zusammen und dachte an die Vision, die sie gehabt hatte. Der Mann, der Calvin so ähnlich sah, der aber sichtlich älter gewesen war. Er hatte ihr gedroht und ihr angekündigt, daß Calvin ab jetzt zu ihm gehöre. Es war sein Vater, den ich gesehen habe, durchfuhr es Dilara, und sie fragte sich, was er mit seinem Sohn angestellt hatte, daß... ja, daß die telepathische Verbindung zwischen ihnen abgebrochen war.

Sie lehnte sich in dem Flugzeugsitz zurück und versuchte, sich zu entspannen und ihre Gedanken in eine andere Richtung zu lenken. Es gab so viel zu bedenken. Wie immer in ihrem Leben überschlugen sich die Ereignisse. Würde es jemals ruhig um sie herum werden? Dilara seufzte und lächelte dann versonnen. Sie war wohl nicht der Typ, der beschaulich lebte, auch wenn sie sich in manchen Momenten danach sehnte.

Ein Gesicht schob sich vor ihr geistiges Auge.

Ja, nun war auch noch Delphine wie aus dem Nichts aufgetaucht. Delphine, der sie das erste Mal im November des Jahres 1973 in Soho begegnet war. Es war die Zeit der Blumenkinder gewesen, und Dilara hatte recht schnell gespürt, daß Delphine eine ihrer Art war. Sie wurden Blutsschwestern, wenngleich sie nicht viel über Delphine wußte, da sich diese auf eine schon verschlagene Art in Schweigen hüllte und kaum etwas über ihr Leben als Mensch offenbarte. Dilara wußte nur, daß die lolitahafte Vampirin der Kirche Satans angehörte, was Dilara aber – wenn sie ehrlich war – nicht sonderlich interessierte. Weitaus mehr aber der vielschichtige Charakter der jungen Freundin.

Der vielschichtige, *bösartige* Charakter.

Delphine war es auch, die das Vertrauen, das Dilara mit den Jahren in sie gesetzt hatte, mit Füßen trat, so daß sich die grünäugige Vampirin von einer Nacht auf die andere von ihr losgesagt hatte – mit dem Gebot, ihr nie wieder unter die Augen zu treten.

Es war schon beeindruckend, mit wieviel Kaltschnäuzigkeit Delphine nun wieder in ihr Leben zurückkehrte. Ganz so, als wäre nie etwas geschehen. Und Dilara stellte ohne Erstaunen fest, daß der Groll in ihr noch nicht gewichen war. Dennoch beschloß sie, Delphine lieber im näheren Umfeld und somit in Beobachtung zu halten.

Dilara schloß die Augen. „Zu dir komme ich später, Delphine! Jetzt gibt es Wichtigeres zu tun!“ murmelte sie mit einem Unterton in der Stimme, der Unheil verhieß.

„Wie bitte? Haben Sie etwas gesagt?“ Dilaras Nachbar, ein dicklicher, älterer Mann, der sich nach dem Boarding-In unter großem Ächzen und Stöhnen in den Sitz gepreßt hatte, beugte sich zu ihr herüber. Betrachtete sie aus häßlichen Schweinsäuglein.

Dilara hätte sich am liebsten in Luft aufgelöst. Nähe war ihr ohnehin suspekt und oftmals zuwider. Aber diese Flugstunden wurden ihr allmählich zur Qual. „Nichts!“ stieß sie daher schroff hervor und wandte das Gesicht ab, ehe ihr Nachbar noch weiter auf sie einreden konnte. Der zuckte beleidigt mit den Schultern und ließ sich wieder in den Sitz zurückfallen.

Dilara schloß die Augen, und das nächste Frauenantlitz schob sich vor ihr geistiges Auge. Luna Sangue, die Geheimnisvolle und ihr doch seltsam Vertraute. Die Gefährliche, die Uneinschätzbare, die Hetäre – und doch die Verbündete?

Dilara seufzte.

Lunas Angebot war verlockend gewesen, und das Pergament untermauerte es noch.

„Ach, Calvin“, murmelte Dilara vor sich hin. „Wenn ich doch mit dir reden könnte!“

Und sie war froh, daß sich ihr Nachbar dieses Mal jeglichen Kommentars enthielt.

London, Juni 2006, LUNA-Tower

Lunas Wut ließ sich kaum noch zügeln.

Und sie befand, daß sie guten Grund dazu hatte.

Wieder war ihr Dilara durch die Fänge gegangen. Und das,

nachdem sie ihr das Angebot unterbreitet hatte, das sie an deren Stelle nicht ausgeschlagen hätte. Luna Sangue stieß einen verächtlichen Laut aus. „Liebe!“ stieß sie hervor. „Sie empfindet allen Ernstes *Liebe* für diesen langmähnigen Hänfling! Wir empfinden niemals so etwas! Nicht unsere Art! Wir werden sie lehren... zu *lieben.*“ Sie schnaubte. „Ihr wird das Lieben vergehen!“

Luna hämmerte verbissen auf den Knöpfen der Telefonanlage herum. Bis sich ihr Sekretär endlich meldete.

„Miß Sangue, Sie wünschen?“ fragte er beflissen.

„Schaffen Sie uns Garimont herbei! *Sofort*!“ Lunas Finger ließ den Knopf wieder los, den sie gedrückt gehalten hatte. Dann lehnte sie sich in ihrem Ledersessel zurück und trommelte mit beiden Händen auf der Schreibtischplatte herum. Ein sicheres Zeichen für den hereintretenden Mark Garimont, daß ein gewaltiger Sturm im Anmarsch war. Und er sollte sich nicht täuschen!

„Sie haben schon wieder versagt, Garimont!“ herrschte sie ihn an. „Langsam ist unsere Geduld mit Ihnen erschöpft! Wenn Sie uns noch einmal enttäuschen, werden wir Sie...“ Sie ließ den Rest des Satzes bedrohlich offen.

Mark Garimont wußte genau, worauf sie anspielte: Dilara! Diese Frau mit den zehn Leben, wie ihm schien. Und die die Gabe besaß, sich in Luft aufzulösen. Immer dann, wenn es am unpassendsten für ihn und seinen Auftrag war.

So auch dieses Mal.

Es war aber auch verflixt.

Um Dilara Demimondes scharten sich stets außergewöhnliche Personen, die es schwer machten, sie unbemerkt zu beschatten oder ihrer habhaft zu werden. So hatte er mit Erstaunen die fast weißblonde Schönheit dabei beobachtet, wie sie plötzlich an dem Haus in der Park Lane aufgetaucht war. Als

Dilara ihr öffnete, hatte Garimont den Eindruck, daß sich die beiden Frauen sehr gut kannten. Er verfluchte insgeheim die Betriebsamkeit, die sich stets um Dilara herum entwickelte. Sie schien Menschen anzuziehen wie Licht die Motten.

Was seine Beschattungsarbeit zusätzlich erschwerte, war die Tatsache, daß im Umfeld des Hauses nachts mehrfach ein dunkelgekleideter Motorradfahrer auftauchte, der das Haus und seine Besitzerin auszukundschaften schien.

Nun war Dilara zwischen all der Betriebsamkeit, die um sie herum herrschte, wieder untergetaucht. Wohin auch immer. Erst verschwand in Frankreich ihr langhaariger Gefährte, und nun schien auch sie wie vom Erdboden verschluckt.

Mark Garimont verzog gequält das Gesicht, als er Luna Sangues zornige Miene sah.

So sehr ihn zu Anfang auch seine Beratertätigkeit bei der Konzernchefin von LUNATIC-Cosmetics gereizt hatte, um so mehr spürte er Beklommenheit durch deren Unberechenbarkeit. Auch jetzt verspürte er aufgrund ihrer unverhohlenen Drohung ein Gefühl, als wenn sich etwas um seinen Hals legte, das sich kontinuierlich zuzog und ihm die Luft zum Atmen nahm.

Luna Sangue richtete den eiskalten Blick ihrer sonderbaren Augen auf ihn. „Wir geben Ihnen genau eine Woche, uns Bericht zu erstatten, wo sich Dilara Demimondes aufhält. Eine Woche, Garimont, und keine Sekunde länger!“

London, Juni 2006, Jonathan Street

„Party beendet, Freunde!“ Mick lief bis auf drei Meter an die beiden Männer heran. Obwohl von oben alles sehr übersichtlich und einsehbar gewesen war, tasteten seine Augen sorgsam die nähere Umgebung ab. „Die Hände etwas höher und mit Abstand voneinander an die Wand lehnen!“ befahl er knapp.

Die beiden Männer sahen aus der Nähe noch furchterregender aus. Jede Pore in ihren verlebten Gesichtern war mit Blut verklebt, und sie schienen es sogar zu genießen. Sie starrten Mick für einen Moment fassungslos an, dann entspannten sich ihre Mienen.

„Was hast du für ein Problem, Freund?“ fragte der Blutverschmierte, der Mick am nächsten saß, ohne erkennbare Regung in der Stimme. Das letzte Wort betonte er besonders, weil auch Mick es benutzt hatte.

„Probleme habt nur ihr. Los, hoch und an die Wand!“

Die beiden stießen ein düsteres Lachen aus und machten noch immer keine Anstalten, sich auch nur in irgendeine Richtung zu bewegen.

„Wir sitzen hier lediglich harmlos herum und tun keinem etwas zuleide.“ Ihr Lachen wurde lauter und klang fast fröhlich. „Unserer Oma haben wir gerade ein Hühnchen geschlachtet, falls du dich an unserem Äußeren stören solltest.“

Mick holte mit der linken Hand eine der stählernen Handschellen hervor und warf sie auf den Tisch. Sie knallten hart auf das Holz. Die beiden Männer gaben ein gespielt entsetztes „Huch!“ von sich, um dann wieder in meckerndes Lachen auszubrechen.

Mick hatte eigentlich nichts anderes erwartet, und trotzdem machte es ihn wütend. „Vorwärts!“ brüllte er und spannte seine Dienstwaffe.

Einer der beiden Männer erhob sich langsam, nahm die stählerne Handfessel mit einem Finger auf und ließ sie um ihn rotieren. „Mit deiner Glitzerwumme kannst du bei uns nichts ausrichten, mein Junge“, sagte er, und seine Stimme enthielt diebische Freude. Mit der Zunge leckte er die Blutreste wie Marmelade aus den Mundwinkeln und verzog dabei genießerisch sein Gesicht. „Vielleicht dürfen *wir* dir dieses Schmuckstück gleich anlegen?“

Mick hielt die Waffe weiter auf die beiden gerichtet. Vorschriftsmäßig in den zentralen Punkt der trennenden Entfernung. „Hiermit kann ich sehr wohl etwas ausrichten, Freunde.“

Die beiden blickten sich kurz an, grinsten und spurteten fast gleichzeitig auf Mick los. Der zögerte keine Sekunde und schoß dem ersten Angreifer in den Oberschenkel. Der Getroffene heulte wie ein wildes Tier auf, knickte ein und ging zu Boden. Sein Bein brannte lichterloh. Kleine Stichflammen prasselten wie Karnevalskörper aus dem beschädigten Gliedmaß heraus. Der Mann schrie und drehte sich wie ein Kreisel auf dem mit Unrat übersäten Pflasterboden.

„Er ist einer von denen!“ keuchte der andere, und seine Arme richteten sich tatsächlich langsam nach oben. Mick trat nah an ihn heran und schlug ihm ohne weitere Vorwarnung den Knauf seiner Dienstwaffe in den Nacken. Der Mann nahm den Hieb fast teilnahmslos hin, sank dann aber doch vornüber und ging langsam auf die Knie, als Mick noch einmal hart und brutal mit seinem Lederstiefel auf ihn eintrat. Mit zwei Handgriffen fixierte er den Mann und wandte sich dem jaulenden zweiten zu. Gelassen wartete der Cop ab, bis dessen Bein völlig ausgebrannt war, um ihn dann ebenfalls zu fesseln.

London, Juni 2006, Brompton Cemetery

Guardian streifte entgegen der sonstigen Ruhe, die ihn auszeichnete, rastlos über den Brompton Cemetery. Seit Dilara auf der Suche nach Calvin aus London entschwunden war und er sie schon wieder nicht unter seinem wachsamen Auge wußte, fühlte er sich unwohl in seiner Haut. Ihre Abenteuer in Frankreich hatten ihm schon sein inneres Gleichgewicht geraubt. Mehr, als er es Dilara gegenüber erkennen ließ und sich selbst gegenüber eingestehen wollte.

Selbst wenn er bedachte, wie wichtig der Schattenkelch für den Fortbestand ihrer Art war, so zehrte es doch an und in ihm, daß er nicht helfend eingreifen konnte. Schon oft befürchtete er, daß Dilara ihn fragte, warum er ihr nicht zur Seite stand. So wie Calvin.

Wenn sie zurückkehrte, mußte er mit ihr reden. Er hatte das Gespräch, das er mit ihr führen mußte, schon viel zu lange hinausgezögert.

Doch nun war es an der Zeit. Wenn es nicht sogar schon zu spät war.

Antediluvians Fall veränderte so vieles und lenkte es in zukunftsträchtige Bahnen. Auch Guardian überrollten Teile dieser Entwicklung, denn für ihn war gleichfalls Wesentliches anders geworden. Immer noch konnte er einige Dinge nicht in Zusammenhang bringen, immer noch stellten sich Fragen, die er nicht in Gänze zu beantworten in der Lage war. Trotz aller ernsthaften Überlegungen und Nachforschungen. Aber er war – ganz dem Prinzip der kleinen Schritte – der Wahrheit immer nähergekommen.

Antediluvians Aufzeichnungen waren ihm da zwar eine Hilfe, doch auch nur in Fragmenten, um die Guardian aber nicht minder dankbar war.

Sie wiesen ihm zumindest vage den Weg, den er beschreiten mußte.

Auch wenn er sich im Moment mit anderen beunruhigenden Wesen zu beschäftigen hatte.

Da war Luna Sangue, über die seine Mittelsmänner nicht viel zu berichten wußten. Sie schien aus dem Nichts aufgetaucht zu sein, aber Guardian ahnte, daß es anders war. Er hegte eine Vermutung, die er bisher noch keinem mitteilte. Selbst Dilara nicht. Aber auch das würde er in das Gespräch mit einfließen lassen.

Und da war Mick Bondye, der junge Cop, der mächtiger war, als er es wahrscheinlich selber vermutete.

Guardian schwindelte, wenn er daran dachte, wie gewichtig jeder einzelne von den beiden war – wenn sie auf der falschen Seite standen. Erst recht, wenn sie sich verbündeten.

„Das muß auf jeden Fall verhindert werden!" murmelte Guardian vor sich hin. Und er beschloß, bei Mick anzusetzen.

London, Juni 2006, Jonathan Street

Oben am Fenster meinte Cassandra, ihren Augen nicht zu trauen. Was sich da im Innenhof abspielte, konnte unmöglich die Realität sein. Ihr Partner hatte einem der Männer ins Bein geschossen, und nun brannte dessen Fleisch in hohen vereinzelten Stichflammen. Mick machte keinerlei Anstalten, helfend einzugreifen. Er wartete, bis das Feuer erloschen und der Körperteil – bis auf eine breite Linie kleiner Aschehügel – verschwunden war.

Cassandra fühlte wieder die Übelkeit, die ihre Speiseröhre hinaufkroch.

Mick war dabei, auch den zweiten Mann zu fesseln. Innerhalb nur weniger Minuten war dieser zum Einbeinigen geworden.

Neben Cassandra regte sich etwas. Mullin war ebenfalls an das Fenster getreten und vergaß für Minuten seine Nikotinsucht. Cassandra öffnete mit einem Ruck das Holzfenster und schrie: „Ich rufe die Kollegen und einen Krankenwagen!"

Sie sah, wie Mick zustimmend den Daumen hob, und wählte auf ihrem Diensthandy die Zentrale von Scotland Yard an.

Binnen weniger Minuten veränderte sich die dunkle Gasse in ein Lichtermeer aus Blau und Weiß, und die beiden Männer wurden weggeschafft. Der eine in einem vergitterten Polizeiwagen, der andere in einem Spezialkrankentransporter.

Mick und Cassandra standen vor dem Haus und beobachteten die beginnenden Routinearbeiten.

Cassandra trat nah an ihren Partner heran. „Wie willst du *das* erklären?"

Er betrachtete sie nachdenklich von der Seite. „Ja, das wird schwer."

„Wie kann ein menschliches Bein nach einem Schuß zu brennen beginnen?" platzte es aus ihr heraus. „Was ging da unten vor?"

Mick spitzte die Lippen und schwieg.

„Wolltest du mich aus diesem Grund nicht dabei haben?" fragte sie weiter. „Weil irgend etwas anders ist? Weil alles an diesem Fall abnormal verläuft? Was weißt du, Mick? Du mußt es mir jetzt sagen! Ich bin Augenzeuge und nebenbei deine engste Partnerin in dieser Spezialeinheit. Und *ich* schreibe ebenso wie du einen Bericht."

Mick schwieg weiter und starrte ins Leere.

„Also?“

„Was macht unser Hustenbonbon da oben?“ fragte Mick und tat so, als ob sie ihre Fragen und Ausführungen nicht gestellt habe.

Cassandra schüttelte resignierend den Kopf. „Father Mullin ist absolut harmlos. Außer Rauchen interessiert den wirklich kaum etwas. Er hat nichts mit der Sache zu tun.“ Sie sah, wie die Kollegen das Haus durchsuchten und einer nach dem anderen ein „Okay!“ aus den geöffneten Fenstern rief. „Und ganz offensichtlich wohnt wirklich außer ihm niemand mehr in dieser Bruchbude. Wie hast du diesen Ort also ermitteln können?“

Mick sah sie mit seinen faszinierenden Augen traurig an. Er wollte ihr etwas erklären, konnte es aber nicht. Sie stiegen in ihren Dienstwagen, und Cassandra fühlte sich schlecht – einfach nur schlecht.

Ankunft in Santa Barbara, Juni 2006

Dilara blinzelte mit zusammengekniffenen Augen in die grelle kalifornische Sonne und beeilte sich, eine dunkle Sonnenbrille aufzusetzen. Es war das einzig Strenge an ihr, denn sie trug einen schwarzen Seidenzipfelrock, der fast bis an ihre Knöchel reichte, und ein dazu passendes Oberteil mit dünnen Trägern, das ihren vollen Busen noch mehr zur Geltung brachte, weil er bei jedem ihrer federnden Schritte mitwippte. Ihre langen schwarzen Haare flatterten im Wind, und fast jeder Mann schenkte ihr mehr als einen Blick, als sie beschwingt dem Taxi entstieg, das sie vom Flughafen bis zum Hotel gebracht hatte, den Trolley hinter sich herzog und mit leicht wiegenden Hüften dem *Villa Rosa* entgegenschritt, einem der besten Hotels der Stadt. Dilara war im Laufe ihres Lebens immer mehr geneigt, sich die guten Dinge des Daseins zu leisten, wenn sie in der Öffentlichkeit agierte. Schließlich wollte sie ihr beinahe unendliches Leben genießen. Beinahe, dachte sie, ob diese Einschränkung bald nicht mehr erforderlich war? Durch die dunkle Kraft des Schattenkelchs? Schenkte er tatsächlich ewiges Leben? *Uneingeschränktes*, ewiges Leben? Doch wie war er wirksam? Waren Calvin und sie in der Lage, die Magie des Kelches zu entfachen?

Dilara folgte dem Liftboy in die geräumige, gläserne Kabine des Hotelfahrstuhls. Der junge Mann in einer schmucken Uniform verschlang sie fast mit seinen Blicken. Dilara verkniff sich das hochmütige Lächeln nicht, das ihre Züge noch klassisch schöner wirken ließ. Sie erreichten die zweite Etage, in der das Zimmer lag, das Dilara angemietet hatte. Der Boy öffnete ihr die Tür und blieb mit ausgestreckter Hand stehen, die sie herablassend übersah. Mehr noch, sie knallte dem Jüngling, der sie immer noch unverfroren anstarrte, die Tür vor der Nase zu. Ein unflätiger Fluch war die Reaktion, der Dilara auf der anderen Seite der Tür ein hämisches Lachen entlockte. Dann wurde sie wieder ernst beim Gedanken daran, was und wen sie hier suchte. Sie brannte darauf, sofort loszustürmen, mahnte sich aber zur Besonnenheit. Vorher mußte sie Kräfte sammeln. Sie stellte den Trolley achtlos ab, sah sich im Zimmer um, zog ihre Garderobe aus und schlüpfte nackt unter die Laken des Bettes. Während sie vor sich hinduselte, kam es ihr in die Sinn, daß sie gut daran täte, sich ein Opfer zu suchen und sich zu stärken.

London, Juni 2006, Scotland Yard

Der erste Weg führte Cassandra an ihren Rechner. Während Mick noch an seiner Waffe hantierte, konnte sie erkennen, daß sich ihr Partner seit über einer Woche nicht mehr eingeloggt hatte.

Dieses schöne, verdammt gutaussehende Arschloch, dachte Cassandra, und alles in ihr krampfte sich zusammen. Lügende Männer waren ihr seit jeher ein absolutes Greuel. Was konnte sie ihm glauben? Was nicht? Was war er wirklich für ein Mann? Was ging in seinem Kopf vor? Was steckte hinter seiner perfekten Fassade?

Sie erhob sich, trat an seinen Arbeitsplatz und setzte sich mit einem gekonnten Schwung auf die Tischplatte. Mick hob die Augenbrauen und ließ seine Waffe in eine bereits geöffnete Schublade fallen, die er dann mit dem Knie zuschob.

Cassandra beugte sich zu ihm hinunter. „Warum schaust du so entsetzt aus der Wäsche? Hast du gedacht, ich bin wegen der paar Pfunde Übergewicht unbeweglich wie ein Sandsack?“

Nun huschte an diesem Tag doch ein erstes Lächeln über Micks Gesicht. „Nein, Cassandra, das habe ich wirklich nicht gedacht. Du scheinst tatsächlich sehr beweglich zu sein.“

„Lenk nicht ab!“ pfiff sie ihn an, obwohl sie ja selbst das Gespräch auf diese Weise eröffnet hatte. „Warum sind wir genau zu diesem Haus gefahren?“ Bevor Mick Luft holen konnte, um was auch immer zu erwidern, ergriff Cassandra bereits abermals das Wort. „Erzähl mir nichts von Informationen aus dem Zentralrechner. Du ziehst deine Erkenntnisse aus anderen Quellen. Ich denke, jetzt ist es an der Zeit, mir einiges zu erklären.“

Mick blickte sie wieder nachdenklich an und suchte offensichtlich nach den richtigen Worten.

„Der Kannibale ist übrigens seit drei Jahren nicht mehr in diesem Haus wohnhaft", fuhr Cassandra fort. „Er hat sich vorschriftsmäßig abgemeldet und betreibt in der Innenstadt einen kleinen Shop für Plastikraumschiffe und ähnlichen Schnickschnack. Der Computer spuckt mir das nach zwei Tastenanschlägen aus, nur: So weit geht deine Recherche gar nicht. Deine Ermittlungen sind punktgenau und bedürfen keiner für uns alle hier zugänglichen Daten. Was also ist dein Geheimnis?"

Mick rutschte unbehaglich auf dem Stuhl hin und her. Cassandra beugte sich näher an ihn heran, und es war ihr völlig egal, daß sich in dieser verdrehten Haltung ihr Reißverschluß dabei Zentimeter um Zentimeter weiter nach unten bewegte.

„Was ist das Geheimnis deines Erfolges", bohrte sie weiter. Schon etwas belustigt, als sie sah, wie sich Mick langsam nach hinten verrenkte. „Laß mich daran teilhaben, mein schöner, gutgebauter Held."

Und es war wieder Dr. Grean, der störte. Diesmal wagte er sich zur Gänze in das Büro der beiden Cops. „Gratuliere!"

Cassandra fuhr herum und durch diese heftige Bewegung rutschte der Reißverschluß bis an den zweiten „Rettungsring" – von oben gerechnet. Ein dünner Seidenbüstenhalter schimmerte deutlich aus ihrem Overall hervor.

Ihr Vorgesetzter verzog für einen kurzen Augenblick sein breites Gesicht. „Nach dem Erfolg ist es Ihnen natürlich gestattet, sich ein wenig zu entspannen", quäkte Dr. Grean. Er räusperte sich einige Male mit einem unbehaglichen Unterton, und Cassandra riß ihren Reißverschluß bis zum Kinn hoch. „Das war allerdings ein Volltreffer", fuhr Dr. Grean fort und machte es sich auf Cassandras Bürostuhl bequem. „Die DNA stimmt überein. Diese Männer sind für mindestens drei der bisherigen Morde verantwortlich. Hervorragende Arbeit, die Sie da geleistet haben!"

Cassandra rutschte betont lässig von Micks Schreibtisch. „Danke, Sir! Aber der Verdienst gebührt einzig und allein Mr. Bondye. Seine Spürnase ist sensationell."

„Allerdings!" Dr. Grean nickte wohlwollend. „Nur eine Frage vorweg: Wie ist es bei einem der beiden Männer zu dieser grausamen Verletzung gekommen? In den ersten Berichten der Kollegen mußte ich gerade lesen, daß der Verlust des Beines ganz frisch war. Es ist buchstäblich verbrannt! Wie konnte das geschehen?"

„Raucherbein", nuschelte Mick und betrachtete, als könne er kein Wässerchen trüben, seinen aufgeräumten Schreibtisch, entdeckte wie aus heiterem Himmel einen kleinen Fleck und rieb emsig darauf herum. „Das war ein Haus voller Kettenraucher. Einfach furchtbar!"

Santa Barbara, Juni 2006

Calvin fühlte sich immer elender und kraftloser. Dieses wattige Gefühl in seinem Kopf, der pelzige Geschmack auf seiner Zunge und die Gleichgewichtsstörungen, die ihn auf das schwarze lederne Sofa in der Bibliothek seines Vaters zwangen, wollten nicht weichen. So sehr sich Calvins Seele auch gegen diese Form der Vergewaltigung wehrte.

Vergewaltigung durch seinen eigenen Vater!

Ich hätte es wissen müssen, dachte Calvin träge und schwamm dahin in einem Meer aus Trägheit. Doch dann regte sich wieder sein Widerspruchsgeist, der seinem Charakter so zu eigen war, und er versuchte sich aufzulehnen, sich von dem Sofa hochzuhieven, fiel aber entkräftet zurück.

Er fühlte sich wie unter Drogen, bar jedes eigenständigen Willens. Wenngleich der Fluchtgedanke immer nachhaltiger in ihm aufflackerte, plätscherten seine Gedanken und der Wille, sich zu widersetzen, dahin.

Dennoch: Er mußte weg! Möglichst sofort!

Fort aus den Fängen seines vom Wahnsinn gezeichneten Vaters.

Calvin blieb benommen liegen. Wenn sich der bisherige Ablauf nicht veränderte, würde man ihn für den Rest des Tages in Ruhe lassen. Sein Vater versuchte immer nur in den frühen Morgenstunden mental in ihn einzudringen, sich des Potentials seines Sohnes zu bemächtigen, nach dem es ihn immer schon gelüstet hatte. Nach jeder „Sitzung“ verlor er jegliches Interesse an seinem Sohn, und er gab ihn in die Obhut des Dienstmädchens und Oliver Richmonds. Was Calvin aber wunderte, war die Tatsache, daß diese ihn weitestgehend unbeaufsichtigt ließen, was wohl an der festen Überzeugung seines Vaters lag, daß sein Sohn kräftemäßig außer Gefecht gesetzt war, aber auch daran, daß sich Oliver Richmond dennoch immer in unmittelbarer Nähe befand und sein Augenmerk auf Calvin richtete. Dieser wußte, daß Richmond für seinen Vater töten würde, sobald es erforderlich sein sollte.

„Zu Hölle mit dir, Richmond!“ fluchte Calvin. „Hätten dir doch die Zigeuner den Garaus gemacht!“

Er versuchte nun doch, sich aufzusetzen, und es gelang ihm!

In seinem Kopf war ein dumpfes Brummen, wie bei einer starken Migräne, das in ihm Übelkeit aufsteigen ließ.

Calvin zog sich an der hohen Rückenlehne des Sofas hoch, blieb einige Sekunden schwankend stehen, ging dann mit unsicheren Schritten zur Terrassentür, öffnete sie einen Spaltbreit, schlüpfte hinaus in den Garten. Dort sank er auf eine Bank, die vor einem verwitterten, dichtbewachsenen Pavillon stand, in dem seine Mutter abends immer gesessen hatte.

Irgendwie stieg in Calvin das verwirrende Gefühl auf, daß in ihm zwei Kräfte wirkten – und daß aber auch etwas Wesentliches fehlte. Etwas, das ihm vertraut gewesen war. Von besonderer Bedeutung. Ein dunkles Licht, das ihn dennoch erhellt und gewärmt hatte. Ein Licht, das von einer anderen Wesenheit herrührte, die seine vervollkommnete.

Aber da war auch noch etwas anderes, das in ihm erwacht war und das sich mit aller Macht an die Oberfläche seiner Seele kämpfen wollte. Etwas Altes, Stärkendes.

Calvin stöhnte leise auf, weil sich seine Eingeweide wie ein Wurm zu winden schienen. Zumindest fühlte der langhaarige Vampir es so. Benommen schüttelte er den Kopf. Wieder keimten Fluchtgedanken in ihm auf. Ich muß hier weg, dachte er verzweifelt, weg von *ihm*!

Calvin hörte im Geiste noch die Stimme seines Vaters, der ihn in einer Art Trance oder Hypnose gehalten hatte. Dieser bestimmende, aber auch einlullende Tonfall, den er mehr und mehr verabscheute.

„Die *Fünf*", hatte Anton Percy Vale immer wieder eindringlich wiederholt. „Was sagt dir die *Fünf*, mein Sohn?"

Calvin hörte sich mit Erstaunen – und für sein Empfinden – wirres Zeug murmeln. „Der Himmel hat sich verdunkelt und ist erfüllt von Zeichen und Symbolen... die Kraft der Fünfheit... fünf ist die Zahl der Seele... doch meine ist leer, so leer... ich fühle Schmerz über den Verlust des besonderen Gefühls... ich lasse das Überflüssige gehen... und mache Platz in meinem Leben für etwas Wichtigeres... nur die radikale Veränderung wird es bewirken... wer zurückblickt, kann die Liebe vor sich nicht sehen, selbst wenn sie ganz nahe ist..."

„Diese verfluchte Frau!" Der Stimme seines Vaters war deutlich zu entnehmen gewesen, daß es nicht das war, was er zu hören gehofft hatte. Und Calvin fragte sich, welche Frau sein Vater wohl meinte.

London, Juni 2006, Scotland Yard

Dr. Grean hatte herzhaft gelacht und kumpelhaft mit den Augen gezwinkert. Dann wurde er gottlob herausgerufen, bevor er nachhaken konnte.

„Bis später!" Ihr Chef winkte noch einmal kurz in den Raum hinein. „Ich bin gespannt auf den Bericht."

Cassandra setzte sich wieder auf ihren Stuhl und fixierte Mick. „Ebenso wie ich, mein Lieber. Auch wenn ich mich wiederhole: Es ist an der Zeit, etwas zu erklären. Unsere beiden Berichte sollten sich schon im Wesentlichen und im Kern der Sache angleichen."

Mick seufzte laut und nickte. „Natürlich, Cassandra."

„Dann los, ich höre!"

„In London tobt ein Bandenkrieg."

„Aha?" Cassandra blickte ihn interessiert an und machte es sich, so gut es ging, auf ihrem eckigen Bürostuhl gemütlich. „Nur weiter."

„Ein Bandenkrieg unter Vampiren."

Cassandras entspannter Gesichtsausdruck verschwand von einer Sekunde zur anderen und machte einem großen Fragezeichen Platz. „Vampire?"

„Ja!"

„Von... wie... woher weißt du das?"

„Im Laufe der Jahre habe ich für mich selbst einige interessante Fähigkeiten entwickelt, die meiner Polizeiarbeit äußerst zuträglich waren“, erklärte Mick in einer leicht geschwollenen Art, die wohl über noch kleine Unsicherheiten in der schlußendlichen Ausführung seines Vortrages hinwegtäuschen sollte.

„Allerdings. Das erklärt einiges.“

„Mit oder in meinem Geist, nimm es so, wie es für dich verständlicher ist, kann ich Kontakt zu Toten aufnehmen.“ Mick rang offensichtlich nach passenden Worten.

Cassandras Gesicht zog sich immer weiter in die Länge. „Zu Toten? Mit deinem – *was*?“

Mick trommelte unwirsch mit den Fingern. „Tote geben mir die Informationen, die ich fordere. Ich suche sie auf einer für dich momentan noch nicht nachvollziehbaren Ebene auf.“

Cassandras Mund blieb offen. „Mit deinem Geist also?“

„Richtig!“

„Datengespeicherte Rechner sind für dich also Peanuts!“ Cassandra nickte heftig, und in ihrem Gehirn schien es zu brodeln. „Verstehe! Ja, ich glaube, jetzt sehe ich klarer. Du bekommst die Infos von Toten, die du im Geiste auf einer anderen Ebene aufsuchst.“

Mick überlegte für einen kurzen Augenblick, ob ihn seine Partnerin richtig verstanden hatte, ihn überhaupt verstehen wollte. Nun, wollen ganz sicher, aber war sie dazu auch in der Lage? Vielleicht mußte er noch weitere Details preisgeben. „Natürlich ist für mich die unglaubliche Vielzahl von elektronischen Daten genauso unerläßlich wie für jeden anderen auch. Doch auf die nicht gespeicherten und wesentlichen Informationen kommt es an, und die sind nun mal in keiner Datenbank der Welt vorhanden.“

Cassandra nickte wie in Trance. „Ja, das klingt logisch.“

Mick schwieg wieder und ließ seiner Partnerin Zeit, das soeben Gehörte erst einmal zu verdauen.

Cassandra richtete sich auf, so, als würde sie einen wichtigen Entschluß fassen. „Du kannst also ein Mordopfer auf geistiger Ebene besuchen, und das verrät dir dann die Hintergründe und gegebenenfalls auch, wer der Täter war. Ist das so richtig? Hast du das so gemeint?“

„Korrekt!“

„Ich glaube dir kein Wort!“

Mick legte die Innenseiten seiner Handflächen zusammen und blickte Cassandra nachdenklich an. Das war zu erwarten gewesen. Schließlich hatte er seiner Partnerin nichts Alltägliches erzählt. „Du forderst von mir Erklärungen. Jetzt hast du sie. Es ist deine Sache, wie du damit umgehst.“

Nun war es an Cassandra zu schweigen. In ihr arbeitete es. Nach einer geraumen Zeit erhob sie sich und wanderte in dem kleinen Büro auf und ab. „Es ist unglaublich, was du mir erzählst, Mick, aber es ist auch so verdammt logisch.“ Sie blieb nah vor seinen langen ausgestreckten Beinen stehen. „Du erzählst mir hier auch keinen Scheiß, nur um mich ins Bett zu kriegen?“

Mick grinste breit und wußte, daß Cassandra ab diesem Gespräch Zugang zu ihm und seiner Arbeitsweise finden würde.

Cassandras bisherige Karriere war ebenfalls sehr gradlinig verlaufen. Natürlich stand sie in keinem Vergleich zu Micks, und doch betraute man sie trotz ihres geringen Alters von knapp über zwanzig Jahren mit wichtigen Aufgaben, die sie stets zur Zufriedenheit ihrer jeweiligen Kollegen und Vorgesetzten lösen konnte. Ihr Verstand war messerscharf und keineswegs schon so festgefahren, daß ihr zwangsläufig neue Denkmodelle und Sichtweisen fremd sein mußten.

„In deiner Dienstwaffe war keine normale Munition, als du zu den Schmuddelmännern in den Hof gingst, richtig?“ wollte sie wissen.

„Richtig. Inzwischen habe ich einiges an Hintergrundwissen erlangt, was sich zur Zeit in ganz bestimmten Kreisen in London zuträgt. Einzelne Gruppierungen von Vampiren kämpfen um Machtanteile.“ Mick schien nach dem richtigen Wort zu suchen. „Es geht um die Vorherrschaft unter den Vampiren.“

„Wie viele sind es?“ fragte Cassandra leise. Ihr lief ein Schauder nach dem anderen den Rücken hinunter. Alleine die Vorstellung, daß Vampire tatsächlich existierten und man sich bereits ein Leben lang zwischen ihnen bewegte, mit ihnen lachte und Geschäfte abschloß, das konnte einen normal denkenden Menschen krank machen.

Mick winkte ab. „*Sehr* viele. Aber das tut nichts zur Sache. Wir, und damit meine ich in erster Linie dich, müssen uns auf einen besonderen Kampf vorbereiten. Das heute war lediglich der Anfang. Wir bleiben natürlich dran.“

Cassandra schluckte. „Gibt es für so etwas nicht separate und geheime Spezialeinheiten? Die mit diesen Dingen bereits Erfahrung haben?“

Mick lachte. „Du bist herrlich, bis eben hast du die Existenz solcher Wesen angezweifelt und jetzt fragst du schon nach passenden Spezialeinheiten. Nein, da müssen wir zwei erst einmal alleine durch.“

Cassandra ließ sich kraftlos auf ihren Stuhl fallen. In Gedanken malte sie sich bereits die grausamsten Situationen aus. Aber hatte sie die nicht auch im normalen Polizeidienst erlebt? Was sollte sich groß ändern? Die Gefahr war erkannt, und das sollte nun erst einmal das Wichtigste sein.

Mick sah sie ruhig an, und Cassandra schöpfte aus seinen bronzefarbenen Augen Kraft und Optimismus.

Santa Barbara, Juni 2006

Dilara hatte erst gut zwei Stunden geruht, als sie schon wieder erwachte. Der Jetlag verschonte auch sie nicht. Die schöne Vampirin stöhnte leise. „Warum muß man die unangenehmen Dinge aus dem menschlichen Leben mit übernehmen?“ Sie zog eine Grimasse. „Hin und wieder wäre es nicht schlecht, wenn das ein oder andere Klischee, das man über uns verbreitet, zuträfe. Dann wäre ich mit einem Fingerschnippen von A nach B.“

Dilara trat an das Fenster des Hotelzimmers, und ihr Blick richtete sich gen Himmel. Dieses Blau, dachte sie, dieses strahlende Blau. Es war so anders als der Himmel Londons, der oft wolkenverhangen und grau war oder nur durch den typischen Nieselregen sichtbar.

Dieses azurfarbene Firmament hier erinnerte Dilara an ihre jüngst erlebten Abenteuer in Frankreich und an den Schattenkelch. Sie konnte es immer noch nicht fassen, daß sie ihn in ihren Besitz gebracht hatten. Aber nun waren er und Calvin verschwunden.

Dilara kehrte dem Fenster den Rücken zu und betrachtete das verspielte, sandfarbene Himmelbett mit Rüschen, das einen Großteil des Zimmers einnahm. Ansonsten bestach der luxuriös ausgestattete Raum eher durch schlichte Eleganz.

Dilara vollführte eine abwehrende Handbewegung, als wolle sie damit andeuten, daß die Einrichtung nicht von Bedeutung war, und das traf auch zu. Calvin war wichtiger. Daß sie ihn wiederfand, und daß er unversehrt war. Nur das zählte im Moment, alles andere würde sich finden – wenn... ja, wenn sie Calvin aufspürte.

Doch wo sollte sie beginnen?

Dilara zögerte nicht lange und warf sich eine schwarze Stola über das weinrote Kleid mit der engen Taille und dem weitfließenden Rock, in das sie geschlüpft war und in dem sie wie eine Zigeunerin aussah. Dann verließ sie im Sturmschritt das Hotel, ohne den freundlichen Gruß des Portiers zu erwidern. Ihre Augen hielt sie wieder hinter dunklen Brillengläsern verborgen. Ganz so, als fürchte sie sich, sie den neugierigen Blicken, die man ihr zuwarf, preiszugeben. Doch es war vorrangig, weil sie das ständig grelle Sonnenlicht auf die Dauer schmerzte.

Soviel zu den Klischees, dachte sie ironisch, manche treffen doch zu.

Dilara verließ das Hotel und durchstreifte die Stadt, in der sie sich sofort seltsam heimisch fühlte, was daran liegen mochte, daß Calvin hier geboren war oder das Stadtbild eher unamerikanisch wirkte. Die roten Ziegeldächer der Häuser erinnerten Dilara eher an Andalusien. Die Vampirin atmete die frische Meerluft tief ein und dachte daran, daß Calvin voller Stolz erzählt hatte, seine Heimatstadt sei schon mehrfach zum besten Strandgebiet Kaliforniens gewählt worden, was an der sauberen Luft und der Gepflegtheit der Sandstrände und der Stadt lag. Dilara konnte da nur zustimmend und anerkennend nicken.

Nachdem Calvin verschwunden war und sie die Vision ereilte, in der sie die alte Mission von Santa Barbara sehen konnte, hatte sie im Internet über die Stadt recherchiert und stellte nun fest, daß beinahe alles zutraf, was sie gelesen hatte.

„Den Namen *amerikanische Riviera* trägst du mit guten Grund“, murmelt Dilara vor sich hin und genoß die freundliche und einladende Atmosphäre, besonders aber das milde Klima.

Nachdem sie eine Weile ziellos vor sich hingegangen war, erreichte Dilara das Stadtzentrum, folgte der State Street und hielt sich nördlich, stoppte erst wieder vor dem *New Press Building*, der größten Tageszeitung Santa Barbaras, und erreichte so ihr aktuelles Ziel.

Dilara holte tief Luft. „Auf geht's. Wenn ich hier nicht einiges über Calvins Vater herausfinde, geht es mit dem Teufel zu." Sie kicherte. „Und mit dem dürfte ich keine Probleme haben!"

Calvins Kopf wurde allmählich klarer, auch wenn mittlerweile schon die Dämmerung über Santa Barbara hereingebrochen war. Der hagere Vampir blickte in den Himmel. „Um so besser!" murmelte er. In ihm war schon den ganzen Tag eine Unruhe, die selbst das Mittel, das ihm sein Vater am Morgen verabreicht hatte, nicht unterdrücken konnte.

Etwas trieb ihn hinaus.

Etwas, das ihm vertraut war, das er sich aber nicht erklären konnte.

Calvin floß wie ein düsterer Schatten durch die Dunkelheit, bis zum *Stearns Wharf*, einem langen Anglersteg, der den Mittelpunkt des kilometerlangen und von Palmen gesäumten Strandes bildete. Calvin hastete auf dem ehemaligen Hafenpier an Restaurants, Läden und dem *Sea Center* vorbei, in dem den Besuchern das Meeresleben im *Santa Barbara Channel* nahegebracht wurde.

Die Unruhe in Calvin nahm zu, je mehr er sich dem undefinierbaren Punkt näherte, der ihn magisch anzuziehen schien.

Nach gut einem Kilometer Fußmarsch in Richtung Norden,

am Ende des West Beach, erblickte er den Hafen von Santa Barbara, dessen Atmosphäre ihn schon immer fasziniert und dessen Schiffe seine jungenhafte Abenteuerlust geweckt hatten. Besonders, als seine Mutter einmal mit ihm zu den *Channel Islands* fuhr und sie mit einigen Touristen die Wale beobachteten, deren wuchtige, aber dennoch majestätische Schönheit dem kleinen Calvin ebenso in Erinnerung geblieben war wie dem erwachsenen.

Calvin hastete am *Santa Barbara Maritime Museum* vorbei, steuerte beinahe zielsicher eine kleine abgeschiedene Kaimauer an und blieb erst einmal davor stehen, blickte auf das Meer und fragte sich, was ihn hergetrieben hatte. Vor allem, woher er plötzlich die Energie besaß, sich dem Einfluß seines Vaters zu entziehen. Ihm war so, als erhielte er sie von einer Quelle, die erst seit diesem Tag in der Nähe weilte.

Die Unruhe in ihm wurde beinahe unerträglich, als eine Stimme erklang, die er kannte und auch wiederum nicht.

„Cal!“ rief Dilara, die auf der Suche nach einem Opfer war, von dem sie trinken konnte, erfreut aus und lief auf ihn zu. „Cal, was habe ich mir für Sorgen gemacht!“

Calvin drehte sich langsam herum, seine Augen tasteten das Gesicht der schönen Frau ab, die dicht vor ihm stehengeblieben war, blieben an dem leuchtenden Grün ihrer Augen hängen – doch es war kein Erkennen in seinem Blick.

HIC ET NUNC

(Hier und jetzt)

Santa Barbara, Juni 2006

Dilara glaubte ihren Augen nicht zu trauen, als sie die hagere, dunkelgekleidete Gestalt mit langem, im Wind wehenden Haar an der Kaimauer stehen sah. Fast verschmolzen mit der Dämmerung, wie es einem Schattenwesen wie ihm ähnlich sah.

Calvin, war ihr erstes Gedanke, und ihr dunkles Herz klopfte heftig.

War ihr das Schicksal wirklich so hold, ihrer beider Wege sofort, da sie in Santa Barbara angekommen war, kreuzen zu lassen?

Es war so!

Dilara hätte ihrer Freude am liebsten laut Ausdruck verliehen, sie konnte sich aber noch im letzten Moment zügeln. Schließlich wollte sie keine unnötige Aufmerksamkeit erregen.

„Cal!“ rief sie und berührte ihren Gefährten, der sie verstört anstarrte.

Sein Gefühlschaos war lebhaft an seinem Mienenspiel abzulesen.

Wer ist diese Frau?, durchzuckte es ihn, und ein weiterer Gedanke schob sich dazwischen: Hatte nicht sein Vater eine Frau verflucht? Eine Frau, die ihn und seinen Sohn angeblich entzweite? Handelte es sich um diese hier, die stolz und ungeheuer schön vor ihm stand und seinen Namen rief?

„Cal, erkennst du mich nicht? Was ist mit dir?“ Die letzte Frage flüsterte sie, besorgt und in einem fast ängstlichen Tonfall, der so gar nicht zu der hoheitsvollen Aura, die sie umgab, paßte.

Calvin betrachtete dieses faszinierende Wesen, das seinen Namen rief, und spürte, wie alles, was ihn ausmachte, zu ihr gezogen wurde. Doch er konnte sie nicht zuordnen. Er vermochte sich nicht daran zu erinnern, ihr jemals begegnet zu sein.

Dennoch war sie ihm vertraut.

Schmerz mache sich in ihm breit. Schmerz, den man bei einem schweren menschlichen Verlust erlitt.

„Cal!“ flüsterte Dilara schockiert, als sie merkte, daß er sie nicht erkannte, hob die rechte Hand und strich ihm über die Wange. „Ich bin es, Dilara!“

Calvin zuckte zurück, als habe ihn eine Viper gebissen. Bei dem Klang ihres Namens regte sich etwas in ihm, aber immer noch flackerte keine Erinnerung auf.

„Dilara“, murmelte er leise und nachdenklich vor sich hin. „Dilara... Dilara...“

Dann löste er sich sprichwörtlich von einer Sekunde zur anderen in Nichts auf.

London, Juni 2006

„Einen Feierabenddrink, *Gazelle*?“ fragte Mick Cassandra augenzwinkernd.

Seine Partnerin schüttelte gedankenverloren den Kopf. „Nein danke, Mick. Ich befürchte, ich brauche heute abend Zeit zum Überlegen.“

„Verstehe!“ Micks Stimme klang dumpf, als er den gepolsterten Motorradhelm über seinen Kopf stülpte. „Dann sehen wir uns morgen.“

Cassandra nickte kurz und sah ihm nachdenklich hinterher, wie er mit seiner Maschine im stinkenden Feierabendverkehr von London verschwand.

Kaum war er außer Sichtweite, schnitt sie eine ärgerliche Grimasse. Hätte sie die Einladung nicht doch annehmen sollen?

Tausend Fragen schwirrten ihr im Kopf herum. In jeder Antwort, die sie sich selber gab, steckten wieder neue Fragen, die einer Erklärung bedurften.

Am liebsten hätte sie den ganzen Abend mit Mick verbracht.

Was würde er in den nächsten Stunden tun? Zu einer Frau fahren oder seinen Geist auf Kontaktsuche mit Toten schicken?

Genau diese beiden Punkte interessierten Cassandra am meisten.

Was für ein Zeug mußte man in sich hineindrücken, um seinen Geist auf eine solche Reise zu senden?

Wie sahen eventuelle Nebenwirkungen aus?

Cassandra lachte leise, als sie sich selbst darauf einige lustige Antworten gab.

Sie seufzte und verspürte eine stark zunehmende Sehnsucht nach Mick. Sie wollte ihn berühren, seinen muskulösen Körper streicheln – sanft und möglichst überall. Seine Aura hatte sie längst gefangengenommen.

Und die Blicke seiner bronzefarbenen Augen...

Wo mochte er inzwischen sein? Die räumliche Entfernung brachte ihn noch näher in ihre Seele.

Cassandra fuhr sich unwirsch mit der linken Hand durch ihren roten Wuschelkopf.

Reiß dich mal zusammen!, dachte sie und schöpfte einen langen sehr tiefen Atemzug. Du hast heute wieder mal eine im wahrsten Sinne des Wortes angefressene Leiche gesehen, und das einzige, was dich wirklich bewegt, ist die Faszination, die dein neuer Partner auf dich ausübt.

Sie knallte ihren dunkelroten Motorradhelm auf den Tresen einer Fish- und Chipsbude.

Na prima, nun war sie auch noch dort gelandet, wo sie eigentlich gar nicht mehr hinwollte.

„Ja bitte?“ fragte eine weibliche Bedienung, die aussah, als würde sie in einer Friteuse wohnen.

„Coke light“, seufzte Cassandra. Die fettverschmutzte Kellnerin blieb stehen und setzte den Und-was-noch-Blick auf.

„Salat ohne Dressing.“ Cassandra sagte es mit traurigem Blick und ärgerte sich ein bißchen, weil sie für Mick hungern wollte, um in seiner Gunst zu steigen.

Santa Barbara, Juni 2006

Die Enttäuschung in Dilara wuchs von Stunde zu Stunde, und sie kam nicht mehr zur Ruhe. Immer gehetzter floß sie durch die Nacht, erkundete das Umfeld der Stadt, floß letztendlich in sie zurück und traf dort am Strand auf einen jungen, langhaarigen, blonden Mann, der sie an Guardian erinnerte. Er lehnte in engen zerfransten Bluejeans und mit freiem Oberkörper am Stamm einer Palme und blickte aufs Meer. So registrierte er sie erst, als Dilara dicht neben ihm stand. Das erfreute Aufblitzen in seinen Augen bei ihrem Anblick wechselte in einen erstaunten Ausdruck, als Dilara blitzschnell mit einer Hand in sein langes Haar griff und ihn an sich zog.

„Du hast es aber nötig!“ murmelte er, augenblicklich erregt, und wollte sie küssen.

„Allerdings!“ sagte sie heiser und brach ihm mit einer raschen Bewegung – ohne ihm auch nur den Hauch einer Chance zur Gegenwehr einzuräumen – das Genick, ließ seinen Körper zu Boden sinken und beugte sich über ihn. Biß brutal in seine Halsschlagader und trank in hastigen Schlucken. Das Blut von Toten, selbst wenn sie soeben erst gestorben waren, hatte immer eine andere, schalere Blume als das von Lebenden. Wie Wein, der falsch oder gar nicht dekantiert worden war. Aber Dilara kam es in diesem Augenblick nicht auf den Genuß an, den sonst diese spezielle Nahrung für sie bedeutete, sondern auf schnelles Töten und Energiezufuhr. Sie benötigte es eher als Ventil ihrer aus dem Ruder geratenen Gefühle. In ihr war alles in Aufruhr, seit Calvin sie nicht erkannt hatte, und der Schmerz darüber hätte nicht grausamer sein können. Es wurde kalt in ihr. *Wirklich* kalt. Wie es eigentlich einer ihrer Art gemäß war, was sie aber verdrängt zu haben schien.

Es war eine Kälte, die sie, seit Calvin in ihrem Leben war, nicht mehr in sich verspürt hatte.

Calvin kehrte verwirrt in das Haus seines Vaters zurück. Dort ging er geradewegs in die Bibliothek, in der er seinen Vater vermutete – und richtig, der saß hinter seinem Schreibtisch und blickte erstaunt durch die goldgefaßte Lesebrille, als sein Sohn mit festem Schritt eintrat, öffnete den Mund, um etwas zu sagen, als ihm Calvin forsch zuvorkam.

„Reden wir nicht lange drumherum, Vater. Ich werde nicht weiter das Versuchskaninchen spielen!“ Calvin setzte sich seinem Vater gegenüber.

„Davon kann wohl kaum die Rede sein.“ Anton Percy Vale lehnte sich zurück. „Du selbst wolltest an das Wissen in dir gelangen! Wolltest dich selbst erkennen und warst damit einverstanden." Er strich sich das lange, graumelierte Haar zurück. Calvin war es beinahe, als blickte er in einen Spiegel, der sein Ebenbild um einige Jahrzehnte gealtert wiedergab.

„Ja, weil ich nicht wußte, daß du mich unter Drogen setzen würdest!"

„Calvin, Calvin, Calvin..." Sein Vater schüttelte den Kopf. „Warum mußt du immer so übertreiben?" Er zog die Brille aus und spielte gedankenversunken damit. „Wenn man Ergebnisse erzielen will, muß man oftmals zu drastischen Mitteln greifen."

„Auch zu solchen, daß sich der eigene Sohn an vieles nicht mehr erinnern kann?" fragte Calvin aufgebracht. Sein Gesicht hatte sich sichtlich gerötet.

„Wie meinst du das?" In der Stimme seines Vaters klang etwas Lauerndes.

„Ich meine die Frau, die du ständig erwähnt hast!"

Calvin sah mit Genugtuung, wie sich nun die Gesichtsfarbe seines Vaters veränderte. Sie wurde deutlich blasser. „Eine Frau? Ich weiß nicht, was du meinst, mein Sohn", gab er ausweichend zur Antwort.

„Vater!" Calvin seufzte demonstrativ. „Beleidige nicht meine Intelligenz. Du weißt genau, wovon ich spreche."

Anton Percy Vale zog es vor zu schweigen.

„Vater! Bitte!"

Calvin wartete vergeblich auf eine Antwort. Sein Vater starrte stumm vor sich hin, und sein Gesichtsausdruck wurde immer düsterer.

London, Juni 2006

Mick bremste scharf ab, als ein Smart-Fahrer ohne Lichtzeichen und erkennbaren Grund die Spur wechselte. Auch Mick hing, ebenso wie Cassandra, seinen Gedanken nach, blieb aber trotzdem hochkonzentriert im quirligen Londoner Straßenverkehr.

Was mochte Cassandra jetzt wohl über ihn denken? Würde sie mit anderen über das sprechen, was er ihr heute mitgeteilt hatte?

Auf keinen Fall! Da war er sich sicher.

Gewiß würde sie den Abend damit verbringen, die vielen unglaublichen Dinge des heutigen Tages zu verdauen. Und diese Zeit wollte Mick ihr geben.

Die Ampel zeigte Rot, Mick stoppte und dachte an seinen ermordeten Partner Greg Lane. Er nahm sich vor, heute noch einmal mit ihm in Kontakt zu treten.

Das ist wirklich eine neue, geradezu recycelte Art der Zusammenarbeit, überlegte Mick belustigt und beschleunigte seinen zweirädrigen Untersatz kurzzeitig in den roten Bereich.

Ab nun wird eingegriffen – in das Machtspiel der Vampire!

Es war dieses durchgehende Wohlgefühl, das die Menschenseele erst nach einer Komplettnekrose – Greg hatte für sich das Wort selbst mit kindlicher Freude kreiert – in diesen euphorischen Dauerzustand versetzte. Bereits nach kurzer Zeit war jede Angst und jeder Zwang von ihm gewichen.

Nach kurzer Zeit?

Natürlich ahnte Greg sehr wohl, daß es in diesem Zustand

keinen wirklichen Zeitbegriff mehr gab, denn das Zeitgefühl, so wie er es in seinem bisherigen irdischen Leben gewohnt war, hätte seinem Geist sicher diese großartige und unendliche Euphorie genommen.

Sein Glückspegel stieg in sanften Wellen weiter nach oben. Er wartete wieder auf Mick.

War er zu Lebzeiten seinem Mitarbeiter stets mißtrauisch gegenübergetreten, so hätte er ihn nun bei jeder Begegnung umarmen können. In ihm hatte er einen idealen Partner gefunden. Seine Verbindung zur Welt der Lebenden. Es gab nur sehr wenige im Reich der Toten, die das von sich sagen konnten, und besonders nicht in diesem fließenden Übergang.

Greg war sich inzwischen über seinen ehemaligen Partner völlig im klaren.

Mick Bondye war ein Voodoovampir!

In ihm steckte eine unglaubliche Kraft. Mehr, als Mick es bisher wohl selbst ahnen konnte. Mit ihm würde er noch viel Freude haben, dessen war sich Greg sicher.

Er seufzte wohlig bis zu den weichen Rändern seiner Seele. Was war sein bisheriges Leben doch kleinkariert und lächerlich gewesen, gemessen an den Möglichkeiten, die sich jetzt und hier nach seinem Tod boten. Warum war er nicht schon früher gestorben?

Jahr um Jahr hatte er um jeden noch so winzigen Erfolg ringen müssen. Mühsam mußte er sich durch Unzulänglichkeiten, Krankheiten, Launen und permanente Zustände von Angst und Furcht durch sein jämmerliches Leben quälen.

Als Cop kämpfte er verbissen darum, nicht die Tür zur wahren Glückseligkeit zu durchschreiten. Doch irgendwann traf es jeden.

Er konnte dem Wiedergänger immer nur für dessen Tat

danken. Nahm der ihn überhaupt wahr? Oder befanden sie sich beide auf verschiedenen Ebenen?

Nun, der Kontakt mit Mick, dem Voodoovampir, genügte ihm vollkommen. Es würde ihm die allergrößte Freude bereiten, Mick Informationen aus seiner Welt zu geben, um dann die Geschicke von dort zu beeinflussen.

Ja, damit konnte er sein Wohlbefinden sogar noch steigern.

Die Freude hielt an, bis sich Mick bei ihm meldete.

Kann ich es selbst beeinflussen, ob und wann er mich erreichen soll?, überlegte Greg.

Wohl kaum, aber der fehlende Faktor Zeit gaukelt es mir so vor. Wenn ich ihn brauche, dann ist er da. Völlig egal, wieviel Zeit in der realen Welt inzwischen vergangen ist.

Greg stellte sich die Stimme von Mick so ein, wie er es für sich am angenehmsten empfand.

„Wo soll ich anfangen, Greg?“ fragte der Voodoovampir. „Gib mir die Information, wo und wie ich mit der größten Wirkung ansetzen kann.“

„Gerne, mein Freund!“ Gregs Seele war zum Bersten mit Glück und Freude erfüllt. Er mußte sich zurückhalten, um zwischen den einzelnen Wörtern nicht zu jauchzen. „Wie gefällt dir deine neue Partnerin?“

Es rauschte. Mick schien zu überlegen. „Wie meinst du das? Ist das von Bedeutung?“

„Ja, mein Lieber!“ Greg konnte nicht anders, er mußte jubeln. „Auch das. Aber ich frage nur aus alter, nicht unterdrückbarer Neigung.“

„Sie kam als Ersatz für dich. Müssen wir darüber reden?“

„Natürlich nicht. Vergiß es.“ Greg überlegte sich, ob seine Antworten wohl ebenso glucksend bei Mick ankamen.

„Wer ist für meine Arbeit relevant?“ fragte Mick. „Kann ich etwas erreichen?“

„Du kannst sogar sehr viel erreichen, mein wunderbarer Freund. Und du wirst es auch.“

„Einen Namen bitte.“

Greg lachte wieder. Dieses Drängeln und Forschen. Wie sinnlos auf dieser Ebene, wo alles doch so klar, übersichtlich und greifbar war. Aber eine unerläßliche Krücke in der Welt, die er soeben, oder wann auch immer, verlassen hatte. Wichtig war eigentlich nur, daß er einen Zugriff zu beiden Ebenen besaß.

Greg hörte, wie Mick seinen Namen rief.

„Bist du noch für mich zu sprechen, Greg?“

Die Seele von Greg frohlockte wieder. Würde es noch herrlicher werden, dieses Gefühl weiter auszukosten und auf die Spitze zu treiben?

Nein!

Der Voodoovampir sollte seinen Namen haben. Die unglaubliche Euphorie sollte ihn nicht dazu verleiten, diesen exorbitanten Kontakt zur vergangenen Welt zu vergrätzen.

„Guardian!“ rief Greg in die Weite seiner Seele, in die Mick eingedrungen war. „Du findest ihn in den Katakomben unter der St. Paul's Cathedral.“

„Was ist Besonderes an dieser blonden Bohnenstange, Greg?“

„Einiges, mein Freund.“

„Er ist ein Vampir, das weiß ich längst.“

„Und er hat einen direkten Bezug zu Dilara.“

Rauschen. Mick schien ein besonderes Interesse an Dilara zu haben.

„Er und Dilara sind Geschwister!“ Greg freute sich wie ein kleines Kind über seine Offenbarung, die Mick mehr als nur in Erstaunen versetzte.

London, Juni 2006, in den Katakomben der St. Paul's Cathedral

Guardian studierte konzentriert das nächste kleine Büchlein von Antediluvian. Sehr schnell bemerkte er, daß der Urnosferatu immer nur wesentliche Momente und Geschehnisse festgehalten hatte. Wesentlich für ihn, aber vor allem für das Vampirgeschlecht. Guardian war beeindruckt, was der Fürst der Nosferati alles zusammengetragen hatte.

„Das ist ja hochinteressant", murmelte er. Immer wieder war er in den Aufzeichnungen auf die Fünfheit gestoßen, die sich um den Schattenkelch rankte und die mit seiner Magie verwachsen war.

Was hatte das zu bedeuten?

Guardian blätterte weiter in dem Buch, in dem es um eine ewige, düstere Flamme ging, das geheimnisvolle Licht, das aus dem Schattenkelch floß.

Die ewige Flamme, das dunkle Licht des Kelches vereint die fünf Elemente... doch nur der im Zeichen der Liebe kommt, vermag die Schrift zu entziffern...

„Fünf Elemente?" murmelte Guardian fragend und grübelte nach. „Das fünfte Element... der Äther... die Alchemie..." Er vergrub das Gesicht kurz in seinen Händen. „Was hat das alles nur zu bedeuten?" Er setzte sich wieder aufrecht. „Der im Zeichen der Liebe kommt... hm... sonderbar, sehr sonderbar."

Der blonde Vampir las weiter und wurde das Gefühl nicht los, daß Antediluvian kurz vor der Lösung des Rätsels gestanden, jedoch nicht das notwendige Verständnis besessen hatte. Entmutigt begrub er wohl seine Ambitionen, sich den Schattenkelch nutzbar zu machen, und wandte sich wieder seinem alten Plan, der Wiedererweckung Tonatiuhs, zu.

Guardian aber glaubte allmählich das Grundprinzip des Kelches und des Bundes, dessen Insignie er sein sollte, zu erkennen, und er begriff, warum es für die meisten Schattenwesen nahezu unmöglich war, seine Macht zu nutzen.

Das Prinzip lautete Liebe. Und Liebe zu empfinden, war den meisten von ihnen fremd.

„Sieh an, sieh an!“ murmelte Guardian nach einigen Stunden, die er mit konzentriertem Lesen verbracht hatte, vor sich hin. „Das Bild rundet sich immer mehr.“ Ein Geräusch lenkte seine Aufmerksamkeit von den Aufzeichnungen weg. Genauer gesagt, Schritte. Nicht fest und selbstbewußt, wie die eines jungen, kraftvollen Mannes, sondern seicht und stockend – eindeutig der Gang eines Greises.

Und richtig, nach einer Weile kamen die Schritte näher, bis ein weißhaariger Nosferatu, mit einer Art bodenlanger Kutte bekleidet, das Arbeitszimmer betrat.

„Orcus!“ rief Guardian freudig aus. „Wie schön, dich zu sehen!“

Der alte Mann lächelte weise. „Es wurde Zeit, daß ich dich hier aufsuche, *Wächter*!“

Guardian zeigte kein Erstaunen über den Namen, der ihm Orcus gab, und nickte zustimmend. „Schließlich habe ich es dir zu verdanken, daß ich hier Einzug halten durfte.“ Er deutete eine Verbeugung an. „Ich grüße dich, Orcus, Herr des Totenreiches!"

Orcus' Lächeln vertiefte sich angesichts der Überschwenglichkeit der „Jugend". „Laß den Herrn des Totenreiches einstweilen beiseite. Ich lebe vorrangig im Hier und Jetzt."

„Der Hölle sei dank! Larvae hätte niemals seine Zustimmung gegeben. Wenn du nicht gewesen wärest..."

„Genug des Dankes!" Orcus' Stimme klang kraftvoller, als man es dem Greis zugetraut hätte. „Wenden wir uns lieber dem Zeitgeschehen zu." Er deutete mit seinen arthritischen Fingern auf das kleine, in braunes Leder gebundene Buch, das vor Guardian lag.

Den befiel schlagartig das ungute Gefühl, daß Orcus nicht aus rein freundschaftlichen Beweggründen zu ihm gekommen war. Der Blick in den Augen des Zweitmächtigsten des Ältestenrates der Nosferati verstärkte das noch.

London, Juni 2006, Paddington

Cassandra drehte mit ihrer Yamaha einige Runden durch Paddington. Es war ein warmer Juniabend, und sie genoß den lauen Fahrtwind, der durch den bis zum Brustansatz geöffneten Overall sanft bis an ihre nackte Haut durchdrang. Außer dem Helm hatte sie nur ihren Nierengurt übergestreift und fühlte sich frei.

Vor ihr tauchte eine langgezogene Schnellstraße auf, die kaum befahren war, und Cassandra beschleunigte derart, wie sie es vorher kaum gewagt hätte. Der eben noch warme Wind wurde kalt und hart und umfaßte wie zwei Männerhände ihre

Brüste. Der Overall blähte sich dabei – gleich einer Wetterfahne im Wind – wie ein Ballon von ihrem Körper ab. Cassandra biß die Zähne zusammen und nahm die erste Kurve ungebremst. Ein wohliges Kribbeln durchlief dabei ihren Körper, und ihr Adrenalinspiegel kam auf Touren.

Ein Blick auf die Tankuhr ließ sie jedoch wieder zur Besinnung kommen. Sie drosselte das Tempo und bog bei der nächsten Abzweigung wieder in die Gegenrichtung. Mit Mindestgeschwindigkeit fuhr sie den Weg zurück. Amüsiert registrierte sie, wie die Scheinwerfer eines kleinen silbernen Sportwagens auf der entgegenkommenden Straße aufblinkten, und die beiden männlichen Insassen emsig zu ihr rüberwinkten. Sie bemerkte sehr wohl, daß der Fahrtwind ihren ach so gängigen Reißverschluß bis zum Bauch runtergedrückt hatte. Der dünne Overall gab so, fast zweigeteilt, eine tiefen Ausblick auf die helle Haut ihres Oberkörpers.

Bis über die erste Speckrolle kommt er nicht, dachte Cassandra belustigt, beäugte sich, so gut es ging, in dem kleinen Rückspiegel und befand, daß sie in dieser Haltung eigentlich so schlecht nicht aussah.

Nun mal nicht albern werden!, rief sie sich dann aber doch zur Ordnung und rückte ihre Kleidung wieder zurecht. Ihre Brustwarzen hatten sich inzwischen durch den Fahrtwind verhärtet – oder von dem kurzzeitigen Geschwindigkeitsrausch?

„Vielleicht bin ich auch einfach nur scharf auf diesen verdammten Cop!“ sagte sie laut zu sich selbst. „Shit! Was soll’s, ich bin vierundzwanzig – und es ist Frühling!“

Ein weiterer Blick in den Rückspiegel zeigte ihr, daß sie alleine auf der Straße war. Sie fuhr ein paar übermütige Schlenker.

„Soll ich? – Soll ich nicht?“

Er war bei mir zu Hause, überlegte Cassandra. Dann könnte ich ihm auch einen Höflichkeitsbesuch abstatten.

Unangemeldet? Warum nicht, schließlich hatte er sie ja heute selbst eingeladen. Zwar nur auf einen Drink, aber immerhin.

Und wenn eine andere Frau bei ihm war?

Dann sollte es eben so sein. Vielleicht bekomme ich ihn dann so besser aus dem Kopf, dachte sie. Zumindest ein wenig.

Cassandra kannte seine Adresse auswendig. Mehr als nur einmal hatte sie sich dabei erwischt, wie sie immer und immer wieder in ihrem Dienst-PC auf die Anschrift starrte und sich dabei wünschte, genau in dieser Straße, genau in diesem Haus einmal richtig guten Sex zu haben. Mit Mick.

Sie lächelte in sich hinein und gab abermals Vollgas.

Wer weiß, vielleicht war dieser Überraschungsbesuch wirklich der Auslöser für einen romantischen Abend zu zweit. An ihr sollte es jedenfalls nicht liegen. Und die Männer, die sie bisher gekannt hatte, waren so zimperlich nicht gewesen. Männer eben. Obwohl so einer wie Mick in völlig anderen Ligen spielte.

Ein Versuch sollte es ihr dennoch wert sein. Cassandra kannte sich in den Vororten von London sehr gut aus. In zehn Minuten würde sie am Ziel sein.

Auch wenn Mick ihr vielleicht nur einen One-Night-Stand bewilligen würde – Cassandra kicherte leise –, so sollte auch das recht sein. Ja, durchaus! Hoffentlich ist er überhaupt da, überlegte sie, und etwas Ernüchterung zwängte sich in ihre Euphorie.

„Komm mal wieder runter, Cassy!“ sagte sie laut zu sich selbst.

Kurze Zeit später hatte sie ihr Ziel erreicht. Gespannt sichtete sie den Hauseingang. „Wow, der Nobelcop hat ein eigenes kleines Häuschen mit Garten. Alle Achtung!“

Und Mick war auch tatsächlich zu Hause. Seine BMW-Maschine stand unter einem kleinen mit Efeu bewachsenen Carport. Cassandra atmete ein paar Mal kräftig durch und ließ ihre Yamaha in die Einfahrt tuckern.

Verspürte sie Erleichterung? Oder aufkommende Nervosität? Sie wußte es im Augenblick selbst nicht zu sagen.

Sie parkte ebenfalls unter dem Carport, legte Helm und Nierengurt ab, zog aufgeregt den Reißverschluß des Overalls runter, wieder hoch, dann wieder runter.

„Nun flipp nicht aus, Cassy“, murmelte sie vor sich hin.

Im Dämmerlicht begutachtete sie, soweit dies überhaupt noch bei diesen Lichtverhältnissen möglich war, ihre rote Strubbelfrisur in dem größeren Rückspiegel von Micks BMW, fuhr mit beiden Händen einige Male durch die Haare und gab es schließlich auf, irgendeine Ordnung hineinzubringen.

„Jetzt gilt es!“ Es kam ihr fast so vor, als würde sie den *Roten Knopf* zur Auslösung von Bushs Atomraketen drücken, als sie die Klingel mit der Aufschrift *Bondye* betätigte. So nervös war sie.

Sie hielt für einen kurzen Augenblick die Luft an und wartete auf Geräusche. Nichts tat sich.

Cassandra ließ die Türglocke abermals ertönen.

Wieder nichts.

Und schon wuchsen die Zweifel ins Unermeßliche.

Hatte Mick jemals erwähnt, daß er alleine wohnte?

Nein!

Ein Einfamilienhaus nur für eine Person war eher unwahrscheinlich. Sicher lebte Mick mit einer netten jungen Frau zusammen und vergnügte sich gerade, wie jeden Abend, irgendwo im Haus mit ihr.

Cassandras Gefühlsmix aus Mut, Spontaneität und Lust versickerte langsam wieder im Gully der Ernüchterung. Sie schwankte zwischen noch einmal klingeln und den Rückzug antreten, und entschied sich dann dafür, sicherheitshalber einmal nach dem Rechten zu schauen.

Wozu war man denn sonst Cop?

Und außerdem: Sie bearbeiteten beide zur Zeit bizarre Mordfälle. Vielleicht war Mick in Gefahr? Ja, natürlich! Man mußte als Mitarbeiter einer Spezialeinheit bei Scotland Yard immer und überall auf alles gefaßt sein.

Cassandra schöpfte wieder Mut, daß sie Mick heute abend doch noch zu Gesicht und vielleicht sogar zu fassen bekäme. Laut klopfte sie an die mit Eisen beschlagene feste Haustüre aus Holz. Wieder nichts. Keine Reaktion.

Dies war nun wirklich seltsam. In Cassandra kroch ein ungutes Gefühl die Magengegend entlang.

Santa Barbara, Juni 2006

Dilara hatte fast den ganzen Tag in ihrem Bett geruht. Als das Zimmermädchen am späten Morgen erschien, um ihr das Frühstück zu bringen, komplimentierte Dilara es mit harschen Worten hinaus. Die junge Frau hatte mit einem erschrockenen Blick das Tablett auf den Tisch der eleganten Sitzecke gestellt und beinahe fluchtartig den Raum verlassen.

Dilara stieß nur ein undeutliches Grummeln aus, als sich die Tür schloß, und wühlte sich wieder tiefer in die Kissen. Das Blut des Opfers, das sie in der Nacht am Strand geschlagen hatte, machte sie träge. Auch wenn in ihrem Gehirn schwach, aber beständig, ein Wort aufflackerte: *Calvin.* Normalerweise hätte sie bei dem Gedanken an den Geliebten nichts und niemand aufhalten können. Aber instinktiv wußte sie, daß sie ihn jetzt nicht ausfindig machen konnte. So schlief sie, bis der Abend bereits wieder dämmerte, kleidete sich an und verließ das Hotel. Dilara wußte nicht genau, warum, aber es zog sie wieder an den Hafen und an die Kaimauer, wo sie Calvin getroffen hatte. Sie hegte das Gefühl, daß sie ihm dort erneut begegnen würde.

Und richtig!

Da stand er, ihr mit dem Rücken zugewandt und blickte aufs Meer.

Als sie auf ihn zuging, spürte er es und drehte sich langsam herum. Es lag etwas in seinem Blick, etwas Verlorenes, das ihr ins Herz schnitt.

„Cal!“ rief sie wieder.

Beim Klang ihrer Stimme schimmerte es sehnsüchtig in seinen Augen. Aber nur kurz, dann trat wieder der entrückte Ausdruck hinein.

Doch Dilara ignorierte ihn, instinktiv verhielt sie sich so, als wäre alles in bester Ordnung. Als wäre nichts vorgefallen. Mit einem strahlenden Lächeln lief sie auf Calvin zu, umarmte und küßte ihn. Sie spürte, wie sich sein Körper erst versteifte und dann erzitterte. Dann schob er Dilara sanft von sich.

„Ich...“ stammelte er.

Plötzlich flackerte eine Erkenntnis in Dilara auf. Und Wut! „Verstehst du denn nicht, Calvin?“ schrie sie. „Alles, was du mir über deinen Vater erzählt hast... Und seit du hier bist, habe ich nichts mehr von dir gehört, ja, du erkennst mich nicht einmal wieder. Das paßt irgendwie zusammen. Was hat er mit dir gemacht?“ Sie ergriff Calvin an dem Ärmel seines Hemdes und stutzte. „Das Amulett... wo ist das Amulett, Cal?“

Calvin blickte sie verwirrt an, dann schien sich in seinem Erinnerungsschatz endlich etwas zu regen.

Dilara registrierte es mit Freuden und Befriedigung. Dir werde ich es zeigen, Anton Percy Vale, dachte sie kämpferisch, du wirst den Tag noch bereuen, an dem du versuchst hast, mir Calvin zu entfremden.

„Du mußt sehen, daß du wieder an das Amulett gelangst, Calvin!“ fuhr Dilara eindringlich fort.

Calvin sah sie erneut mit dem Blick an, der sie traurig stimmte. Immer noch fehlte das Funkeln, das nur in seinem Blick war, wenn er *sie* ansah. „Erinnerst du dich an gar nichts, Cal? An Antediluvian, Guardian...“ Dilara zählte alles das auf, was sie zusammen erlebt hatten. „Erinnerst du dich nicht mehr an den Moment, als wir uns das erste Mal auf dem Portobello-Markt begegnet sind? Wir standen uns gegenüber, nicht fähig, ein Wort zu reden, und sahen uns an.“ Sie faßte ihn unter das Kinn und zog sein Gesicht so nahe an ihres heran, daß sich ihre Wimpern beinahe berührten. Dann küßte sie ihn erneut. Immer inniger und biß ihm dann spielerisch in die Unterlippe, so wie sie es immer zu tun pflegte. Besonders, wenn sie sich liebten.

„Cal, ich liebe dich!“ flüsterte sie. „Für immer!“ Wieder biß sie ihn in die Lippe, dann sich selbst und preßte ihren Mund wieder auf den seinen, so daß sich ihr Blut mit seinem vermischte. „Auch dein Vater wird es nicht vermögen, uns zu trennen, Cal. Du gehörst ebenso zu mir, wie ich zu dir.“ Wieder küßte sie ihn. „Hast du das wirklich alles vergessen? Wir sind eins... *eins*... bis wir Asche sind!“

Sie ließ ihn los und fuhr sich verspielt mit der Zungenspitze über die blutige Unterlippe.

Er tat es ihr nach.

Endlich flackerte eine Spur des Erkennens in Calvins Blick auf. „Dilara?“ flüsterte er fragend und dann immer bestimmter, mit immer festerer Stimme, in der eine Art Jubel mitschwang. Als habe er soeben etwas Kostbares wiedergewonnen. „Dilara!“

Dann war es wieder da. Dieses strahlende Leuchten, mit dem er sie immer angesehen hatte. Dieses Funkeln, dieses *ich-will-dich* in seinem Blick. Und endlich schloß er sie in seine Arme. So fest, als ob er sie nie wieder loslassen wolle.

Die Tage danach waren unbeschwerter. Auch wenn Dilara auf Calvin, der immer noch mit Erinnerungslücken kämpfte und merklich in sich gekehrt war, Rücksicht nehmen mußte und ihm nicht all das erzählen konnte, was sich in seiner Abwesenheit ereignet hatte. Oft saßen sie unter den Palmen am Strand, schauten aufs Meer und sagten kein Wort.

Dann wiederum sprachen sie über Calvins Vater und fragten sich, was dieser im Schilde führte.

„Er schottet sich seit drei Tagen völlig ab. Hat sich in sein Ordenshaus, zu dem nur Mitglieder und besondere Gäste Eintritt erhalten, zurückgezogen.“ Calvins Kopf ruhte in Dilaras Schoß. Die Vampirin wußte, daß er es liebte, ihn dorthin zu betten. Sie schloß die Augen und sehnte sich nach ruhigeren Zeiten. Nach Zeiten, wo sie nur sich genießen konnten. Wo sie ihr Miteinander lebten. Ungestört durch fremde Einflüsse und Dritte.

Dilara strich über das Amulett, das Calvin wieder trug. Er hatte ihr nicht erzählt, wie es in seinen Besitz zurückgelangt war, und sie fragte nicht. Aber es erinnerte sie an das, was sie noch ansprechen mußte.

„Was ist mit dem Kelch, Cal?“

Calvin erwiderte nichts.

„Ist er in Sicherheit, Cal?" Dilaras Stimme wurde eindringlicher.

„Ich habe den Schattenkelch nicht mehr", flüsterte Calvin beschämt und rang sich jedes einzelne Wort ab.

Dilara riß fassungslos die Augen auf. Sie mochte nicht glauben, was sie da soeben hören mußte. „Wie bitte?" fragte sie daher und bewegte sich so heftig, daß Calvins Kopf neben ihr in den Sand sank.

Der junge Vampir setzte sich auf und ergriff ihre Hand. „Der Kelch wurde mir bereits in Frankreich geraubt."

Dilara brachte erst nur ein Krächzen heraus. Dann fragte sie wie betäubt: „Von wem?"

„Wenn ich das wüßte... ich wurde hinterrücks überwältigt." Calvin klang immer noch kleinlaut.

„Hast du einen Verdacht?" wollte Dilara wissen.

Calvin schüttelte mit einem betretenen Gesichtsausdruck den Kopf. „Nicht den geringsten."

Dilara lehnte sich benommen zurück. Sie konnte es nicht fassen. Der Kelch, den sie bereits sicher in ihrem Besitz gewähnt hatte, war schon wieder verloren.

London, Juni 2006, Paddington

Mick war zu Hause, das bewies sein noch warmes Motorrad. Und hinten im Garten zeichnete sich ein Lichtschimmer ab, der aus einem der breiten Fenster drang. Sie überlegte nicht mehr lange und umschritt die rechte Haushälfte auf einem schmalen nervigen Kiesweg. Es knirschte fürchterlich und Cassandra wankte wie auf hart gefrorenem Schnee. Als sie an der Rückseite des Hauses angekommen war, drang ein monotoner Singsang an ihre Ohren.

Er ist da, überlegte sie. Was wird mich erwarten, wenn ich ans Fenster klopfe?

Sie malte sich die unmöglichsten Szenarien aus, während sie sich nah an die Scheibe drückte und zum Schutz vor seitlichem Lichteinfall die Hände wie ein Rohr um die Augen legte.

Mick beim Liebesspiel? Oder Mick mit abgenagten Gliedmaßen als Minutenzeiger in einer großen antiken Standuhr?

Cassandra kicherte sich Mut zu und war auf alles gefaßt.

Doch nichts von beidem traf zu. Durch einen kleinen Spalt sah sie ihn völlig nackt auf einem dunkelbraunen Teppichboden liegen. Was für einen herrlichen Anblick er bot! Um ihn herum waren flackernde schwarze Kerzen zu einem Kreis angeordnet. Wachskerzen, so breit wie Autoradkappen. Ansonsten brannte kein Licht in dem Raum. Im Hintergrund plärrte die Musikanlage diesen stereotypen Gesang ab.

Cassandra klopfte einige Male mit den Knöcheln auf der Fensterscheibe herum. Mick zeigte absolut keinerlei Reaktion.

Verdammt, ist er auf seiner Geistreise oder in echter Gefahr, überlegte Cassandra, entschied sich für letzteres und nahm dies als gegebene Situation an.

Nun stand also unbedingtes Handeln auf dem Plan.

Es gab eine Verandatür direkt neben dem Fenster. Cassandra versuchte, sie am oberen Rahmen in Richtung Innenraum zu drücken. Das Holz mußte schon älter sein und gab nach. Weiße Farbe bröckelte ab und fiel ihr in kleinen Stücken aufs Gesicht. Sie hielt ihren Mund an den entstandenen Spalt und rief mit aller Kraft Micks Namen.

Keine Antwort – nur die Töne aus den Lautsprecherboxen.

Ein ekelhafter Geruch drang in Cassandras Nase und zwang sie dazu, angewidert die Miene zu verziehen.

Was in aller Welt machte Mick bloß da drinnen? Hatte er sich an diesem Abfallduft berauscht?

Plötzlich hörte sie ihren Partner laut schreien.

Es war nur ein kurzer Laut, aber sofort war er für Cassandra das endgültige Signal zum Handeln. Sie spurtete zu ihrer Yamaha, riß aus einer der zwei Seitentaschen einen großen Schraubenschlüssel heraus und rannte wieder zurück zum hinteren Teil des Hauses. Um nicht zu straucheln, vermied sie dieses Mal den unsicheren Kies. Für derartige Geschwindigkeiten war dieser Weg, der wohl mehr zur Zierde angelegt war, nicht geeignet. Abermals drückte sie mit aller Kraft die Holzverandatür nach innen, so weit, daß der Schraubenschlüssel hindurch passte, und zog ihn dann mit aller Wucht nach unten. Als sie den Widerstand zum Schloß spürte, trat sie mit dem Fuß nach, und mit einem dumpfen Splittern sprang die Tür auf. Cassandra war mit einem Satz im Innern des Hauses und kniete sich neben ihren Partner. Es stank erbärmlich nach süßlichem Hühnerkot in dem kleinen karg eingerichteten Wohnzimmer.

„Mick!“ rief sie laut und schlug ihm mit der flachen Hand rechts und links auf seine Wangen. Sein Kopf wurde dabei hin- und hergerissen, ansonsten war keine Reaktion für Cassandra erkennbar.

„Was machst du hier für abartige Spielchen?“ Sie fühlte seinen schwachen Puls, auch seine Atmung war flach. Cassandra würgte, als der beißende Gestank durch Nase und Rachenraum drang. Sie betätigte den Lichtschalter und löschte danach die stinkenden Kerzen mit kurzen Stiefeltritten. Die großen Dochte qualmten derart unangenehm aus, daß Cassandra von einem fürchterlichen Hustenanfall durchgeschüttelt wurde.

„Mick!“ Sie hob beide Augenlider ihres Partners an und sah nur weiße verdrehte Augäpfel.

Santa Barbara, Juni 2006

Calvin suchte, nachdem er mit Dilara über den verschollenen Schattenkelch gesprochen hatte, sofort das Gespräch mit seinem Vater.

„Ich hatte dir ja bereits gesagt, daß ich es nicht mehr dulden werde, daß du irgend etwas in mich hineinpumpst und Dinge – nein, *Menschen* – aus mir löschst!“ rief er aufgebracht.

„Dann wirst du nie erfahren, was in dir schlummert.“

„Das nehme ich gerne in Kauf“, fauchte Calvin, und seine dunklen Augen funkelten wie brennende Kohlen. „Aber da gibt es noch etwas!“

„Sohn, Sohn...“

„Nenn mich nicht so! Sag mir lieber, ob du den Schattenkelch geraubt hast! War es Oliver, dein treuergebener Sklave, der mich in Frankreich überwältigt hat? Es sähe ihm ähnlich, daß er uns doch in die Auberge gefolgt ist.“

Anton Percy Vale ging nicht darauf ein. „Es wird ein böses Ende mit dir nehmen, Calvin. Du hast dich auf die dunkle Seite des Seins begeben. Dank dieser Frau!“

Calvin haßte diesen schulmeisternden Tonfall seines Vaters, solange er denken konnte. „Diese Frau, wie du immer so schön sagst, hat einen Namen. Sie heißt *Dilara*!“

Calvin genoß den Anblick seines Vaters, wie diesem die Farbe langsam aus dem Gesicht wich.

„Ja, Vater, du hörst richtig. Ich kann mich längst wieder erinnern!“ Calvin stieß ein heiseres Lachen aus. „Mehr noch, Dilara ist hier! Hier in Santa Barbara.“ Er beugte sich näher zu seinem Vater, der auf einer Bank in dem sorgsam gepflegten

Garten des Anwesens saß. „Und es wird dir nicht gelingen, sie noch einmal aus meinem Kopf zu vertreiben. Aus meinem Herzen und Leben erst recht nicht!“ Calvin sonnte sich in seinen Rachegefühlen. Endlich, endlich gab es einen Weg, es seinem Vater heimzuzahlen. Für seine verkorkste Kindheit, seine strenge Schulausbildung und für seine Mutter! „Hüte dich davor, weitere Intrigen zu spinnen, Vater, denn dann wirst du verlieren. Und zwar nicht nur mich!“

Calvin verspürte Erleichterung in sich aufsteigen. Er hatte den ersten Schritt in die richtige Richtung getan und sich von seiner Vergangenheit und dem sichtbaren und unsichtbaren Einfluß seines Vaters gelöst. Auch wenn es den Preis hatte, daß er nicht erfuhr, was genau in ihm schlummerte, so fühlte er sich befreit.

Und den Gesichtsausdruck seines Vaters würde er auch nie vergessen. Fassungslosigkeit lag in seinem Blick. Und das erste Mal, seit Calvin ihn kannte, eine Spur Resignation.

Das waren nicht die einzigen Fesseln der Vergangenheit, die es zu sprengen galt.

Durch das Serum, das ihm sein Vater verabreicht hatte, war nicht nur die Erinnerung an Dilara und alles, was sie und ihn verband, in ihm zurückgekehrt. Auch an die Frau, mit der er vor Dilara zusammen war, wenngleich er mittlerweile nicht mehr zu benennen wußte, ob das Gefühl, daß er für sie empfunden hatte, mit Liebe zu definieren war. Es unterschied sich derart frappierend von dem, was er Dilara entgegenbrachte, daß er es nur noch als starke Sympathie empfand. Oder jugendliche Verliebtheit? War es optischer Reiz, war es der

Wunsch, endlich einem Menschen ganz und gar zugehörig zu sein?

Oder eine Summe dessen?

Calvin war sich nicht mehr sicher.

Fest stand aber, daß diese Beziehung Wunden in ihm hinterlassen hatte, die nie ganz verheilt waren, weil er sich mit diesen nie auseinandersetzte, und auch der Grundstein dafür waren, daß sein naturgegebenes Mißtrauen noch größer geworden war. Besonders Frauen gegenüber, was Dilara auch heute noch oft zu spüren bekam.

„Clarissa!" murmelte er vor sich hin.

Sofort richtete sich der Blick aus Dilaras grünen Augen auf ihn. Sie spürte zwar, daß Calvin etwas beschäftigte, aber das Band zwischen ihnen war noch nicht wieder so weit erstarkt, daß sie seine Gefühle uneingeschränkt miterlebte. Sie zuckte zusammen, als er den Namen der Frau aussprach, auf die sie unterschwellig immer eifersüchtig gewesen war, auch wenn diese vor ihrer Zeit lag und längst nicht mehr präsent in Calvins Leben war.

Aber gegen einen Schatten ließ sich schwer ankämpfen. Vor allem, wenn er einer Frau gehörte, die ihm einst sehr viel bedeutet hatte.

Dilara verzog den Mund. Schatten, wie sehr das paßt, dachte sie im Anflug von Galgenhumor.

„Was ist mit ihr?" fragte sie schroffer als beabsichtigt und wie sie es immer tat, wenn sie etwas schmerzte oder sie Verlustängste plagten.

Über Calvins Gesicht huschte ein zärtliches Lächeln, von dem Dilara nicht wußte, ob es ihr oder der anderen galt. Als er nicht antwortete, fühlte sie sich genötigt weiterzusprechen. Vielleicht war nun der richtige Zeitpunkt gekommen, auch diesen Punkt aufs Tapet zu bringen. Sie zögerten es schon viel zu lange hinaus.

„Erzähle mir mehr über diese Frau, Cal", forderte sie ihn auf.

„Jetzt?" fragte er erstaunt.

„Jetzt!"

Calvin zögerte eine Weile, doch als sie schwieg, dachte er: Warum auch nicht, irgendwann müssen wir ohnehin darüber reden.

London, Juni 2006, Paddington

War Micks Geistreise außer Kontrolle geraten? Cassandra bekam es mit der Angst zu tun. Für einen Moment war sie versucht, den Notarzt zu rufen. Unterließ es aber dann doch. Es war unnötig, falls sich Mick gerade nur einen kleinen Kick verschafft hatte.

Die Folgen würden für einen Cop von Scotland Yard äußert unangenehm werden.

Notarzt. Bericht. Noch ein Bericht. Mick würde ihr das verübeln. Sie wollte es erst noch einmal auf eigene Faust versuchen, ihren Partner ins Bewußtsein zurückzuholen.

Mit kurzem Schwung setzte sie sich rittlings auf Mick und spürte seine Männlichkeit zwischen ihren Schenkeln. Genau das hatte sie sich vor einer Stunde in den schönsten Farben ausgemalt. Man sollte eben nie aufhören zu wünschen, dachte sie, auch wenn es der Situation unangemessen war. Nur schade, daß sich Mick unter ihr auch nicht für einen kurzen Moment bewegte.

Sie spürte seinen Atem nicht mehr und begann mit einer ausgiebigen Herzmassage.

Verdammt, soweit weg konnte er doch gar nicht sein. Was

für ein Zeug hatte Mick bloß geschluckt? Sie drückte mit beiden Händen seine Kiefer auseinander und blies Luft in seine Lungen, spürte seine warme weiche Zunge und konnte gar nicht anders, als sie mit ihrer zu berühren.

Du bist völlig abgedreht, Cassy!, versuchte sie sich zur Ordnung zu rufen. Wie kann man eine solche Situation derart schamlos ausnutzen.

Sie war nah genug an seinem glatten wunderschönen Gesicht, um zu bemerken, daß seine Nasenflügel zu beben begannen und seine Augenlider flatterten.

Er kommt zu sich, dachte Cassandra und atmete erleichtert auf.

Inzwischen spürte sie einen starken süßlichen Geschmack in ihrem Mund. Blut!

Offenbar hatte sich Mick bei seinem Trip auf die Zunge gebissen oder anderweitig die Schleimhäute im Rachenraum verletzt.

Sie schlug ihm leichter, ja fast zärtlich ins Gesicht, rief abermals seinen Namen und ertappte sich dabei, wie ihr Unterleib sanft auf seinem herumrieb. Reiß dich mal zusammen, durchfuhr es sie, und sie wollte gerade von ihm heruntergleiten, als Mick die Augen aufschlug.

Santa Barbara, Juni 2006

Anton Percy Vale blickte von dem Buch auf, in dem er las, als Oliver Richmond eintrat.

„Oliver!“ Ein Lächeln huschte über das Gesicht des älteren Mannes, und ein warmes Gefühl erwuchs in ihm, als er den

Eintretenden ansah. Jenes, das er seit Calvins Geburt beim Anblick seines Sohnes vermißte. Es hatte sich einfach keine väterliche Liebe eingestellt. Liebe, unabhängig in welcher Form, war eben nicht „erlernbar“, man „wuchs nicht hinein“ oder zog sie sich über, wie ein Hemd. Sie war da oder nicht. Und bei Calvin und ihm war es leider das letztere.

Um so mehr fühlte er sich mit Oliver Richmond verbunden, und dieser tat alles, um diesem Empfinden Nahrung zu geben. Anton Percy Vale seufzte insgeheim. Wie sehr hatte er sich immer gewünscht, daß Calvin ein wenig mehr von Oliver gehabt hätte. Aber dem war nicht so. Calvin war ein Aufrührer, ein Einzelgänger und einer, der dem Orden, dem sein Vater angehörte, stets kritisch gegenüberstand. Dennoch blieb Calvin etwas Besonderes für ihn. Was aber keineswegs etwas mit väterlichen Gefühlen oder den Banden zu schaffen hatte, von denen er so heuchlerisch in dem Brief schrieb, mit dem er seinen Sohn nach Kalifornien gelockt hatte.

Schon lange gelüstete es ihn, das Wissen zu bergen, das er in Calvin zu sehen glaubte, seit dieser das Licht der Welt erblickte. Und nun, da es endlich soweit war, stieß er ständig an Grenzen. Innerlich und äußerlich, denn in Calvin breitete sich ein Wesen aus, das düsterer und gefährlicher nicht sein konnte.

Und dieses Wesen hatte einen Namen: Dilara.

Durch Oliver Richmonds Berichte war schon offensichtlich geworden, daß sich Calvin mit einer Frau vereint hatte, die nicht menschlich sein konnte. Diese Frau war eine Vampirin. Und der Verdacht erhärtete sich immer mehr, daß sie Calvin den Kuß der Verdammnis aufgehaucht hatte.

Seither waren die beiden unzertrennlich.

Die Bestätigung gab ihm sein Sohn während der „Sitzungen“ selbst.

„Wir sind nicht in der Lage, sie zu trennen, ohne daß Calvin Schaden erleidet. Es ist zwecklos." Anton Percy Vale blickte Richmond ernst an. „Nun können wir nur noch Schadensbegrenzung betreiben."

Richmond nickte.

„Was mir aber zu schaffen macht", fuhr Anton Percy Vale fort, „ist das, was er mir unter Einfluß des Serums offenbart hat. Der Kelch, den er raubte, ist nicht jener, den ich schon mein Leben lang suche. Er ist das dunkle Pendant dazu – der Schattenkelch!"

Oliver Richmond stieß einen erstaunt-erschrockenen Laut aus. „Ein dunkles Pendant?" fragte er.

Anton Percy Vale nickte mit düsterem Gesichtsausdruck und schien gedanklich weit weg zu sein. „Calvin ist der Ansicht, wir hätten ihn geraubt." Er stieß einen unwilligen Laut aus. „Diese Frau...", seine Mimik wurde noch finsterer. „Diese Frau hat ihn in eine Welt geholt, zu der wir keinen Einlaß haben."

„Du sprichst in Rätseln. Welche Welt?"

„Hast du dich nie gefragt, warum die beiden immer so plötzlich verschwunden sind, als du sie in London ausfindig zu machen versuchtest?"

„Natürlich habe ich das!"

„Kam dir nicht auch das ein oder andere sonderbar vor... besonders jüngst in Frankreich?"

Oliver nickte. „Selbstverständlich!"

„Es liegt an dieser Frau!" stieß Anton Percy Vale beinahe haßerfüllt hervor. „Es sind immer die Frauen, die das Verderben bringen... aber diese hier ist beinahe unbezwingbar!"

Wieder nickte Oliver. „Dilara Demimondes!" sagte er, doch in seiner Stimme klang Genugtuung. Er war zufrieden mit der Entwicklung. Sehr zufrieden. Denn die Kluft zwischen Vater und Sohn wurde immer größer.

Und daran war Dilara nicht ganz unbeteiligt.

„Sie ist eine Vampirin!" entfuhr es Anton Percy Vale. „Und wir müssen vor ihr auf der Hut sein."

Nicht wir, dachte Oliver Richmond süffisant. *Du* mußt es, alter Narr.

London, Juni 2006, Paddington

„Gazelle!" sagte Mick nur, und Cassandra spürte, wie wohlige Erleichterung ihren Körper durchfuhr. Er kam wieder zur Besinnung, ihm ging es gut und nannte sogar ihren Kosenamen. Cassandra hatte längst für sich beschlossen, daß *Gazelle* ein solcher für sie war.

„Mick!" sagte sie zärtlich. „Was hast du gemacht?"

„Was hast *du* gemacht?" Mick war offensichtlich von einer Sekunde zur anderen hellwach und wieder bei voller Besinnung. Jetzt war alles schön und fast perfekt. Das vollkommene Glück wurde nur durch ein Stückchen Overallstoff abgeschirmt. Oder vielleicht doch nicht nur, denn sie spürte zwar immer noch Micks Männlichkeit in ihrem Schoß, konnte aber bedauerlicherweise nicht feststellen, daß ihren Partner die von ihr ausgeführte Reitstellung in irgendeiner Art und Weise anregte.

„Ich wollte dich besuchen, du hast nicht geöffnet, da habe ich dich hier liegen sehen, du hast geschrien", stotterte Cassandra in einem Stakkato auf Mick herab.

„Ich habe geschrien?" fragte Mick und beobachte Cassandra mit zusammengekniffenen Augen, weil ihm die kleinen Spotlichter von der Zimmerdecke genau in das Gesicht leuchteten.

„Ja, ziemlich fürchterlich und laut!“ übertrieb Cassandra. „Ich habe gedacht, du stirbst.“

Mick spannte seinen Körper an, und Cassandra beobachtete mit Freude das feste Muskelspiel seiner durchtrainierten Figur unter sich. In dieser Stellung hätte sie ohne weiteres die komplette nächste Stunde verbringen können. Jetzt wäre es durchaus passend, wenn sich Micks Männlichkeit regen würde, dachte sie. Doch nichts tat sich dahingehend. Leider.

Mick schien ihre Gedanken zu erraten. Er lächelte auf eine durchaus liebevolle Art zu ihr hinauf. „Du magst mich, richtig?“

Cassandra spürte, wie ihr das Blut in das Gesicht schoß. „Wie kommst du darauf? Ich hatte einfach nur Angst um dich. Du hast leblos hier auf dem Teppich gelegen und...“

„Ich spüre es doch sogar durch deinen Overall, du wilde Gazelle.“ Er lachte verhalten und Cassandra ließ sich mit hochrotem Kopf einfach von ihm runterfallen.

Erleichtert registrierte sie aber, daß sein Lachen weder schadenfroh noch verletzend gewesen war.

Als sie neben ihm lag und ihr Gesicht in der Armbeuge verschwinden ließ, reckte sich Mick abermals, wie nach einer langen Nachtruhe, und verzog dabei vor Anstrengung sein Gesicht. Entspannt wechselte er dann die Liegestellung. Sein Glied hing schlaff nach unten. Cassandras Blick klebte irgendwie daran fest.

Wenn ich ein Mann wäre, müßte ich mich jetzt auf den Bauch legen, überlegte sie mit glühenden Ohren und verkroch sich bis zu den Augen hinter ihrem Oberarm.

„Ich muß mich entschuldigen“, sagte Mick leise, ja fast zärtlich zu ihr. „Aber nach einem Höllenritt ist meine Blutzirkulation fürs erste untertourig.“

„Du nennst deine Geisterreise Höllenritt?“ fragte Cassandra und vermied so, daß das Gespräch in die andere Richtung geriet. Nach Micks Aussage konnte sie die zweite Hälfte ihres Traums ohnehin erst einmal begraben.

Mick nickte nur und rieb sich die Augen.

„Mit wem hast du Kontakt aufgenommen?" In Cassandra kam wieder der Cop durch. „Was hast du erfahren? Was ist mit den Vampirbanden?"

„Wir werden morgen noch einmal sehr gezielt ermitteln", sagte Mick und wirkte plötzlich angespannt und müde.

„Wie bringst du dich auf solch einen Trip?" fragte Cassandra weiter. „Um so wegzutreten, muß man doch etwas einnehmen?"

Mick lächelte milde und erhob sich langsam. Cassandra folgte seinen geschmeidigen Bewegungen mit wachsender Begeisterung.

Als sie keine Antwort erhielt, stellte sie eine neue Frage: „Was hat dich eigentlich bewogen, Cop zu werden, Mick? Mit deinem Körper und Aussehen hättest du ein Vielfaches von deinem Scotland Yard-Lohn verdienen können. Als Model zum Beispiel. So einen Kerl wie dich habe ich bisher nur in der TV-Rasierwasserwerbung bewundern können."

„Und was hat dich bewogen, ein unterbezahlter Cop zu werden?" stellte Mick ihr die Gegenfrage, ging zu einem Schränkchen, holte eine große dunkle Flasche hervor und begann sich langsam einzuölen.

O Himmel, dachte Cassandra, was für eine Folter. Geschieht mir ganz recht, ich habe es ja so gewollt. „Mein Vater war ein Cop, mein Großvater ebenfalls. Die übliche Geschichte."

Mick nickte. „Bei mir war es der innere Drang, oder wie man es auch immer nennen kann. Ich fühle mich eigentlich nur wirklich wohl als Polizist."

„Soll es geben", lachte Cassandra gequält und konnte ihre Augen nicht von Micks Einölprozedur abwenden.

„Vielleicht versuche ich so, meine dunkle Seite zu kompensieren."

„Als Cop sollte man aber keine besitzen." Cassandra erhob sich ebenfalls vom Teppichboden und setzte sich dann auf einen kleinen, abgewetzten Ledersessel. „Das steht schon in den Bewerbungsunterlagen."

„Als Cop habe ich sie ja auch nicht", knurrte Mick. „Reib mir mal den Rücken ein. Diese Gedankenreisen trocknen mich immer aus – wie ein Softeis in der Salzwüste. Auf einem solchen Trip verliere ich bis zu zwei Liter Flüssigkeit."

Cassandra überlegte kurz, wieviel Flüssigkeit *sie* wohl auf Mick abgegeben hatte, und ergriff todesmutig die Flasche, die Mick ihr entgegenhielt.

„Du siehst so verdammt gut aus!" knirschte sie, spritzte Mick eine geballte Ladung Öl auf den muskulösen Rücken und begann wie besessen an ihm herumzukneten. Mick hob lachend die Arme und genoß es, als sich Cassandra verbissen an ihm austobte.

„Wenn du magst, kannst du heute nacht bei mir bleiben. Morgen früh statten wir unserem blonden Vampir namens Guardian, den du schon im Hyde Park so angestarrt hast, einen hochoffiziellen Besuch ab. Willst du?"

Und *ob* Cassandra wollte.

Nun interessierte sie lediglich eine letzte Frage: Wie lange mußte Micks Blutzirkulation wohl noch unter seiner Gedankenreise leiden?

Nachdem sie beide Micks Schlafzimmer aufgesucht hatten, war ihr Yard-Partner, ohne ein weiteres Wort zu verlieren, sofort in einen tiefen und offenbar traumlosen Schlaf gefallen. Cassandra blieb für einen Moment etwas verwirrt am Rand des breiten Doppelbetts stehen, zog sich dann ebenfalls völlig nackt aus und kuschelte sich eng an seinen glänzenden feuchten Körper. Die vage Hoffnung, daß er in der Nacht vielleicht noch einmal aufwachen würde, erfüllte sich zu ihrem großen Bedauern nicht. Mick schlief fest und entrückt wie ein Baby. Sein Trip in das Reich der Toten hatte ihn offensichtlich sehr erschöpft.

In Cassandras Kopf kreisten die Gedanken noch einige Stunden weiter, bis sie schließlich in einen unruhigen Schlaf verfiel.

Santa Barbara, Juni 2006

Dilara hielt es nicht mehr in Santa Barbara. Sie mußte erst einmal zurück nach London. Doch zuvor forderte sie Calvin in einem letzten Gespräch an der Kaimauer am Hafen von Santa Barbara, an der sie sich immer getroffen hatten, auf, sich von seinem Vater zu lösen.

„Du mußt zu dir zurückfinden, Cal!“ forderte sie eindringlich. „Und dich für das Leben im Hier und Jetzt entscheiden, verstehst du?“

In Calvins dunklen Augen schimmerte Trauer, die ihr tief ins Herz schnitt. „Ich weiß!“ sagte er schlicht und ergriff ihre Hand. „Und wenn das Band zwischen uns wieder erstarkt wäre, würdest du fühlen, daß ich es schon längst habe.“ Er küßte jeden einzelnen Finger ihrer Hand, biß spielerisch hinein, hob dann den Kopf und blickte Dilara an. „Es gab nie etwas zu entscheiden. Glaubst du wirklich, daß ich – wenn ich Herr meiner Sinne gewesen wäre – dich und uns jemals in Zweifel gezogen hätte?“

Das leuchtende Grün ihrer Augen beantwortete seine Frage.

„Du mußt, was deinen Vater angeht, deinen Frieden finden, Cal!“ flüsterte sie.

Der langhaarige Vampir nickte. „Aus diesem Grund bleibe ich noch hier. Es gibt da noch das ein oder andere zu klären.“ Er küßte ihre vollen Lippen. „Auch den Verbleib des Schattenkelches.“

Dilaras Gesichtsausdruck verdüsterte sich. „Gut!“ sagte sie ernst. „Ich kehre nach London zurück und werde dort meine Erkundigungen einholen, und du regelst den Rest hier.“ Nun war sie es, die ihn küßte. „Laß mich nicht zu lange warten, Cal“, murmelte sie und lehnte sich an ihn, als er ihre Taille fest umfaßte und sie an sich zog.

IN CARITATE SERVIRE

(In Liebe – zum Nächsten – dienen)

London, Juli 2006, LUNA-Tower

Luna wandte sich geschmeidig vom Fenster ihres Büros im LUNA-Tower ab. Soeben verweilten ihre Gedanken noch bei der feierlichen Eröffnung des Büroturmes, den sie nach und nach aufgekauft und umbenannt hatte. Als sichtbares Zeichen ihrer Macht.

Die Tür öffnete sich, und das Geräusch lenkte Lunas Aufmerksamkeit auf ihren eintretenden Berater.

„Garimont, da sind Sie ja. Was wollen Sie?" Ihre Stimme war sanfter als sonst, was sie beinahe noch gefährlicher machte, denn sie klang wie die Ruhe vor dem Sturm. Vielleicht lag es auch daran, daß Mark Garimont ihr am Telefon versicherte, mit einer Überraschung aufzuwarten.

„Nun, was gibt es?" Ihre Stimme klang schon wieder eine Spur ungeduldiger. Sie war es gewohnt, daß er sofort zur Sache kam.

Aber dieses Mal verhielt er sich anders.

Zurückhaltender.

Beinahe verschlagen.

In Lunas bernsteinfarbenen Augen blitzte es. Es belustigte sie, wie sich dieser kleine Wicht aufplusterte!

Mark Garimont durchmaß den Raum mit festen Schritten, die Hände lässig in den Hosentaschen, und setzte sich unaufgefordert auf einen Stuhl der kleinen Sitzecke. Er schlug die Beine übereinander und blickte Luna Sangue abwartend an. Als sie sich nicht rührte, machte er eine einladende Geste. „Setzen Sie sich doch!"

Lunas Blick wurde frostig. „Hören Sie, Garimont, wir..."

„Es wäre besser, wenn Sie sich setzen würden!"

In seiner Stimme schwang irgend etwas, das Luna mißfiel. Ihre Sinne signalisierten ihr Gefahr, die von Garimont ausging. Unsinn, dachte sie, wie sollte dieser Kretin eine Bedrohung für sie darstellen?

Dennoch setzte sie sich ihm gegenüber. Ihr ganzer Körper war angespannt. Mark Garimont registrierte das mit Befriedigung. Bald würde er sie da haben, wo er sie schon lange haben wollte. Und damit meinte er nicht nur sein Bett!

London, Juli 2006, Paddington

Mick weckte sie am nächsten Morgen mit lautem Türgeklapper. Cassandra fuhr hoch und benötigte einige Sekunden, um sich zu sortieren. Zu ihrer Enttäuschung mußte sie erkennen, daß ihr Partner bereits wieder völlig bekleidet war.

„Wieviel Uhr?“ fragte sie und kniff die Augen als kleine Morgengymnastik auf und zu.

„Kurz vor Sieben“, antwortete Mick verdächtig gut gelaunt. „Dienstbeginn! Wir haben lange genug geschlafen!“

Du vielleicht, dachte Cassandra und kroch wegen ihrer Nacktheit etwas gehemmt aus dem Bett. Hastig griff sie sich ihren Slip und BH. Mick blieb stehen und beobachtete sie mit einer gewissen Nachdenklichkeit, als sie sich langsam ankleidete.

„Du siehst etwas zerknittert aus“, sagte er dann freundlich. „Komm in die Küche, ich habe frischen Kaffee und Toastbrot.“

Cassandra bedankte sich für das *Kompliment* und konnte es leider nicht zurückgeben. Mick machte wie immer einen blendenden und verführerischen Eindruck. Sie stieß einen langen tiefen Seufzer aus, so, als läge die ganze Last der Welt nur auf ihren Schultern, und folgte ihrem Partner in die geräumige Küche. Seltsamerweise hatte Mick nur für sie gedeckt.

„Hast du schon etwas gegessen?" fragte sie und registrierte stark verschmutztes Geschirr in der offenen Spüle. Mehrere große und kleine Teller, alle blutverschmiert. Es roch auch widerlich nach geronnenem Blut. Mick beeilte sich, zur Spüle zu kommen, und ließ Wasser einlaufen.

„Was hast du gegessen? Die Zeitungsfrau?" Cassandra versuchte einen Scherz. Mick stand mit dem Rücken zu ihr und sagte nichts. Wortlos drehte er sich zur Anrichte, nahm eine gläserne Kanne und schenkte ihr dampfenden Kaffee ein. Der Toast lag bereits auf ihrem Teller. Butter, Käse, Wurst und Marmelade standen in Reichweite.

Cassandra begann lustlos zu kauen. Da Mick keinen Ton von sich gab, machte sie einen neuen Versuch. „Zuerst ins Büro, oder gehen wir direkt auf Vampirjagd?"

„Wir legen direkt los." Mick wischte emsig an seinen Tellern herum. „Unserem Boß habe ich bereits Bescheid gegeben. Er hat einen ausführlichen Bericht von mir auf seinem Schreibtisch."

„Dann warst du heute schon fleißig?"

„Ja, vier Seiten habe ich ihm durchgefaxt. Für heute sind wir entlastet."

Cassandra wollte zum dritten Toastbrot greifen, verkniff es sich aber. „Wie herrlich. Was hältst du von einem Kinobesuch oder einem kleinen Einkaufsbummel auf der Carnaby Street? Ich könnte frische Unterwäsche gebrauchen."

Mick lachte kurz auf. „Das, was uns heute vielleicht erwartet, ist besser und interessanter als jeder Kinobesuch."

Cassandra nickte bedächtig, schlürfte den Rest Kaffee und

überlegte, daß frische Unterwäsche *vor* einem solchen Einsatz dann sicher auch völlig überflüssig wäre.

London, Juli 2006, Scotland Yard

Und dann mußten sie doch noch einmal ins Yard, weil Cassandra vorschriftsgemäß ihre Dienstwaffe weggeschlossen hatte. Mick nutzte die Gelegenheit, um kurz seinen PC hochzufahren, und begann einige für ihn wichtige Seiten aufzurufen.

„Ab und an brauche auch ich mal ein paar Daten", grinste er Cassandra an, die im Türrahmen ihres gemeinsamen Büros auf ihn wartete. Bevor sie jedoch etwas erwidern konnte, überschlugen sich die Ereignisse.

Dr. Peter Grean stürmte durch den breiten Bürogang. „Gott sei Dank, daß Sie beide doch noch hier sind!" rief er und blieb außer Atem und mit herabhängenden Armen ebenfalls im Türrahmen stehen. „Es gab schon wieder einen Mord, dieses Mal bei LUNATIC-Cosmetics. Und wieder haben wir eine zerfetzte Leiche."

Mick blickte mißmutig von seinem Arbeitsplatz hoch. „Dann sollten wir wohl zuerst dorthin." Sofort erinnerte er sich wieder an die wunderschöne Chefin des Kosmetikkonzerns, Luna Sangue, die ihm in einem TV-Bericht aufgefallen war. Sie besaß eine unglaubliche Ähnlichkeit mit Dilara Demimondes und obendrein geheimnisvoll leuchtend bernsteinfarbene Augen – ähnlich wie er selbst. Nun bekam er also die Gelegenheit, die faszinierende Geschäftsfrau näher kennenzulernen.

Ein weiterer Mord – und ausgerechnet in ihrem direkten Umfeld?

Mick mochte da nicht an einen Zufall glauben. Mit dieser Frau war etwas nicht stimmig, das konnte er sogar bei einem so oberflächlichen visuellen Kontakt verspüren.

In Kürze würde er bereits mehr wissen.

„Es ist eine Bande, Sir." Cassandra studierte bereits den vorläufigen und ersten Bericht, den Dr. Grean in den Händen gehalten und ihr gereicht hatte. „Das konnten wir soweit schon ermitteln. Es war nicht anzunehmen, daß die beiden von gestern alle Morde begangen haben."

„Natürlich nicht." Dr. Grean keuchte noch immer. Da mußte noch mehr sein, was ihn völlig aus der Fassung brachte. „Das habe ich auch nicht angezweifelt. Aber nun kommt es noch besser."

Mick und Cassandra warteten mit ungutem Gefühl auf die nächste Neuigkeit ihres Vorgesetzten.

„Die beiden von gestern sind verschwunden", setzte Dr. Grean den Paukenschlag.

„Verschwunden?" entfuhr es Cassandra, während Mick nur mit verbissenem Gesicht ins Leere starrte. „Was heißt *verschwunden*?"

„Weg! Einfach weg!" Ihr Boß gestikulierte wild mit den Armen, als müsse er einen Dinosaurier beschreiben, der im Innenhof seine Notdurft verrichtet hatte. „In Luft aufgelöst. Ganz einfach so."

„Das kann nicht sein!" Cassandra starrte ihn ungläubig an, obwohl mit ihrem neugewonnenen Hintergrundwissen solch ein Verschwinden schon ein wenig erklärbarer wurde. Mick hatte von Vampiren gesprochen, und die konnten anscheinend nicht nur Blut saugen und fast unsterblich sein, sie schienen sich offensichtlich auch einfach in Luft aufzulösen.

Welchen Sinn machte es dann, sie in eine Zelle zu sperren? Sie blickte ernst zu ihrem Partner.

„Es ist aber so!“ Dr. Grean hüpfte wie ein Derwisch auf der Stelle herum. „Ich habe bereits die Videobänder sichten dürfen. Jeder hat sich – und das auch noch exakt zeitgleich – vor unseren Augen in eine Schattenwolke und dann in Nichts aufgelöst.“

„Und der Einbeinige?“ fragte Cassandra weiter.

„Er wurde ebenso auf der Krankenstation bewacht. – Aber auch der ist einfach weg!“ Dr. Grean überlegte kurz. „Wenn Sie denken, wie kann ein Einbeiniger fliehen, dann wiederhole ich es noch mal: Sie haben sich in wenigen Sekunden völlig aufgelöst. Es sieht auf unseren Videobändern wie ein billiger Filmtrick aus, entspricht aber leider der harten Realität.“

„Wir haben verstanden!“ rief Mick dazwischen.

„Und?“ Dr. Grean machte eine Geste wie der autolose Kaffeemann aus der Werbung.

„Nichts und!“ Mick druckte sich zwei Blätter mit Infos aus. „Wir haben auch keine Erklärung, aber bemühen uns, Sir.“

Cassandra bekam den Eindruck, als würde ihr Chef in sich zusammensinken. Er machte eine hilflose Drehbewegung in ihre Richtung, als wolle er sich an ihrer Schulter ausweinen.

„Das geht so nicht mehr“, flüsterte er matt. „Das kann alles nicht sein. Wir müssen weitere Hilfe anfordern. Wir brauchen mehr Kräfte. Ich...“

„Okay, Chef!“ Mick faltete die Papierausdrucke und steckte sie in seine Lederjacke. „Tun Sie das, was Sie müssen. Ist schon in Ordnung. Wir bleiben auf jeden Fall weiter dran. In meinem Vorabbericht steht alles drin, was wir zu unternehmen gedenken. Wenn sich etwas ändert: Wir bleiben mit Ihnen in direkter Verbindung.“

„Ja, ja, ist gut.“ Ihr Chef nickte nur müde. „Fahren Sie zuerst zum LUNA-Tower.“

Da Mick nichts erwiderte und schon ein paar Meter vorausgegangen war, lief Cassandra wortlos hinter ihm her. Zurück blieb ein verzweifelter und im höchsten Maße verwirrter Dr. Grean.

London, Juli 2006, Soho

Delphine bürstete ihre langen hellblonden Haare und betrachtete sich selbstgefällig im Spiegel. Ja, sie war schön, und das wußte sie auch. Mehr noch, sie setzte es gezielt ein. Anders, als es Dilara tat, die zwar auch mit ihren Reizen spielte, aber auf eine niveauvolle und feminine Art. Delphine legte sich bewußt auf das Lolitahafte fest. Auf die Kindfrau mit dem Schmollmund und dem unschuldigen Blick. Besonders der Kontrast ihrer dunklen Augen mit dem beinahe weißblonden Haar brachte die Männer um den Verstand. Dabei fühlte sie sich nur zwei Wesen richtig zugehörig.

Da war Brian, der Hardrock-Musiker, mit dem sie eine Beziehung eingegangen war, der aber schnell das Interesse an ihr verloren hatte. Für ihn galt nur der „Reiz des Neuen“, und seine sexuellen Ausschweifungen stießen sie mit der Zeit mehr und mehr ab. Er war nicht in der Lage, auf Dauer nur bei einer Frau zu bleiben, er benötigte ständig neue Kicks, und so flatterhaft Delphine auch gewesen war, bevor sie ihn traf, so anhänglich und monogam war sie in seinem Fall. Und so sah sie in ihrer ersten Verliebtheit nicht, daß er unfähig war, tiefe und vor allem dauerhafte Gefühle für *eine* Frau zu empfinden.

Wie oft hatte Dilara sie gewarnt und zu ihr gesagt: „Delphine, siehst du das nicht? Er ist es nicht wert, er sieht nicht, was er an dir hat, und wird dich immer wieder verletzen."

Als Brian dann eines Nachts eine andere Frau mitbrachte, um sich mit ihr und Delphine gleichzeitig zu vergnügen, zerbrach endgültig etwas in der blonden Kindfrau. Und ihr wurde klar, daß er nie begreifen und nachvollziehen würde, daß sie ihn für sich alleine haben wollte, daß er *nur sie* liebte, und daß sie im Grunde etwas erwartete, was normal war, wenn man wirklich etwas füreinander empfand, etwas über das man gar nicht reden mußte, weil es Grundvoraussetzung jeder guten Beziehung war.

Nachdem sie sich von Brian lossagen konnte, war eine rapide Veränderung in und mit ihr vorgegangen. Ihre Seele hatte Schaden genommen und gefror. Fortan waren für sie Männer nur noch Mittel zum Zweck. Und all ihre Enttäuschung und ihr Zorn luden sich auf die Unschuldigen ab, die sie danach kennenlernte.

Nur ein Wesen hielt nach wie vor einen großen Stellenwert bei ihr inne. Das war die Hohepriesterin ihrer Glaubensgemeinschaft, die 1966 gegründet worden war. Nur noch ihr wollte sie sich verbunden fühlen. *Nur ihr*.

Das war das besonders Gefährliche an Delphine. Sie war nicht nur Vampirin, sondern sie war mittlerweile auch die hochgestellte Magistra der Kirche Satans.

Ihm und seiner dunklen Macht diente sie in Liebe.

Doch da war noch eine Frau, zu der sie sich hingezogen fühlte, seit sie ihr vor drei Jahrzehnten das erste Mal begegnet war.

Dilara!

Die Vampirin, die sie ihre Blutsschwester nannte und der sie sich halbwegs zugehörig fühlte; dennoch hätte sie sie vor einigen Jahren eiskalt geopfert. Ihrem Glauben, ihrer Gemeinschaft, ihrer Hohepriesterin zuliebe.

Delphine verzog ihren schön geschwungenen Mädchenmund zu einem Lächeln, wie es unschuldiger nicht sein konnte. Dabei verbarg sich dahinter ein gefühlskaltes Wesen. Eines, das sich aus den USA wieder nach London aufgemacht hatte und in Dilaras Welt aufgetaucht war, um Unfrieden zu stiften.

Santa Barbara, Juli 2006

„Und wie soll es nun weitergehen?" Oliver Richmond blickte Anton Percy Vale erwartungsvoll an.

„Das ist eine sehr gute Frage!"

Das weiß ich auch, dachte Richmond gehässig, setzte aber sein gewinnendes Lächeln auf, das er seinem „Mentor" stets schenkte, um seinen Sympathiebonus bei ihm zu sichern und auszubauen.

Anton Percy Vale fühlte Erleichterung angesichts dieses Lächelns. So sehr er auch in die Gemeinschaft seines Ordens eingebunden war: Dennoch benötigte er einen Vertrauten. Er hatte sich immer Calvin an diese Stelle gewünscht, aber in Ermangelung dessen nahm sie Oliver Richmond ein.

„Ich muß noch einen Versuch unternehmen, mich mit meinem Sohn auszusprechen und auszusöhnen. Da Dilara Demimondes einen so großen Einfluß auf Calvin hat, tut es not, es sich weder mit ihr noch mit ihm zu verscherzen, wenn wir an das Wissen gelangen wollen."

„Ist das denn überhaupt noch etwas wert? Jetzt, wo uns Calvin offenbart hat, daß er einem anderen Kelch verbunden ist?

Geht sein Wissen denn nicht eine Allianz mit dem Schattenkelch ein?"

„Wenn ich das wüßte." Anton Percy Vale stieß einen tiefen Seufzer aus.

Oliver Richmond grübelte eine Weile nach. Er suchte schon lange nach einer Gelegenheit, seinen Gönner für eine Weile loszuwerden. Genau *so* lange, wie er benötigte, um dessen Platz im Orden einzunehmen. Nun bot sich Richmond endlich die Gelegenheit. Und er würde sie zu nutzen wissen!

„Es gäbe da eine Möglichkeit", meinte er betont zögernd, so, als wäre ihm gerade eben erst eine Idee gekommen.

„Und die wäre?" Anton Percy Vale setzte seine Brille auf und blickte sein Gegenüber gespannt an.

„Begleiten Sie Ihren Sohn nach London. Lernen Sie ihn in dem Umfeld kennen, in dem er die meiste Zeit seines Lebens verbracht hat! Das ist der letzte Weg zu Calvins Vertrauen. Heucheln Sie Interesse!" Oliver Richmond lachte auf eine unangenehme Weise. „Ich weiß, daß Ihnen Calvin gleichgültig ist, und er weiß es mittlerweile auch. Daher wird es sicher keine Möglichkeit mehr geben, ihn noch einmal hierherzulocken. Also nutzen Sie diese letzte Chance, die sich Ihnen bietet. Es wird ihn nicht mehr lange in Santa Barbara halten, daher schlagen Sie ihm vor, ihn nach London zu begleiten! Dort werden Sie mehr Zugang zu ihm finden. Und da Calvin ein Ehrenmann ist, wird er Ihnen diese *väterliche* Bitte nicht abschlagen, wenn Sie sie geschickt verpackt vorbringen. Appellieren Sie an seine noch schwach vorhandenen Familienbande."

Anton Percy Vale dachte eine Weile nach, dann nickte er. „Du hast völlig recht, Oliver. Ich wundere mich, daß ich nicht selbst darauf gekommen bin."

„Ich hoffe, die Mission ist mit Erfolg gekrönt", fügte Richmond noch salbungsvoll hinzu.

„Das hoffe ich auch. Es hängt so viel davon ab.“ Anton Percy Vale erhob sich. „Und ich hoffe ebenso, daß du mich würdig vertreten wirst, Oliver.“

Und ob ich das werde, alter Mann, durchfuhr es diesen. Und wenn du zurückkommst, wird nichts mehr wie früher sein. *Wenn* du zurückkommst.

Oliver Richmond zauberte sein strahlendstes Lächeln auf sein Gesicht. „Sie wissen doch, daß auf mich Verlaß ist. Ich werde alles in Ihrem Sinne weiterführen.“

Anton Percy Vale ging um den Schreibtisch herum, trat an Oliver Richmond heran und klopfte ihm freundschaftlich auf die Schulter. „Ich weiß, daß ich mich auf dich verlassen kann.“

„So ist es! So ist es!“ beeilte sich Richmond zu versichern, und er sah sich schon als einer der Oberen ihres Ordens. Sah sich bereits das Erbe von Anton Percy Vale antreten!

Manchmal fürchtete er sich vor sich selbst. Seit er sich in Les Saintes-Maries-de-la-Mer aufgehalten hatte, war eine Verwandlung in ihm vorgegangen. Es war Richmond, als habe sich das Dunkle in ihm in einer einzigen Nacht an die Oberfläche seiner Seele gekämpft. Doch was ihm noch mehr zu denken gab: Es gefiel ihm!

London, Juli 2006, LUNA-Tower

Luna blickte Mark Garimont eine Weile stumm an. Dann zerschnitt ihre Stimme scharf wie eine Rasierklinge die unheilvolle Stille, die zwischen ihnen entstanden war.

„Was soll das heißen, Garimont? Warum wäre es besser für uns, sich zu setzen?“

„Weil es ein längeres Gespräch werden kann."

Luna verkniff sich eine Erwiderung. Der Beginn der Unterredung behagte ihr nicht. Mehr noch, er widerstrebte ihr völlig. Mittlerweile war alles in ihr in Alarmbereitschaft. Und Garimonts nächste Worte bekräftigten das noch.

„Das eine oder andere wird Ihnen sicher nicht gefallen."

Luna glitt geschmeidig auf einen der Stühle und schlug die Beine so hastig übereinander, daß der an der Seite geschlitzte Rock bis weit über ihre Oberschenkel glitt. Sie registrierte Garimonts gierigen Blick, doch sie wies ihn nicht zurecht, weil sie spürte, daß ihre volle Aufmerksamkeit gefordert war. „Was wird uns nicht gefallen, Garimont? So reden Sie! Machen Sie es nicht so spannend. Unsere Zeit ist kostbar!"

„Zeit, die Sie künftig intensiver mit mir verbringen sollten!" Mark Garimonts Stimme bekam einen schlüpfrigen Unterton. Er leckte sich anzüglich über die Lippen und starrte ungeniert auf ihre langen, schlanken, dunkelbestrumpften Beine.

Was für eine Frau, durchzuckte es ihn.

Was für ein widerlicher Kretin, dachte Luna zeitgleich. „Das glaube ich kaum!" erwiderte sie hochmütig.

Dir wird die Arroganz noch vergehen, war Garimonts hämischer Gedanke, und eine ungeheure Lust erfaßte ihn, diese Frau zu besitzen und ihren Willen zu brechen. Und er stand kurz davor.

Er lehnte sich lässig zurück und verschränkte die Arme vor der Brust, blickte dieser eiskalten Schönheit in ihre sonderbaren Augen.

Lunas Blick wurde noch eine Spur frostiger. Sie vollführte eine ungeduldige Handbewegung. „Wenn Sie uns nicht den Grund Ihres Besuches nennen wollen, verlassen Sie bitte den Raum!" Sie war im Begriff, sich zu erheben und an ihren Schreibtisch zu gehen, als Mark Garimonts Stimme sie zurückhielt. „Ich würde an Ihrer Stelle sitzenbleiben! Sonst werden Sie es bereuen!“

Luna verlor erstmals, seit er sie kannte, die Fassung. „Sie wagen es?“

Garimont nickte ruhig. „Allerdings. Denn ich habe etwas, das Sie mehr als alles andere auf der Welt wollen!“

London, Juli 2006, Park Lane

Nachdem Dilara wieder in ihrem Haus in der Park Lane eingetroffen war, stellte sie sofort Nachforschungen über Clarissa Wagner an. Sie brannte darauf, endlich mehr über Calvins Ex-Freundin zu erfahren. Die Nacht in Santa Barbara, als Calvin ihr von Clarissa erzählt hatte, war ihr noch lebhaft in Erinnerung. Der Tonfall seiner Stimme, mit der er sagte, wie sehr er sie geliebt und wie sehr er darunter gelitten habe, als sie sich von ihm abwandte, und wie schwer es für ihn gewesen sei, mit der Lücke zurechtzukommen, die sie in seinem Leben hinterließ.

Dilara merkte zu ihrem Erstaunen, daß sich ihre frühere Eifersucht Clarissa gegenüber in Mitgefühl mit Calvin gewandelt hatte.

Calvin, der gerade eine ungeheuerliche Vermutung äußerte: „Ich habe meinen Vater in Verdacht, daß er da seine Finger im Spiel hatte.“ Er stieß einen verächtlichen Laut aus. „Er wollte jegliche enge Beziehung von mir zu einem anderen Menschen unterbinden. Besonders zu Frauen. Erst meine Mutter... dann Clarissa... und dich wollte er auch aus meinem Gedächtnis verbannen.“

Seine Überlegung wies eine gewisse Logik auf. Es konnten Zufälle sein, aber die schloß Dilara instinktiv aus. Auch, weil ihr plötzlich ein völlig anderer Gedanke kam.

„Vielleicht ist das der Schlüssel, Cal." Sie sah ihn lange und nachdenklich an. „Vielleicht ist es nicht nur Wissen, was in dir schlummert. Vielleicht brennt eine andere Flamme in dir. Eine, die deinem Vater fremd ist, und die er fürchtet."

Und als sie ihn mit ihren katzenhaften Augen ansah, wußte er, wovon sie sprach.

Liebe.

London, Juli 2006, LUNA-Tower

„Was sollte das sein, Garimont? Was sollten Sie haben, was ich besitzen will?" Luna Sangues Stimme troff vor Hohn.

Mark Garimont gefiel sich immer mehr in der Rolle des Lässigen. Und diese war noch nicht einmal aufgesetzt. Er fühlte sich gut. Geradezu von einem nie gekannten Hochgefühl befallen. Gleich würde er sie genau da haben, wo er sie immer schon haben wollte. Vom ersten Tag an, als sie ihn zu ihrem Berater gemacht hatte. Als er sie erblickte, diese Kälte spürte, die sie ausströmte, wenn sie einen Raum betrat, die aber in einem Mann den Wunsch weckte, diese zu verdrängen und Leidenschaft in ihr zu wecken. Ihn störte nicht einmal ihr schizophrenes Verhalten. Ihre offensichtliche Art, zwei Wesenheiten in sich zu vereinen. Er wollte sie. Wenn nicht freiwillig, dann unter Zwang. Ein glücklicher Zufall – nein, das Schicksal – hatte es so eingerichtet, daß ihm das in die Hände gefallen war, was sie am meisten begehrte.

Auch wenn er dabei ein „wenig“ nachhelfen mußte.

„Was wünschst du dir mehr als alles andere, meine Schöne?“ fragte er und genoß es, zu sehen, wie ihre Gesichtsfarbe wechselte.

„*Das,* was Sie uns niemals geben können, Armseliger!“ fauchte sie.

Mark Garimonts Gesichtsausdruck wurde immer zufriedener und entspannter. Diese Frau in der Hand zu haben, war Hochgenuß der Sonderklasse. Und er kostete jede Minute, jede Sekunde dieses Genusses aus!

„Und ob ich es dir geben kann! Also, was ist es, was du begehrst? Sprich es aus!“ befahl er ihr.

In Lunas Bernsteinaugen flackerte es gierig. „Der Schattenkelch!“ stieß sie hervor. „Wir wollen den Schattenkelch!“

Garimonts Lächeln floß über. „So ist es recht.“ Er beugte sich vor und ergriff Lunas eiskalte Hand, küßte jeden einzelnen Finger, und sie ließ ihn angeekelt gewähren. „Und dieser Kelch befindet sich nunmehr in meinem Besitz. Eine gütige Fügung hat es...“

„Fügung! Daß ich nicht lache!“ fauchte Luna und entzog ihm mit einem Ruck ihre Hand.

Garimont grinste breit. „Ich gebe zu, daß die Fügung gänzlich in meinem Tun lag.“ Sein Feixen verschwand schlagartig. „Doch nun zu dir, meine Schöne. Der Kelch könnte dir gehören!“ Mit Befriedigung registrierte er, daß das gierige Funkeln in Lunas Augen zunahm. „Wenn sich für mich gewisse Vorteile ergeben!“

Garimont zollte Luna insgeheim Respekt. Sie zeigte mit keiner Regung ihres Mienenspiels, was in ihr vorging. „Die da wären?“ fragte sie mit einer Stimme, die wieder kontrolliert und völlig gefühllos klang.

„Ich will dich!“

Der Satz schwang wie ein Damoklesschwert über ihnen.

Lunas Reaktion war verblüffend. Sie legte den Kopf in den Nacken und lachte schallend.

Mark Garimont war für einige Sekunden verunsichert, aber dann sprach er unbeirrt weiter. „Und die Hälfte von LUNATIC-Cosmetics!"

Das Lachen verklang augenblicklich. Lunas Augen verzogen sich in kleine, schmale, glitzernde Schlitze. „Du wagst es?" fragte sie erneut mit einer Stimme, die ahnen ließ, daß sie töten konnte.

Garimont zeigte sich völlig ungerührt. „Denke erst gar nicht darüber nach, es aus mir herauszupressen. Ich bin hart im Nehmen." Er lachte verschlagen. „Und ich habe eine kleine Lebensversicherung bei meinem Anwalt hinterlassen."

„Wo ist der Kelch, du Hurensohn?" zischte Luna.

„Ich liebe das, wenn du zornig bist, dann bist du noch erotischer."

„Kretin!" Sie schleuderte ihm das Wort wie ein Messer entgegen.

Mark Garimont lachte herrisch. „Es wird mir eine besondere Freude sein, dich zu zähmen", frohlockte er.

Doch er hatte die Rechnung ohne Luna gemacht!

London, Juli 2006, in den Katakomben der St.Paul's Cathedral

Guardian blickte gedankenversunken von seinem Buch auf, als Orcus die steinerne Bibliothek betrat, in der sich der blonde Vampir immer häufiger aufhielt und seinen Studien hingab, auch auf der Suche nach weiteren Hinweisen auf den

Verbund der Fünf, der immer wieder in Antideluvians Aufzeichnungen vorkam. Gerade eben war er wieder auf einen interessanten Eintrag gestoßen.

„Orcus!" Guardians Stimme klang nicht sehr einladend, was dem alten Nosferatu nicht entging. Doch außer einem weisen Lächeln ließ er sich nichts anmerken. Schließlich war er nicht nur zu einem belanglosen Plausch erschienen. Immer noch wußte er Guardian nicht einzuordnen, war ihm zwar wohlgesonnener als Larvae, konnte sich aber nicht erklären, was genau Guardian in Antediluvians Reich suchte. Sicher, es wandten sich viele an den Rat der Alten, in dem Bestreben, Einzug in den Katakomben zu halten, aber bei Guardian spürte Orcus sofort, daß der junge Vampir von edler Herkunft war und wie keiner sonst geeignet war, das Erbe des Fürsten der Nosferati anzutreten. Dennoch hatte der Herr des Totenreiches eine Vision gehabt, die ihn wachsam stimmte. Sie deutete auf einen mächtigen Verbund hin, der sich um den legendären und sagenumwobenen Schattenkelch scharte, und der selbst den Rat der Alten zur Bedeutungslosigkeit degradieren konnte. Somit eine Gefahr für dessen Existenz, aber auch für das weitere Geschick aller Wesen der Nacht darstellte. Mehr noch als alle Bandenkriege und Aufrührer brachte er die Sicherheit und Ordnung im Reich der Finsternis in Gefahr.

Und er, Orcus, würde das – und daher Guardian – sorgsam im Auge behalten!

Wie notwendig das war, zeigte Guardians Reaktion auf Orcus' Frage: „Was liest du da Schönes, Junge?"

Der Angesprochene schloß hastig das Büchlein, in dem er gelesen hatte, und schob es hektisch, wie es sonst nicht seine Art war, in eine Schublade des Schreibtisches. „Nichts Interessantes!" beeilte er sich zu versichern, und in Orcus wuchs die Sorge, daß Larvaes Mißtrauen berechtigt gewesen und es vielleicht schon zu spät für all seine Vorsicht war.

London, Juli 2006, LUNA-Tower

Im chromblitzenden LUNA-Tower bot sich den beiden Cops ein völlig anderes Szenario als noch am Vortag in den schmuddeligen versteckten Gassen von London. Anders zwar, jedoch nicht minder grauenvoll. In der riesigen gläsernen Vorhalle herrschte bis vor kurzem noch absolute, keimfreie Sauberkeit. Jetzt sah es so aus, als hätte man eine Herde schweinegroßer Blutegel durch den Raum gejagt.

Zwei Straßencops saßen in einer Ecke, die offenbar von dem Massaker verschont geblieben war. In beklemmendes Schweigen gehüllt, warteten sie geduldig auf die Spurensicherung und auf ihre Kollegen der kleinen Spezialeinheit. Sie begrüßten Mick und Cassandra sofort und schienen regelrecht aufzuatmen, als die beiden den Raum betraten.

„Hallo, Mr. Bondye!“ Einer der beiden Straßencops war groß und schlaksig, und sein hochroter Kopf wies ihn als Geplagten einer unkontrollierten Hypertonie aus. „Die Jungs von der Spurensicherung sind noch nicht da. Wir haben aber alles vorschriftsmäßig abgesichert.“

Mick nickte und betrachtete sich das Ergebnis des Blutbades aus der Entfernung. Cassandra dachte wieder an Bananen und war froh, auf das dritte Toastbrot verzichtet zu haben.

„Sie haben es nicht leicht in diesen Tagen“, plapperte der Straßencop weiter. „Was ist nur los in London?“ fragte er zu

Cassandra gewandt, da Mick keine Anstalten machte, ihm zu antworten.

Cassandra zuckte auch nur kurz mit den Schultern. „Sind es zwei Leichen?“

„Gute Frage!“ Der rotköpfige Straßencop stemmte seine großen Hände in die Hüften. „Ich tippe mal auf mehr als eine, aber genau kann man das wirklich nicht sagen.“

Kurz danach traf die Spurensicherung mit großem Hallo ein. Die Kollegen freuten sich tatsächlich wie die Schneekönige über einen so übersichtlich aufzunehmenden und sterilen Tatort.

„Das ist ja wie Arbeiten im Labor“, hörte Mick bereits nach einer halben Stunde. Die Spurensicherung brabbelte wie eine Gruppe spielender Kleinkinder weiter fröhlich durcheinander und kam dann zu dem Ergebnis, daß es sich bei den verstreut herumliegenden Leichenteilen nur um einen männlichen Toten handeln konnte.

„Unser Portier Kevin Whately“, vernahmen Mick und Cassandra eine wohlklingende weibliche Stimme aus dem Hintergrund.

Luna Sangue.

Die Chefin von LUNATIC-Cosmetics stand, in ein elegantes dunkles Kleid gehüllt, fast über ihren Köpfen: eine Etage höher in einem von unten einsehbaren Gang. Mick erkannte die Frau sofort. Schon damals in der TV-Übertragung hatte sie einen nachhaltigen Eindruck bei ihm hinterlassen. Dieses Gefühl schien sich bereits zu verstärken.

„Das ist Luna Sangue“, raunte der Straßencop zu Mick und Cassandra herüber „Sie hat den Mord gemeldet.“

„Sie scheint reichlich gefaßt zu sein“, bemerkte Cassandra kritisch und beobachte ihren Partner, der wie gebannt die dunkelhaarige Schönheit fixierte, die mit langsamen, festen Schritten die breite Marmortreppe hinunterschritt. Da Mick ihr wieder mal eine Antwort schuldig blieb, knuffte sie ihn fest in die Seite. „Kennst du sie, oder warum starrst du sie so an?"

Mick nestelte fast verlegen an seiner Jacke herum. „Ich habe sie in einem Fernsehinterview gesehen. Scheint eine interessante Frau zu sein."

Das werden wir sehen, dachte Cassandra und kramte bereits ihr kleines Klemmbrett hervor. Die versprochene tragbare elektronische Datenbank ließ immer noch auf sich warten. Während Diebe und Mörder mit High-Tech ausgerüstet durch die Lande wandelten, mußten sie sich immer noch mit altmodischen Formularen und Handschreibkram herumquälen.

Luna Sangue blieb auf dem Treppenansatz stehen und studierte ihrerseits Mick Bondye sehr eindringlich. Für einen langen Moment verharrte sie in ihren Bewegungen, um dann mit geschmeidigen Schritten auf den Cop zuzusteuern. Cassandra hingegen beachtete die Konzernchefin mit keinem Blick. In einer Wolke voll duftenden Parfüms – für Cassandras Nase eindeutig zu aufdringlich – rauschte Luna Sangue an ihr vorbei und reichte ihrem Partner mit einer gelangweilt wirkenden Geste die Hand. „Sie sind der ermittelnde Superintendent?"

Mick erwiderte sofort die Höflichkeitsfloskel und empfand die Berührung, trotz der spürbaren Kälte, als äußerst angenehm. „Nicht ganz so hochrangig, Miß Sangue. Aber richtig, wir ermitteln in diesen Mordfällen."

Die beiden tauschten einen langen und sehr intensiven Blick aus, bei dem Cassandra erste Anzeichen aufkeimender Eifersucht in sich verspürte.

„Mein Name ist Mick Bondye, und das ist meine Partnerin Cassandra Benedikt." Mick ließ Luna Sangues feingliedrige Hand sehr zögerlich los.

Die Konzernchefin nickte nur kurz in Cassandras Richtung,

verschränkte die Arme und musterte Mick Bondye immer noch intensiv.

„Sie haben die Leiche entdeckt?“ fragte Cassandra, der die Art und Weise von Luna Sangue inzwischen schon gehörig auf die Nerven ging. Eine seltsame Tante, dachte sie und schätzte die Frau auf Anfang Vierzig. Ansonsten gab es nicht viel, das man bei ihr schlüssig einordnen konnte.

„Ja, haben wir!“ Luna Sangue drehte sich nun doch zu Cassandra um. Die glaubte, ein spöttisches Lächeln in deren Gesicht zu erkennen.

„Sie haben die Leiche entdeckt, oder war es nicht eher einer Ihrer Angestellten, von denen Sie gerufen wurden?“

„Nein, niemand hat uns gerufen.“

„Wer ist *uns*? Wer ist *wir*?“ fragte Mick.

Die elegante Geschäftsfrau blickte ihn kühl lächelnd und absolut nichtssagend an.

„War außer Ihnen noch jemand im Büro?“ wollte Mick wissen.

„Nein!“

Mick und Cassandra tauschten bedeutungsvolle Blicke.

„Was machen Sie nachts hier in der Firma?“ bohrte Cassandra weiter.

„Wir haben noch gearbeitet“, bekam sie als Antwort und glaubte, daß Luna Sangue am liebsten noch ein *Kindchen* an das Satzende gehängt hätte.

„Ungewöhnlich für eine Person Ihrer Stellung“, mischte sich Mick ein, und Cassandra war ihm dankbar dafür.

„Keineswegs. Zumal sich auch unsere Privatgemächer in diesem Tower befinden.“ Luna Sangues Antwort fiel schnippisch aus. „Vielleicht sprechen wir oben im Büro weiter?“

„Gute Idee“, sagte Cassandra. „Es stinkt widerlich nach geronnenem Blut. Die Leichenteile dürften keinen Tropfen mehr in sich haben, so, wie es hier aussieht.“

„Es ist nicht der Geruch, aber dieses Chaos und der Schmutz hier unten sind einfach unerträglich."

Mick und Cassandra wechselten erneut einen fragenden Blick und folgten dann Luna Sangue nach oben in ihr großflächiges Büro. Auch hier war alles peinlich sauber. Es hing eine Mischung aus Parfüm und Desinfektionsmitteln im Raum.

Eine außerordentlich widerliche Zusammensetzung, wie Cassandra abermals empfand. Mick schien ihre Meinung offenbar nicht zu teilen. Er sog genüßlich die Luft durch die Nase, als er sich auf einen der verchromten und sicher sündhaft teuren Besucherstühle setzte.

„Sie haben die ganze Nacht hier gearbeitet?" fragte er und blickte sich prüfend im Raum um.

„Richtig." Luna Sangue rückte ihren bequemen Bürosessel in Micks Richtung und schlug die Beine übereinander wie seinerzeit Sharon Stone in *Basic Instinct*. Cassandra registrierte das seltsame Benehmen der Konzernchefin abermals mit Mißfallen.

„Ich vermute mal, daß Sie Computerarbeiten durchgeführt haben?" fragte sie, weil außer drei sanft leuchtenden Bildschirmen mit jeweils einem halbkugelförmigen Rechner kein weiteres Arbeitsmaterial auf den zwei aneinandergerückten gläsernen Schreibtischen zu erkennen war.

„Natürlich!" Luna Sangue blickte dabei abfällig auf Cassandras kleines verschrammtes Klemmbrett.

Als sich Cassandra ebenfalls auf das gespannte schwarze Leder eines der Besucherstühle setzte, erhob sich Mick bereits wieder und durchschritt sichtlich konzentriert den großen Raum. Seine Nasenflügel zuckten dabei kaum merklich. So hatte Cassandra ihn schon öfters beobachten können. Sie bekam abermals den Eindruck, als würde er versuchen, eine Witterung aufzunehmen.

Luna Sangue machte ein amüsiert interessiertes Gesicht ins Leere, als er von hinten nah an ihren Stuhl herantrat.

„Sie geben uns einen recht entspannten Eindruck, wenn man bedenkt, daß in Ihrem Tower vor kurzer Zeit ein Mensch bestialisch ermordet wurde", meinte Cassandra „Waren Sie zu diesem Zeitpunkt im Gebäude? Konnten Sie etwas Ungewöhnliches feststellen? Ab wann hat Ihr Portier Dienstbeginn?"

Luna Sangue tat so, als wäre Cassandra gar nicht vorhanden und somit die Reihe von Fragen auch nicht gestellt worden. Zumindest gab es für die junge Polizistin wieder keine Antwort. Statt dessen stieß sich die Konzernchefin sanft von ihrem klinisch reinen Arbeitsplatz ab und kam so schwungvoll in Micks Nähe.

„Sie suchen etwas Bestimmtes, junger Mann?" fragte sie in einer aufreizenden Stimmlage. Mick blieb einfach da stehen, wo er sich gerade befand, und betrachtete Luna Sangue von oben mißtrauisch aus seinen bronzefarbenen Augen. Sekundenlang starrten sich die zwei an, ohne ein Wort zu sagen.

Die haben mehr gemeinsam als nur die gleiche seltene Augenfarbe, überlegte Cassandra leicht genervt. Etwas Merkwürdiges spielte sich zwischen diesen beiden ab, da war sie sich völlig sicher. „Miß Sangue, würden Sie bitte meine Fragen beantworten!"

Mick bewegte sich wieder. Er schien offensichtlich einen Entschluß gefaßt zu haben. „Wo sind die Toiletten?"

Luna Sangue erhob sich sofort aus ihrem angenehm knirschenden, nagelneuen Ledersessel. „Folgen Sie mir, Mister Bondye. Ich zeige sie Ihnen."

Nun platzte Cassandra endgültig der Kragen. „Mein Partner ist dem Windelalter bereits entwachsen und dadurch sehr wohl in der Lage, alleine auf Ihr vergoldetes Scheißhaus zu gehen,

Miß Sangue. Bitte beantworten Sie endlich meine Fragen. Wir sind hier, weil vor wenigen Stunden bei Ihnen ein bestialischer Mord geschehen ist, und nicht..."

Sie sah, wie Luna Sangue in ihren Sessel zurückfiel und sie fast entsetzt anstarrte. In so einem Ton hatte gewiß noch niemand gewagt, sie anzupfeifen. Cassandra verzichtete darauf, weiter auszuführen, aus welchen Gründen sie nicht hier waren.

„Erlauben Sie, bitte..." Luna Sangues bernsteinfarbene Augen blitzten gefährlich in Cassandras Richtung.

„Ich erlaube Antworten auf meine Fragen, sonst nichts!" Cassandra hielt dem giftigen Blick der Konzernchefin ruhig stand. „Andernfalls rauschen wir zwei gemeinsam ins Yard, und ich lasse Sie ein paar Stunden in ebenso peinlich saubere Glasscheiben wie diese hier starren." Wenn es sein mußte, konnte Cassandra auch gerne mal den *Bad Cop* raushängen lassen.

Mick verabschiedete sich mit einem „Werd's schon finden. Bin gleich wieder da!" und beeilte sich, mit einem breiten Grinsen aus dem Büro zu entschwinden.

Santa Barbara, Juli 2006

Anton Percy Vale verlor keine Zeit mehr. Nach dem Gespräch mit Oliver Richmond suchte er sofort das Zimmer seines Sohnes auf. Calvin lag angezogen auf dem Bett, lang ausgestreckt, die Hände hinter dem Nacken verschränkt – mit geschlossenen Augen, die er nur kurz öffnete, als sein Vater eintrat.

„Ich würde gerne mit dir sprechen, mein Sohn!"

Calvin rührte sich nicht, noch antwortete er.

Sein Vater sah sich daher genötigt, auf dem bequemen, mit weinrotem Samt bespannten Sessel neben dem Bett seines Sohnes Platz zu nehmen.

Calvin rührte sich immer noch nicht, als aber sein Vater auch schwieg, sagte der junge Vampir: „Ich werde in den nächsten Tagen abreisen.“ Seine Gedanken wanderten in Dilaras Richtung, und er fühlte sehnsüchtige Unruhe in sich aufsteigen.

„Das dachte ich mir.“ Das Auftreten seines Vaters hatte merklich an Dominanz verloren.

Calvin ahnte den Grund und sprach es laut aus. „Du weißt, daß mir deine Mittel und Wege, um an das zu gelangen, was du willst, nicht gefallen, Vater. Aber ich bin mittlerweile der Überzeugung, daß man dieses Wissen nicht heraufbeschwören kann. Es tritt nur auf natürlichem Wege an die Oberfläche.“ Calvin setzte sich auf die Bettkante. „Und ich bin noch von einem überzeugt: *Du* kannst damit ohnehin nichts anfangen. Weil du nicht in der Lage bist, es zu sehen und vor allem zu empfinden.“

Zu seinem Erstaunen ging sein Vater nicht darauf ein, sondern sprach ein anderes Thema an.

„Ich würde dich gerne nach London begleiten, um etwas mehr über dich und dein Leben zu erfahren. Denn ich wäre gerne eine Weile ein kleiner Bestandteil dessen!“

Calvin riß erstaunt die Augen auf und glaubte, seinen Ohren nicht zu trauen. Dann dachte er an einen Scherz, aber ein Blick auf seinen ernst dreinblickenden Vater zeigte ihm, daß dieser es so gemeint hatte. Calvin schwankte in seinen Gefühlen. Sein erster spontaner Gedanke war, seinem Vater zu untersagen, ihn nach London zu begleiten. Doch mit welchem Recht? Und vor allem würde es wenig nützen. Er kannte seinen Vater, der ohnehin das machen würde, was er sich vornahm. Auf der anderen Seite glomm Mißtrauen in Calvin auf. Was bezweckte sein Vater mit dieser Reise? Calvin seufzte. Auf jeden Fall würde es besser sein, ihn in der Nähe und somit im Auge zu haben.

„Ich kann dich nicht hindern, mich nach London zu begleiten. Aber hoffe nicht darauf...“, erwiderte er, ohne Begeisterung zu heucheln.

„Ich werde bei einem Freund wohnen“, beeilte sich Anton Percy Vale zu erwähnen. „Und ich würde mich freuen, wenn du mich wenigstens etwas an deinem Leben teilhaben lassen würdest.“

Sein Sohn schwieg von da an verbissen. Der plötzliche Sinneswandel seines Vaters machte ihn stutzig. Und Calvin beschloß, auf der Hut zu sein!

London, Juli 2006, Park Lane

Dilara schaute Delphine zurückhaltend an. „Was hast du eigentlich damit gemeint, daß du mir helfen willst? Wobei?“

Delphines dunkle Augen blickten sie rätselhaft an. „Das weiß ich auch nicht so genau“, gab sie unumwunden zu. „Aber mein Gefühl sagte mir vor einiger Zeit, daß du Hilfe benötigst. Ich hatte bei einem Ritual unserer Grotte eine Vision...“ Sie legte eine rhetorische Pause ein. „„... die mir deutete, daß es dringend angebracht ist, mich mit dir in Verbindung zu setzen!“

„Ach nein, was du nicht sagst.“ Dilara fühlte den alten Groll in sich aufsteigen beim Gedanken daran, daß Delphine sie damals ohne mit der Wimper zu zucken geopfert hätte, um ihrer angebeteten Hohepriesterin zu huldigen. „Was hat dich veranlaßt, zu glauben, daß ich dich unbeschadet über meine Schwelle lassen würde? Nach allem."

„Du weißt, daß ich unter einem Bann stand. Damals."

„Laß das!" In Dilaras Augen blitzte es zornig auf. „Wage es nicht, mir weitere Lügen aufzutischen, *Schwester*. Sonst lernst du mich von einer anderen Seite kennen!"

Delphines Augen füllten sich mit Tränen.

Bravo, dachte Dilara, jetzt geht die Show schon los!

„Menschen können sich ändern, Dilara!" Delphines Stimmchen zitterte.

„Menschen vielleicht!" stieß Dilara hervor. „Aber Vampirinnen deiner Art nicht!"

„Doch!"

„Du erwartest doch nicht allen Ernstes, daß ich dir jemals wieder vertraue?"

„Dilara, ich..."

Doch Dilaras wütender Wortschwall war nicht mehr zu stoppen. „Du hast dich in mein Vertrauen geschlichen, damals vor dreißig Jahren, und dann wolltest du mich eiskalt deiner Gemeinschaft opfern, du hast unsere Blutsschwesternschaft und mich verraten." Dilara schnaubte wütend. „Du weißt, was darauf steht!"

„Ja!" Jetzt flossen tatsächlich dicke Krokodilstränen über Delphines merklich rosige Wangen. „Der Tod!"

Dilara ging das Getue allmählich auf die Nerven. Sie fragte sich, was sie einst mit Delphine verband. Trotz aller Phantasie konnte sie sich nicht mehr vorstellen, jemals eine Verbindung zu diesem verlogenen Wesen mit dem engelsgleichen Aussehen verspürt zu haben. Das mochte aber auch daran liegen, daß sie sich, seit sie Calvin kannte, selbst sehr verändert hatte. Am liebsten hätte sie Delphine bei ihren langen weißblonden Haaren gepackt, sie in den Hyde Park geschleift und dort eigenhändig im Serpentine-See versenkt. Auf Nimmerwiedersehen. Aber sie gestand sich ein, daß Delphine auch ihre Neugier geweckt hatte.

„Was genau hast du gesehen?" wollte Dilara daher wissen.

„Dich."

„Na, so was", entfuhr es Dilara ironisch. „Was du nicht sagst."

Delphine seufzte gespielt betrübt. „Ich habe es wohl nicht anders verdient", flötete sie mit einem traurigen Augenaufschlag, der selbst einen Eisberg geschmolzen hätte.

Dilara zeigte sich unbeeindruckt. „Du mußt deine Schauspielkünste bei mir nicht mehr unter Beweis stellen, Delphine! Sag mir, was du gesehen hast, oder verschwinde!"

Dilara staunte innerlich über Delphines Haltung. Die junge Vampirin zeigte keine Reaktion auf Dilaras harsches Verhalten. Die Aussöhnung mit ihr schien ihr sehr wichtig zu sein. Dilara fragte sich, aus welchem Grund. Der konnte nicht uneigennützig sein.

„Ich habe dich gesehen... und einen langhaarigen Vampir... wohl deinen Gefährten... aber da war noch ein anderer an deiner Seite... er war blond und blauäugig..." Dilara gestand sich ein, daß sie Delphine schon interessierter zuhörte. „Dann war da Gefahr... durch eine uralte Kraft in der Gestalt einer Frau, die dir sehr ähnlich sieht..."

Dilara keuchte auf. Luna!, dachte sie.

Doch Delphine ließ sich auch davon nicht beeindrucken. Sie sprach wie in Trance weiter. „Da war noch ein Mann... dunkelhaarig... sehr attraktiv... auch ein Vampir, aber auch mehr... ihr alle gehört irgendwie zusammen."

Dilara ertappte sich dabei, nachzugrübeln, wer dieser Mann sein konnte. Warum blitzte bei dem Gedanken Micks Gesicht vor ihrem geistigen Auge auf? Er war ihr in der Vergangenheit oft genug auf dem Brompton Cemetery über den Weg gelaufen. Zu oft, als daß es Zufall hätte sein können, das war Dilara schon lange klar, doch durch die Ereignisse in Santa Barbara war er in Vergessenheit geraten. Mittlerweile jedoch lagen so viele unbekannte Größen der letzten Monate und Jahre irgendwie zusammen. Alles schien plötzlich mehr Sinn zu ergeben. Dilara wußte zum Beispiel, daß Mick sie, Guardian und Calvin beobachtete. Sie hatte schon sehr bald gespürt, daß er einer der Ihrigen war, aber die Aura, die ihn umgab, war stärker gewesen. Und nun tauchte er ebenfalls in Delphines Vision auf. Wenn ich es richtig deute, dachte Dilara.

„Ich habe aber noch etwas gesehen!" sprach Delphine in Dilaras Gedanken hinein. „Einen Kelch mit silbernem Fuß und opalblauem Gefäß. Einen Kelch der Schatten, der im Zeichen der Fünf steht..." Delphine hob ihre rechte Hand, an deren Zeigefinger sie den Ring mit dem großen schwarzen Stein von ovaler Form trug, in dessen Oberfläche ein Muster eingraviert war. Ein auf dem Kopf stehender, fünfzackiger Stern!

Und da wurde Dilara bewußt, daß sie das Schicksal wieder zusammengeführt hatte.

Der Kreis schien sich allmählich zu schließen!

London, Juli 2006, LUNA-Tower

Mick fand die geräumigen Toiletten sehr schnell. In diesem Gebäude war alles ausgesprochen großzügig angelegt. Das gesamte Inventar in dem imposanten Hochhaus hätte unter Umständen auch in sein Einfamilienhaus gepaßt. In dem langen Flur sah man weder einen Schrank, Teppich oder eine

Vase. Noch nicht einmal ein Bild hing an den langgezogenen Wänden. Seine Schritte hallten hohl über den Marmorboden, als er die WC-Räume betrat. Die Straßencops hatten das Gebäude noch vor Dienstbeginn abgesperrt, von daher konnte er sich ungestört fühlen. Ein Umstand, der ihm und seinem Vorhaben sehr entgegen kam.

Mick schloß sich in einer Kabine ein. Aus einer der vorderen Jackentaschen nestelte er einen kleinen iPod hervor. Das neuste Modell, dünner als eine Scheibe Brot, nicht breiter als ein Sturmfeuerzeug. Mit beiden Händen stopfte er sich die kleinen Kopfhörer in die Ohren und stöpselte dann das daran hängende weiße Kabel in den winzigen Player. Sofort leuchtete das briefmarkengroße Display auf, und Mick wählte mit seinem Daumen einen Menüpunkt aus. Die Einspielung zeigte sofort Wirkung. Entspannt ließ sich der Cop auf dem weiß gekachelten Boden nieder, zerrte aus einer Innentasche seiner schwarzen Lederjacke eine Tube hervor, rieb sich mit zwei Fingern eine dunkle, übelriechende Paste in den Rachenraum und massierte sie besonders in sein Zahnfleisch ein. Einen winzigen Rest drückte er sich unter die Augenlider. Für einen kurzen Moment verzog er schmerzlich das Gesicht, dann entspannten sich seine Züge, und er glitt hinüber in eine andere Welt.

„Jedesmal, wenn ich an dich denke, kommst du zu mir!“ frohlockte Greg Lane. „Ist das nicht wunderbar?“

„Ich brauche deine Hilfe, Greg!“ Micks Stimme klang wie Engelsgesang in Gregs Ohren.

„Natürlich brauchst du meine Hilfe, Mick. Die wirst du

immer brauchen – und auch bekommen. Aber sei versichert, auch ich bin auf dich angewiesen. So werden wir doch noch zu einem Dream-Team. Hättest du dir das jemals vorstellen können?"

„Sehr gut sogar, Greg!"

„Es ist herrlich in dieser Welt, Mick. Seit unserem letzten Gespräch habe ich tausend Mal mehr Freuden erfahren dürfen als in meiner ganzen irdischen Lebenszeit."

Es rauschte, und Greg fuhr fort: „Nimm dich in acht vor Coyolxa, mein Freund."

„Wer ist Coyolxa, Greg?"

„Trau ihr niemals."

Rauschen.

„Ihr schizophrener Geist steckt in Luna Sangue."

„Wieso schizophren?"

„Ihre ungeplante Wiedererweckung auf dieser Ebene ging nicht ohne Blessuren für sie ab. Du wirst es noch bemerken. Einige Dinge sind doch ganz offensichtlich."

Wieder nur Rauschen.

„Antediluvian, der Fürst der Nosferati, beförderte die Mondgöttin Coyolxa zurück auf deine Ebene. Eigentlich hatte er dies für Tonatiuh vorgesehen. Diesen Irrtum bezahlte er mit seinem irdischen Leben – der Glückliche."

Nach einem abermaligen Rauschen war die wohlklingende Stimme von Mick für Greg wieder zu vernehmen. „Ich habe es geahnt, daß Luna Sangue eine Vampirin ist."

„Sie ist viel mehr als nur eine herkömmliche Vampirin, Mick. In ihr lauert die aztekische Göttin des Mondes: Gegenspielerin des Sonnengottes Tonatiuh, eine sehr alte Vampirin, die in selbstgewähltem Exil auf dem Gipfel eines Berges lebte und sich vom Schmerz und der Verzweiflung ihrer Opfer nährte. Sie wird dir Schaden zufügen, wenn du dich in

sie verliebst. Sie hat bereits damit begonnen, mit dir zu spielen."

„Mit mir spielt man nicht, Greg."

Ein alles erfüllendes Lachen hallte in Micks Seele wieder. Brach sich, begann von neuem und schien nicht enden zu wollen. „Natürlich denkst du das, Mick. Aber bitte tu einem guten alten Freund den Gefallen und hüte dich vor ihr." Rauschen. „Suche Dilara auf. Nur sie kann dir den weiteren Weg aufzeigen."

„Ich danke dir, Greg." Der Voodoovampir begann die Informationen zu verarbeiten. Seine Seele schottete sich langsam auf Gregs Ebene ab.

„Du darfst wieder gehen, Mick. Das war alles, was ich dir mitzuteilen hatte."

London, Juli 2006, Park Lane

„Überraschung!" erklang es hinter ihr, und zwei Arme umfingen sie hinterrücks. Dilara spürte einen hageren, harten Männerkörper an sich, den sie wie keinen anderen kannte.

„Cal!" rief sie erfreut, drehte sich herum und umarmte den Geliebten. „Wie schön! Warum hast du mir nicht gesagt, daß du zurückkommst?" Sie biß ihn spielerisch in die Unterlippe.

„Dann wäre es ja keine Überraschung gewesen!" Calvin lachte amüsiert über ihre Freude, die er teilte. Es war so, als kehre er zu seiner fehlenden Hälfte zurück.

„Ich habe dir so viel zu erzählen!" rief Dilara temperamentvoll.

Calvin lachte erneut, wurde dann aber unvermittelt wieder

ernst. „Ich dir auch. Allem voran: Mein Vater ist auch in London. Er hat mich begleitet.“ Calvins Gesichtsausdruck verfinsterte sich. „Er führt etwas im Schilde. Soviel steht fest.“

„Das glaube ich auch!“ pflichtete ihm Dilara bei. Auch ihre Miene bewölkte sich. Sie zögerte, aus Furcht vor seiner Reaktion auf das, was sie ihm zu sagen hatte. Schließlich wollte sie ihn nicht verletzen. Aber es mußte sein, sie durfte es ihm nicht verschweigen.

„Komm!“ forderte sie Calvin auf und zog ihn mit in das Kaminzimmer, entzündete einige Kerzen und zog ihren Gefährten in die weiche Kissenlandschaft. Nur zu bereitwillig ließ sich Calvin mit Dilara in die Kissen sinken. „Aaaaaaaaaaah, das habe ich vermißt.“ Der langhaarige Vampir seufzte wohlig.

„Ich auch.“ Dilara schmiegte sich an ihn und genoß für einen kurzen Moment seine Nähe.

Calvin strich über ihren Rücken. „Solange du hier nicht mit einem fremden Kerl gelegen hast“, trötete er übermütig.

Dilara setzte sich auf und kniff ihn in die Seite. „Ich werde dir helfen, so frech zu sein.“

„Auaaaaaa.“ Calvin übertrieb meisterhaft. „Und nach so einer brutalen Frau habe ich mich gesehnt!“ alberte er. „Wenn ich das gewußt hätte, wäre ich noch mindestens hundert Jahre in Santa Barbara geblieben!“

Dilara wurde plötzlich ernst, ging nicht mehr auf seine Scherze ein. „Ich muß dir etwas erzählen, Cal. Es hat mit Clarissa zu tun!“ Nun war es endlich heraus. Dilara verspürte Erleichterung, als sie sah, wie ruhig Calvin auf die Ankündigung reagierte.

Aus seinen für sein Alter so weise blickenden dunklen Augen sah er sie gefaßt an.

Dilara beschloß, es kurz und hoffentlich möglichst schmerzlos zu machen. „Ich habe, als ich zurückkam, ein wenig über Clarissa nachgeforscht. – Ich konnte nicht anders“, fügte sie noch entschuldigend hinzu.

„Ist schon gut, Schatz!“

Dilaras dunkles Herz ging auf bei diesem Satz, dann schlug es in Furcht, daß sie Calvin Schmerz zufügen würde. „Sie lebt nicht mehr.“ Calvin zeigte keine Reaktion, so daß Dilara fortfuhr: „Sie ist selbst aus dem Leben getreten.“ Immer noch erfolgte keine Reaktion. Dilara fühlte sich verunsichert. „Ich habe die Hintergründe durchleuchtet, es ist nicht auszuschließen, daß dein Vater damit zu tun hat.“ Ihr Blick wirkte treuherzig „Du weißt ja, ich habe die ein oder andere Quelle...“

Calvin lächelte wehmütig, aber voller Liebe für sie. „Ja, ich weiß, du und deine Quellen!“ Er schaute Dilara erwartungsvoll an. „Und was hat dir deine Quelle verraten?“

„Es gab einen Abschiedsbrief von Clarissa... Darin stand wohl, daß sie der Ansicht war, dich nicht zurückhaben zu können, weil das deinem *Familienglück* im Wege gestanden hätte und deiner vorgesehenen Stellung, was immer das zu bedeuten hat. Aber eines ist für mich fast gewiß, nämlich, daß dein Vater dahintersteckt. Nach allem, was ich mittlerweile über ihn weiß, was du mir erzählt hast, und was er sich jetzt wieder mit dir erlaubt hat, ergibt nur das Sinn.“

Dilara verstummte, besorgt, wie Calvin darauf reagieren würde.

Jedenfalls völlig anders, als sie befürchtet hatte.

Er strich ihr mit einer unendlich zärtlichen Geste eine Locke aus dem Gesicht. „Ich ahnte schon so etwas, Schatz. Vielleicht war das der Grund, warum ich immer zögerte, Nachforschungen über Clarissas Verbleib anzustellen.“ Er stockte.

„Nein, es war bestimmt der Grund. Aber nun sehe ich meine Befürchtungen bestätigt.“ Er küßte Dilara sanft auf die Wangen und den Mund.

Sie löste sich von ihm. „Es tut mir leid, Cal. Ich weiß, was dir diese F... Clarissa bedeutet hat.“

Er küßte sie erneut. „Das ist schon so lange her, Dilara und war etwas völlig anderes. Das kann man mit uns nicht vergleichen.“ Er schob sie sanft von sich und blickte sie lächelnd an. Dann erlosch dieses Lächeln, und der Blick seiner Augen wurde hart. „Aber mein Vater wird es bereuen!“

„Ja“, sagte Dilara und sah ihm fest in die Augen. „Das wird er!“

London, Juli 2006, LUNA-Tower

„Mick!“ Cassandra trommelte heftig gegen die verschlossene Kabinentür. Hier mußte ihr Partner stecken, ansonsten befand sich niemand in dieser Etage. „Mick!“

Kein Ton, nur das sanfte Säuseln der dezenten Klimaanlage war zu vernehmen.

Dann erfolgte ein Schrei – kurz, aber laut. Genau wie am Vortag in Micks Wohnzimmer.

Mit einem harten Tritt ließ Cassandra die Kabinentür aus den Scharnieren fahren. Vor ihr stand Mick und hielt beide Arme schützend vor sein Gesicht, als ihm das edle Holz entgegenprasselte.

Cassandra stieß einen Fluch aus und schob die zersplitterte Tür zur Seite.

„Verdammt, wo in aller Welt hast du so lange gesteckt?“

Mick zeigte seine unschuldigste Miene, aber Cassandra sah und roch sofort, was ihr Partner in der letzten Viertelstunde getrieben hatte. „Du warst wieder auf deiner Gedankenreise, richtig?“

Mick nickte. „Ja, es mußte sein. Wo ist Luna?“

„Sie sitzt noch in ihrem Büro und wartet darauf, daß wir wieder zurückkommen und die Befragung fortsetzen. Ich kriege nichts wirklich Vernünftiges aus ihr heraus. Wenn ich nicht wüßte, daß sie eine erfolgreiche Geschäftsfrau ist, dann würde ich sie mal von unserer Psychoabteilung durchleuchten lassen.“

„Ich habe einiges über sie erfahren, und das, was ich weiß, ist sehr wichtig für unsere weitere Ermittlungsarbeit.“

„Sie will sich, wie es aussieht, nur von dir befragen lassen und treibt deshalb wohl bloß ein dummes und albernes Spielchen mit mir.“

Mick ging zu einem Wasserbecken und wusch prustend sein schweißnasses Gesicht ab. Cassandra reichte ihm einige große samtweiche Stofftücher aus einem Keramikspender. „Bei Lunatics auf den öffentlichen Scheißhäusern ist es vornehmer als im Hilton.“

Mick rieb sich trocken.

„Findest du die Frau attraktiv?“ fragte Cassandra. „Sie gefällt dir, das konnte man sofort merken.“

„Sie ist eine verdammt gutaussehende und interessante Frau.“

„Dann putz dir noch schnell die Zähne, Mick, wenn du bei ihr zum Ziel kommen willst“, giftete Cassandra. „Du stinkst aus dem Mund, als hättest du ein geschlechtskrankes Krokodil roh gefressen.“

„Zick nicht rum, Gazelle!“ Mick grinste, spülte sich dann aber doch noch den Mund aus. „Das gehört zu meinen Hilfsmitteln, um eine dieser kurzen Gedankenreisen zu ermöglichen."

Als sie die Toilettenräume verließen, wankte Mick noch ein paar Mal, fing sich dann jedoch schnell wieder.

Inzwischen saßen auch einige Beamte der Spurensicherung in Luna Sangues Büro. Die Konzernchefin erhob sich und legte Cassandra ihre feingliedrige, sehr gepflegte Hand auf die Schulter. „Bitte entschuldigen Sie, Sergeant Benedikt oder was auch immer Sie für einen Rang innehaben mögen. Auch uns steckt noch der Schock dieser grausamen Tat in den Gliedern, von daher ist unser seltsames Benehmen vielleicht etwas erklärlicher."

„Natürlich!" knirschte Cassandra. „Dafür habe ich eben Ihr Toilettenhäuschen zusammengetrampelt."

Luna Sangue schien ihr wieder einmal nicht zuzuhören, da Mick sie sehr intensiv betrachtete. Die Geschäftsfrau ließ es sich geschmeichelt gefallen.

Cassandra war eine sensible feinfühlige Frau, die sehr wohl spürte, wie es zwischen diesen beiden knisterte. Ebenso klar erkannte sie aber auch, welche große Gefahr von Luna Sangue ausging.

QUID EST VERITAS

„Was ist Wahrheit?“

London, Juli 2006, Park Lane

„Was hast du denn sonst noch Schönes getrieben, während ich weg war?“ fragte Calvin augenzwinkernd. „Gestehe!“

Dilara lachte gelöst. Es war schön, ihn wieder in ihrer Nähe zu haben. Sie dachte an den Moment in Santa Barbara, als er sie nicht erkannt hatte, und an die Kälte in ihrem dunklen Herzen. Wieviel Wärme nur ein Blick von ihm hineinzuzaubern vermochte. Oder eine Berührung, ein Kuß, eine Geste.

„Nun sag schon!“ Calvin ließ nicht locker.

Dilara spürte in seiner scherzhaften Art einen ernsten Unterton und seufzte. „Ja, es gäbe in der Tat noch einiges zu erzählen. Wo fange ich nur an?“

Calvin musterte sie. „Du hattest in Santa Barbara die eine oder andere Erwähnung gemacht und wolltest mir mehr darüber erzählen, wenn ich wieder zurück bin.“

Dilara nickte. „Ja“, sagte sie und ließ einen erneuten langgezogenen Seufzer ertönen. Calvin grinste, verkniff sich aber jegliche Bemerkung. Dilara wischte nicht vorhandene Fusseln von den Kissen, auf denen sie saßen. Ein sicheres Zeichen, daß sie Zeit schinden wollte oder nicht so recht wußte, wo sie beginnen sollte.

Calvin strich ihr sanft über den Arm. „Ist es so schlimm?“

„Es geht um Luna“, begann sie zögernd.

Calvin stieß einen zischelnden Laut aus. Er dachte an den Tag, als er Luna Sangue im LUNA-Tower aufgesucht und von ihr gefordert hatte, Dilara in Ruhe zu lassen. „Was ist mit ihr? Sie hat dich doch nicht...“

„Sie war hier.“

Wieder gab Calvin einen unwilligen Laut von sich. „Dabei hatte ich ihr gesagt..."

Dilaras Augen wurden kugelrund. „*Was* hast du ihr gesagt? Und wann und wo?"

Calvin lachte schallend. „Du willst es aber wieder ganz genau wissen!" Er lachte erneut und konnte sich kaum beruhigen. Auch ihm war anzumerken, wie glücklich er – trotz allem – war.

„Um es kurz zu machen!" begann er, immer noch mit einem amüsierten Glucksen in der Stimme, das Dilara ein Lächeln entlockte, welches wiederum seinen Tag verschönte. „Ich habe sie in ihrem imposanten Angeberturm besucht und ihr gesagt, sie solle gefälligst ihre Finger von dir lassen." Calvin machte einen Augenblick lang einen finsteren Gesichtsausdruck. „Sonst würde sie mich kennenlernen." Er sah Dilara an. „Wenngleich ich das Gefühl hatte, daß von ihr keine Bedrohung ausging, was dich angeht... eher das Gegenteil... und was noch viel wichtiger ist – sie ist eine von uns!"

„Ich weiß!"

Es erstaunte Calvin nicht, daß seiner Gefährtin nicht entgangen war, daß die mysteriöse Konzernchefin eine Vampirin war. „Dann erzähle endlich, was sie von dir wollte!" drängte er, wieder ganz der Ungeduldige.

„Sie hat mir angeboten, gemeinsam den Schattenkelch an uns zu bringen und zusammen über die Wesen der Nacht zu regieren!"

Calvin hockte da, als hätte neben ihm eine Bombe eingeschlagen. Lange saß er mit gesenktem Kopf neben Dilara und sagte nichts, dann blickte er sie nachdenklich an. „Ich dachte es mir." Ein spitzbübisches Grinsen huschte über seine Gesichtszüge. „Nur aus dem Grund hat sie sich an mich herangeschlichen, sie wollte uns entzweien, sich den Kelch krallen und dich dazu." Er kicherte und küßte Dilara blitzschnell auf die Nasenspitze. „Aber beides ist ihr nicht gelungen!"

Dilara schob ihn von sich. „Nun sei mal ernst, Cal!" schimpfte sie halbherzig. Dann durchzuckte sie ein Gedanke. „Woher wollen wir wissen, daß ihr beides nicht gelungen ist? Sie kann doch den Schattenkelch geraubt haben."

„Natürlich! Ich war nicht mehr in der Lage, denjenigen, der mich überwältigt hat, zu sehen, allerdings bin ich mir fast sicher, daß es ein Mann war. Aber der könnte in ihren Diensten stehen." Er grübelte. „Na ja, sie hätte auch ganz andere Möglichkeiten! Wenngleich, irgendwie macht sie den Eindruck, als wäre sie nicht ganz in Ordnung." Er tippte sich mit dem Zeigefinger an die Stirn. „Als wäre sie nicht ganz klar im Oberstübchen. Sie sprach ja immer im Plural."

Dilara nickte, zwirbelte eine lange Locke zwischen ihren Fingern und lächelte Calvin so verführerisch an, daß sich seine Männlichkleit zu regen begann. „Sieh mich nicht so an, sonst kann ich für nichts garantieren", raunte er.

„Oh, wie schön!" Sie grinste kokett und lachte erotisch, als er sie jäh an sich zog und mit ihr in die Kissen sank.

Nachdem sie sich leidenschaftlich geliebt hatten, blieben sie wohlig entspannt in der Kissenlandschaft liegen. Eng an ihn geschmiegt, erzählte Dilara auch von Delphine, und daß Calvin diese bald kennenlernen müsse, doch er lauschte ihr nur mit einem Ohr, weil er wieder an Lunas Besuch bei Dilara denken mußte.

Ein Erinnerungsfetzen flackerte in ihm auf. An das, was

er unter Einfluß des Mittels, das ihm sein Vater verabreichte, von sich gegeben hatte. „Die Fünf", murmelte er.

„Wie bitte?" Dilaras noch leicht gerötetes Gesicht hob sich seinem entgegen.

„Du sagtest, daß dir Luna anbot, gemeinsam Antediluvians Erbe anzutreten."

„Ja", murmelte Dilara, senkte ihr Antlitz wieder und küßte Calvins nackte Brust.

„Das wären schon zwei von fünf."

„Wie bitte?" fragte Dilara erneut.

Calvin setzte sich erregt und so abrupt auf, daß Dilara kopfüber neben ihm in die Kissen sank.

„Hey!" schimpfte sie dumpf und wühlte sich wieder hervor.

„Als mich mein Vater schachmatt gesetzt hat, habe ich etwas von dem Schattenkelch und den Fünf gesagt, da war etwas in mir... von einem Verbund... sonderbar, sehr sonderbar, und dann erscheint diese merkwürdige Kosmetiktante, wie aus dem Nichts, ähnelt dir bis auf wenige Ausnahmen, ist eine von uns und bietet dir an..."

„Ja, du hast recht", rief Dilara aufgeregt dazwischen. „Das können alles keine Zufälle sein." Sie hielt inne und blickte ihren Gefährten ernst an. „Wir sollten mit Guardian reden."

So zwiespältig, wie Calvins Meinung anfangs über den blonden Vampir gewesen war, erwartete Dilara Protest, aber ihr Gefährte nickte zur ihrem Erstaunen. „Das ist eine gute Idee!"

London, Juli 2006, in den Katakomben der St. Paul's Cathedral

Orcus betrachtete Guardian mit Sorge: Warum ließ dieser das Büchlein, in dem er eben noch gelesen hatte, so schnell in der Schreibtischschublade verschwinden?

„Willst du mir nicht verraten, was du da eben Interessantes gelesen hast? Es hat doch sicher einen Grund, warum du das Buch so schnell beiseite gelegt hast!“ Orcus musterte Guardian unter seinen buschigen weißen Augenbrauen hervor. „Sind es Antediluvians Aufzeichnungen?“

Guardian nickte zögernd.

„Du hast doch hoffentlich keine Geheimnisse vor mir... und dem Rat der Alten.“

Guardian horchte auf. Eine unterschwellige Drohung lag in dem Satz.

„Besonders vor mir“, fuhr Orcus fort. „Schließlich habe ich mich für dich eingesetzt.“

„Es stand nichts Besonderes darin!“ log Guardian, ohne mit der Wimper zu zucken, und sah den weißhaarigen Alten in dem dunklen Kuttengewand mit seinen eiskalten blauen Augen an. „Ich stolperte nur über eine Stelle, an der von Baalphegor die Rede war. Darüber grübelte ich eben nach, als du erschienst... die letzte Zeit ja immer häufiger... und unangemeldet“, konnte er sich nicht verkneifen.

Doch Orcus nahm das nicht wahr. „Baalphegor!“ murmelte er, und sein Blick, der Guardian streifte, wurde stechend. „Baalphegor, sagst du?“

Guardian nickte.

Orcus‘ Blick verlor sich im Raum. „Du weißt, daß man ihm Menschen opferte und deren Fleisch teilte?“ Als er keine Antwort erhielt, sprach er wie in Gedanken weiter. „Und daß er auch als junge Frau auftritt?“

Guardian keuchte. „Nein, das war mir nicht bekannt.“ Er grübelte eine Weile und fragte dann noch einmal. „Eine Frau, sagst du?“

Orcus nickte. „Eine, die Unheil bringt.“ Sein Blick schweifte durch die Bibliothek, kehrte zu Guardian zurück, von dem er durch seine immer regelmäßiger erfolgten Besuche wußte, daß er die Zeit beinahe nur mit dem Studium des Antediluvian-Nachlasses verbrachte.

„Was suchst du, Wächter?“ fragt er daher.

„Die Wahrheit!“ lautete Guardians knappe Antwort.

London, Juli 2006, LUNA-Tower

„Was hast du über diese Frau auf deiner Gedankenreise erfahren können?“ fragte Cassandra, als sie mit Mick die breite Marmortreppe hinabschritt. Ihr Partner hatte die Befragung mit der Begründung „Auf später!“ kurzerhand abgebrochen. „Welche Informationen gab dir das Reich der Toten?“ Cassandra versuchte, diesen ungewöhnlichen und für sie eigentlich kaum greifbaren Situationen eine lyrisch-romantische Note zu geben.

„Zur Zeit beschränkt sich mein Kontakt lediglich auf Greg Lane!“ verriet ihr Mick.

„Greg Lane?“ Cassandra hatte diesen Namen nur flüchtig gehört. „Er war dein Partner und wurde vor kurzem ebenfalls ermordet.“

„Richtig!“ Mick hielt inne und betrachtete den Tatort noch einmal in Ruhe aus dieser erhöhten Perspektive.

„Sie sind fast fertig, unsere zur Zeit so fleißigen Jungs von der Spurensicherung." Cassandra stoppte ebenfalls ihren Gang nach unten und stützte sich auf dem breiten Treppengeländer aus glänzendem Metall ab.

Mick machte plötzlich ein verkniffenes Gesicht, spitzte den Mund und zog die Stirn in Falten.

„Was ist?" wollte Cassandra alarmiert wissen. „Was siehst du?"

Ihr Partner pfiff kaum hörbar. „Von unten ist es nicht oder nur sehr schlecht zu erkennen. Von hier oben jedoch ist es für mich ganz klar ersichtlich."

„Was denn?" Cassandra strengte sich an, das Chaos und die grausamen Spuren des Massakers richtig einzuordnen. „Was siehst du?" wollte sie erneut wissen.

„Ein deutliches Zeichen!" Mick deutete auf den weißen Kachelboden. „Sie haben mit den ausblutenden Leichenteilen eine Botschaft auf den Boden geschrieben."

Cassandra riß die Augen auf. Mick hatte recht. Jetzt konnte sie ebenfalls ein gewisses Muster in dem vielen Blut ausmachen. „Was bedeutet es?"

„Es ist eine Warnung – an mich", sagte Mick langsam. „Es sind sehr alte und geheime Zeichen der Marrons."

Als er Cassandras ratlosen Blick bemerkte, gab er die Erklärung direkt hinterher. „Marrons waren entflohene Sklaven, die zu Beginn des sechzehnten Jahrhunderts auf Haiti gelandet sind und ihren Voodooglauben dort manifestiert haben."

„Eine Warnung, wirklich?" fragte Cassandra skeptisch und machte ein bedrücktes Gesicht. „Glaubst du, daß es sich bei diesen Tätern um die Vampire handelt, die wir gestern dingfest gemacht haben?"

„Das ist gut möglich!"

„Dann hat man dich also durchschaut."

„So sieht es aus."

„Hättest du es nicht eigentlich besser wissen müssen, daß man Vampire nicht so einfach in Zellen sperren kann?“

Mick sah seine Partnerin grinsend von der Seite an. „Natürlich, nur *wie* sollte ich unserem Boß so etwas erklären? Er hätte mich sofort beurlaubt und zur psychiatrischen Untersuchung geschickt.“

„Das stimmt allerdings.“ Cassandra nickte lachend. „Das wäre Greans umgehende zwingende Amtshandlung gewesen.“

„Und so konnte er selbst erleben, daß wir künftig anders verfahren müssen. Die kleine Vorarbeit war nicht unbedingt gewollt, aber nötig, damit wir demnächst sicherer agieren können.“

Einige Kollegen der Spurensicherung kamen die Treppe hoch. „Wir haben auch von hier oben alles fotografiert. Die Blutspuren könnten ein Muster darstellen.“

„Gute Arbeit, Jungs. Es handelt sich tatsächlich um eines.“

„Und was sagt die Warnung genau aus?“ erkundigte sich Cassandra, als sie sich beide weiter nach unten begaben.

„Sie wollen meine Seele!“

„O Gott!“ Cassandra schüttelte sich, obwohl sie nicht so recht verstand, was damit gemeint war. „Und warum bist du sicher, daß die Mörder genau dich mit dieser Warnung meinen? Welche Verbindung haben dieser Mord und die Warnung zu exakt diesem Tatort?“

Anstatt einer Antwort blieb Mick abrupt stehen, drehte sich blitzschnell um und blickte nach oben. Dort stand Luna Sangue, lässig über das Geländer gebeugt, und winkte ihm zu, als sie bemerkte, daß Mick zu ihr hinaufsah.

„Eigentlich kann es nur eine Verbindung geben“, knurrte Mick und verzog keine Miene.

Die Konzernchefin, die Dilara so verblüffend ähnlich sah, winkte noch einmal. Ihr Gruß blieb auch dieses Mal unerwidert.

Cassandra atmete mehrmals tief durch, als sie draußen vor dem gläsernen Bürohochhaus von LUNATIC-Cosmetics standen. Das angenehme Frühsommerwetter war einem festen naßklebrigen Nebel gewichen, was durchaus nicht ungewöhnlich für London war – auch zu dieser Jahreszeit.

„An diesen penetranten Geruch von solch großen Mengen geronnenem Blut werde ich mich wohl nie gewöhnen können."

„Für mich ist es die reine Erholung." Mick konnte sich ein breites Grinsen nicht verkneifen.

Cassandra schüttelte ihren roten Strubbelkopf. „War es für dich auch eine Erholung, als dich diese leicht verwirrte Geschäftsfrau ständig mit Blicken taxiert hat?"

Mick winkte ab und machte ein unschuldiges Gesicht.

„Aber sie gefällt dir. Das hast du selbst gesagt."

„Mir gefallen viele Frauen, Gazelle. Das hat nichts zu bedeuten."

Cassandra verkniff sich die Frage, ob sie nicht vielleicht auch zu diesen *vielen* gehören könne.

„Warum spricht sie von sich immer nur im Plural?" erkundigte sie sich statt dessen. „Und daß sie noch unter Schock stand, konnte ich nun wirklich nicht feststellen."

Mick zuckte nur mit den Schultern und blieb ihr mal wieder eine Antwort schuldig.

„Du hast sie viel zu schnell aus der Befragung gelassen. Hatte das einen besonderen Grund?" bohrte Cassandra weiter.

Ihr Partner schwieg abermals, und Cassandra hakte die seltsame Luna Sangue erst einmal ab. Natürlich mußte es einen Grund haben, wenn Mick so handelte. Sie vertraute ihm in diesem bizarren Fall voll und ganz. Hier spielten sich Dinge ab, die mit normalen Maßstäben einfach nicht zu messen und zu bearbeiten waren. Damit mußte sie sich einfach abfinden und das Ruder ganz und gar ihrem Partner überlassen.

Sie bestiegen ihren Dienstwagen, und Cassandra nahm einen tiefen Schluck aus ihrer Wasserflasche, die sie stets unter dem Rücksitz für sich bereithielt. Ihre Zunge klebte wie ein ausgetrockneter Schwamm am Gaumen.

Mick lehnte wieder einmal ab, als sie ihm etwas anbot, und Cassandra überlegte sich, wie er wohl Tag für Tag mit so wenig Flüssigkeit auskam.

Mick hing wie so oft seinen Gedanken nach und steuerte wortlos Scotland Yard an.

„Wollten wir nicht deinen hübschen blonden Bekannten besuchen?“ fragte Cassandra, als sie sich wieder in ihrem Büro befanden. „Guardian.“

„Nein, ich habe umdisponiert“, nuschelte Mick mit einem verschmitzten Seitenblick. „Ich werde ziemlich schnell eifersüchtig.“

Cassandra lachte schallend. „Wer's glaubt, wird selig.“

Dr. Grean hatte sich für den restlichen Tag freigegeben. Das merkwürdige und einwandfrei dokumentierte, im wahrsten Sinne des Wortes spurlose Verschwinden zweier Gefangener aus der Untersuchungshaft schien ihn offensichtlich sehr mitgenommen zu haben. Er wollte wohl in Klausur über diese Unglaublichkeit nachdenken.

„Ich vermute mal, du könntest herausfinden, wo sich diese zwei gerade herumtreiben.“

„Könnte ich“, bestätigte Mick und tippte auf seinem Dienst-PC herum, „aber zur Zeit gibt es wichtigere Aufgaben, meine Gazelle.“

Meine Gazelle! Cassandra horchte auf, diese Steigerung gefiel ihr!

„Und die wären?“ wollte sie gutgelaunt wissen.

„Die Schlüsselfigur zu allem ist Dilara.“ Mick ließ den kleinen fleckigen Tintenstrahldrucker rattern. Offensichtlich hatte er die Zusatzinformationen gefunden, die er für sein weiteres Vorgehen benötigte. „Ein Besuch bei ihr ist dringend erforderlich.“ Mick blickte sie ernst an. „Erinnerst du dich daran, daß wir sie vor einiger Zeit im Hyde Park getroffen haben?“ Er grinste. „Wo du dich so elegant zurückgehalten hast.“ Sein Lächeln verschwand. „Sie sieht Luna Sangue verblüffend ähnlich. Es gibt zwischen beiden Zusammenhänge, die ich sehr gerne ergründen möchte.“

Wenn du das nicht schaffst, wer dann, überlegte Cassandra und bereite sich schon innerlich auf die nächste Frau vor, die Mick anhimmeln und bei ihrem Partner so wie Luna Sangue eine erkennbare Reaktion erzielen würde. Reaktionen, die Cassandra sehr gerne auf ihre Person reflektiert hätte.

Sie seufzte leise und ahnte nicht, daß alles noch viel schlimmer kommen sollte.

Luna Sangue kochte vor Wut, wenn sie an Mark Garimont dachte. Dieser menschliche Wurm wagte es tatsächlich, sie zu erpressen. Wollte sie in seinem Bett und die Hälfte ihres Konzerns. „Dir werde ich helfen, Mensch!“ zischte sie, nahm einen gläsernen Aschenbecher und schleuderte ihn mit voller Wucht gegen die Wand. Eine zügellose Geste, die zeigte, daß sie keineswegs so kalt und beherrscht war, wie sie immer vorgab. In ihr schlummerte ein altes Feuer, eine alte Kraft, die jäh erwachte und sie nachhaltig aufforderte, ihre Macht zu sichern, gar auszubauen – aber vor allem Mark Garimont in seine Schranken zu verweisen.

Dann war da noch der Mord im LUNA-Tower, der diesen Cop mit Augen, die den ihren so glichen, auf den Plan gerufen hatte. Jener Cop, von dem sie mit dem sicheren Gespür einer Alten wußte, daß auch er einer ihrer Art war.

Plötzlich überfiel sie das Gefühl, das alles aus dem Ruder geriet. Dieser Cop, Calvin, der sich ihren Reizen widersetzt hatte, Dilara, die ihr Angebot ausgeschlagen hatte... aber was viel schlimmer war: Garimont, der das besaß, woran alles hing – den Schattenkelch –, und der somit zu ihrer aller Gefahr wurde. Zum ersten Mal keimte in Luna der Gedanke auf, daß es vielleicht klüger wäre, sich mit den anderen zu verbünden.

London, Juli 2006, in den Katakomben der St. Paul's Cathedral

Nachdem ihn Orcus endlich verlassen hatte, holte Guardian sofort wieder Antediluvians Aufzeichnungen hervor und schlug hektisch die Stelle auf, über die er zuletzt gebrütet hatte. Doch auch dieses Mal kam er nicht ungestört dazu, denn er spürte die Anwesenheit ihm vertrauter Wesen.

Dilara war in der Nähe!

Erfreut stand er hinter dem Schreibtisch auf und wollte hinaus in den Felsgang eilen, als zwei Schatten neben ihm Gestalt annahmen.

„Dilara!“ rief Guardian beschwingt, und dann an ihren Gefährten gewandt: „Calvin, du bist zurück? Wie erfreulich!“

Calvin fühlte, daß es der blonde Vampir ehrlich meinte, und sonderbarerweise waren Calvins Vorbehalte gegen Guardian in letzter Zeit auch mehr und mehr gewichen. Schleichend, fast unbemerkt, aber es wurde ihm in diesem Moment bewußt.

„Ihr kommt zur rechten Zeit." Guardian wies einladend in die in Dämmerlicht getauchte Bibliothek. Dilara und Calvin liebten solche Orte, weil sie die Leidenschaft zu Büchern verband, diese bibliophile Aura, diese besondere Note, die alte Werke hatten, dieses Eigenleben, das sie zu führen schienen – zwischen den Zeilen.

„Setzt euch bitte!" Guardian ging schnellen Schrittes und in einer für ihn untypisch unruhigen Weise an den Schreibtisch zurück. Dilara und Calvin wechselten erstaunte Blicke, bevor sie ihm gegenüber Platz nahmen.

Guardian zog ein kleines, in braunes verwittertes Leder gebundenes Buch näher an sich heran und deutete darauf. „Ich bin auf Antediluvians Aufzeichnungen gestoßen." Er achtete nicht auf Dilaras und Calvins erstauntes Aufkeuchen. „Daraus muß ich euch etwas vorlesen! Hört bitte mal!" Und er begann:

„Immer wieder stoße ich auf ein mystisches Artefakt, das der ‚Schattenkelch' genannt wird, doch alle Spuren verlaufen im Sande. Mir sind diese Dinge so fremd. Ich habe in den vergangenen Jahrhunderten viel über die Kultur gelernt, in der ich mich bewege, und doch ist mir vieles verborgen geblieben. Ich hätte mich nicht ausschließlich auf die Überlieferungen meines eigenen Volkes verlassen dürfen. Baalphegor, der Älteste, hätte mehr darüber gewußt, doch er ist vergangen, und mit ihm sein unseliges Wissen über die Mythen der Menschen, die mir so unbegreiflich sind. Es heißt, nur Auserwählte könnten sich des Kelches bedienen. Doch wo findet man ihn? Und stört er meine eigenen Pläne, oder ist er dazu geeignet, sie zur Verwirklichung zu bringen? Welche Rolle verkörpere ich in diesem Spiel? Bin ich der Auserwählte, von dem in den Texten die Rede ist, oder ist es Dilara, die ich seit jeher schütze und zu dem gemacht habe, was sie ist? Ist sie der Schlüssel zum

Schattenkelch, dem Born unerschöpflicher Macht? Ich muß forschen, benötige mehr Informationen. Ich werde meine Diener aussenden... nach Ägypten, wo die Spur des Kelches beginnt und sich verliert, ins ewige Rom, Sankt Petersburg, Paris, Saba, Samarkand, in das Land meiner eigenen Herkunft. Ich werde alle Fäden verknüpfen und daraus ein Wissen weben, das niemandem zuvor zugänglich gewesen ist. Und sobald ich weiß, wer die Fünf sind, von denen wieder und wieder die Rede ist, werde ich mich über sie erheben und unter dem Lichte Tonatiuhs über eine Welt der Schatten herrschen."

Calvin hielt es nicht mehr auf seinem Stuhl. Er sprang hoch und ging erregt auf und ab. „Schon wieder die Fünf!" rief er und erzählte Guardian aufgebracht von dem, was ihm im Hause seines Vaters widerfahren war, und was er dort aus seinem Unterbewußtsein schöpfen konnte.

Guardian hörte sich alles ruhig an. Auch als Dilara von Delphine und ihrem plötzlichen Auftauchen berichtete, und schließlich das, was Calvin und Dilara über Luna Sangue zu sagen hatten. Sie endeten mit der ernüchternden Nachricht, daß der Schattenkelch wieder verloren war.

Dann blieb es lange Zeit still.

Guardian faßte sich als erster. „Der Zusammenhang wird langsam klarer", begann er zögernd. „Es rankt sich alles um den Schattenkelch. Und ich teile Antediluvians Vermutung, daß du, Dilara, der Dreh- und Angelpunkt bist. Du bist die Verbindung zwischen uns allen." Sein Blick schweifte von ihr ab. „Aber du scheinst auch eine wichtige Rolle einzunehmen, Calvin Percy Vale!"

Wieder blieb es eine Weile still zwischen ihnen.

„Ob Luna den Schattenkelch hat?" fragte Dilara nachdenklich.

„Mich beschäftigt eher eine andere Frage“, warf Calvin ein. „Und zwar, wer diese Dame wirklich ist. Mir scheint, sie redet nicht nur von sich im Plural, sondern in ihr lebt auch ein zweiter Geist.“

Guardian wiegte bedenklich den Kopf hin und her. „Das ist ein interessanter Ansatzpunkt, dem wir nachgehen sollten. Aber mir kommt da noch einer in den Sinn, der zwei Seiten in sich birgt, und er hat seltsamerweise fast die gleiche Augenfarbe wie unsere mysteriöse Kosmetik-Dame.“

„Mick!“ entfuhr es Dilara.

Guardian nickte. „Ich behalte ihn seit einiger Zeit im Auge und hatte die eine oder andere Begegnung mit ihm. Er ist ein Vampir, das ist klar – aber er ist noch mehr!“

Calvin strich sich das lange, glatte Haar zurück. „Da gibt es noch eine Frage zu klären. Warum hat der Rat der Alten so bereitwillig zugestimmt, daß du hier unten Einzug hältst?“

Guardian lachte leise. „So bereitwillig waren sie nicht. Ich habe es eigentlich nur Orcus zu verdanken. Aber dennoch gebe ich dir recht, diese Frage bewegt mich auch. Neben anderen, und der Schlüssel zu allem muß hier unten in Antediluvians Reich liegen!“

London, Juli 2006, LUNA-Tower

Mark Garimont fühlte sich verunsichert. Er hatte sich vor seiner Erpressung ausgemalt, wie Luna Sangue wohl reagieren würde, aber keine der Möglichkeiten war eingetroffen. Sie sprach das Thema weder an, noch setzte sie ihn ihrerseits unter Druck und hetzte ihre sonnenbebrillten Dunkelmänner auf ihn, noch umgarnte sie ihn plötzlich – es geschah nichts. Rein gar nichts!

Was bei einer Frau wie ihr noch gefährlicher war, als wenn sie rege Betriebsamkeit entwickelt hätte.

Garimont überlegte fieberhaft, wie sein nächster Schritt auszusehen habe, als sie ihm zuvorkam. In ihrer gewohnt kalten Art zitierte sie ihn zu sich.

Mark Garimont, in einen eleganten silbergrauen Anzug und ein weißes Seidenhemd gekleidet, betrat mit gemischten Gefühlen das Büro der Konzernchefin. Ihr Blick glich dem einer Schlange, die ein Kaninchen betrachtet, das sie gleich verschlingen will.

Der Tonfall ihrer Stimme unterstrich das noch. „Setzen Sie sich!“

Garimont hatte nicht vor, sich in die Enge treiben zu lassen. Betont gleichmütig ging er auf ihren Scheibtisch zu, hinter dem sie demonstrativ sitzen geblieben war, wohl um eine gewisse Distanz zu wahren, und setzte sich ihr lässig gegenüber.

„Es wird Zeit, daß wir unser letztes Gespräch fortsetzen!“ Luna Sangue hätte diesen Wurm am liebsten zertreten. Es kostete sie größte Anstrengung, Haltung zu wahren. Aber sie wollte ihm keine weitere Angriffsfläche bieten.

„Das sehe ich ebenso!“ pflichtete Garimont ihr bei und spürte, daß es an der Zeit war, das Gespräch an sich zu reißen. „Und wir wollen nicht lange drumherum reden, denn das ist nicht meine Art. Also: Ich erwarte deine Antwort, Schätzchen.“

London, Juli 2006, Park Lane

Als sie vor dem einsamen Haus am Rande des Hyde Parks hielten, setzte unangenehmer Nieselregen ein. Die dichte hohe Hecke, die das Anwesen umgab, bog sich leicht unter aufkommenden Windböen. Cassandra zog den Reißverschluß ihres Overalls bis zum Kragen hinauf und schüttelte sich unwillkürlich, als sie den Wagen verließ. Mit einem nicht näher zu definierenden unguten Gefühl blickte sie sich um. In diesem Winkel von London war sie bisher noch nie gewesen.

Das paßt irgendwie zu dieser Vampirszenerie, dachte sie fröstelnd, als ihr ein kräftiger Windstoß ins Gesicht blies. Sie wunderte sich auch längst nicht mehr darüber, daß sie Umstände einfach als gegeben hinnahm, die vor ein paar Tagen für sie noch völlig undenkbar gewesen waren.

Mick studierte ebenfalls etwas mißtrauisch die nähere Umgebung, schlug den steifen Kragen seiner Lederjacke hoch und betrat dann den unebenen Weg, der zum Hauseingang führte. Cassandra folgte ihrem Partner und zog dabei ihren Kopf zwischen die Schultern. Die Vorderfront des düster wirkenden Hauses begünstigte offenbar heftige Seitenwinde. Ein zerdrückter Cola-Becher sauste an Cassandras Nase vorbei und blieb flatternd im dichten Gestrüpp hängen.

Mick betätigte den Türsummer. Sie warteten. Cassandra vergrub ihre Hände tief in ihren Overalltaschen und sehnte sich nach einer heißen Dusche, die sie allzugerne bei Mick genommen hätte. Am besten noch mit ihm zusammen.

Durch die kleinen Butzenscheiben der Tür flackerte ein Lichtschein auf. Es tat sich also etwas im Haus von Dilara Demimondes. Trotz der frühen Vormittagsstunde war wegen des Wetterumschwungs Beleuchtung nötig.

Die Haustüre öffnete sich mit einem leisen langgezogenen Quietschen.

Das ist nicht Dilara!, dachte Cassandra sofort und beobachte automatisch wieder ihren Partner. Mick zeigte sich ebenfalls erstaunt. Doch anscheinend auch angenehm überrascht, wie Cassandra mit Mißmut zur Kenntnis nahm.

Vor ihnen stand ein junge Frau mit langen, sehr langen – wie Cassandra neidisch feststellen mußte – weißblonden Haaren, in denen links eine weiße, fast leuchtende Strähne eingearbeitet war.

Noch eine Schönheit! Cassandra atmete tief durch und betrachtete ihr Gegenüber näher. Die Haut war makellos und die Augen, als Kontrast zu der wallenden hellen Haarpracht, von einem satten Schwarzbraun. Doch der Blick der Frau, Cassandra schätzte sie auf vielleicht Anfang Zwanzig, strahlte Traurigkeit und eine gewisse Melancholie aus.

Genau die Mischung, auf die Männer abfahren, überlegte Cassandra und ärgerte sich über Mick, der ohne große Scheu und mit unverhohlenem Interesse die spröde Schönheit im Türrahmen anstarrte.

Noch bevor Cassandra die obligatorische Scotland-Yard-Eröffnungsrede halten konnte, kam er ihr dann doch zuvor. „Wir suchen Dilara Demimondes.“ Mick ließ seinen Ausweis stecken, also hatte er Gründe dafür, und so sah Cassandra ebenfalls keine Veranlassung, sich auszuweisen.

„Kommt rein“, sagte die blonde Unbekannte nur. Sie schien sich weder für Cassandra noch für Mick zu interessieren, denn sie blickte einfach an ihnen vorbei, machte dann auf dem Absatz kehrt und ging durch den Flur ins Hausinnere, offensichtlich ohne die geringste Neugier darauf, wer die beiden Besucher waren, was sie wollten und ob sie ihr überhaupt folgten. Da sich Mick plötzlich regelrecht an ihr vorbeidrängelte, ging sie noch einmal zurück und schloß die Tür. Draußen rauschte der Wind heftiger. Der Nieselregen war stärker geworden und fiel in größeren Tropfen nieder.

Cassandra fuhr sich mit beiden Händen einige Male durch ihre rote Strubbelfrisur und wünschte sich nichts sehnlicher, als ihre versäumte Morgentoilette so schnell wie möglich nachzuholen. Bei dieser enormen Konkurrenz durfte man keinen Meter Boden kampflos einfach so vergeben.

Ohne sich noch einmal umzudrehen, war die blonde Unbekannte in einem dunklen Zimmer verschwunden.

Mick sah sich mißtrauisch im Flur um und betrat gemeinsam mit Cassandra einen mit vielen wunderschönen antiken Holzmöbeln eingerichteten Wohnraum. In einem großen offenen Kamin prasselte ein Feuer und verströmte wohlige Gemütlichkeit. Unzählige Kissen in allen nur erdenklichen Farben und Formen lagen zu einer Landschaft vereint in einer Ecke auf dem Boden gegenüber dem Kamin. Die blonde Unbekannte räkelte sich bäuchlings auf einigen wertvollen marokkanischen Teppichen, die übereinander gestapelt waren, und las völlig unbeteiligt in einem Buch. Den beiden Besuchern schenkte sie keinerlei weitere Beachtung. Gedankenverloren spielte sie mit einer Haarsträhne, zog sie langsam durch ihre vollen Lippen, leckte daran und wiederholte dieses Spiel einige Male. Ließ erst davon ab, als sie eine weitere Seite ihrer Lektüre umblättern mußte.

Cassandra spürte bereits wieder Ärger in sich aufsteigen, als sie sah, daß Mick nur noch Augen für diese Frau hatte. Dann zuckte sie zusammen. In einem dunklen Winkel des Raumes trennte sich plötzlich ein Schatten von der Wand und nahm Gestalt an.

Dilara?

Ja, das war Dilara!

Cassandra erkannte sie sofort wieder. Trotz der frappierenden Ähnlichkeit mit Luna Sangue wirkte sie um einiges attraktiver und auch sympathischer, wie Cassandra fand.

Und dann ihre Augen.

Dieses fast gefährliche giftgrüne Leuchten. Die junge Polizistin konnte sich nicht erinnern, vorher jemals solche Augen gesehen zu haben.

Mick fuhr herum. Schien wie aus einer Trance zu erwachen.

„Dilara", rief er aus und schaffte es, sich von der desinteressierten Weißblonden abzuwenden.

„Du suchst mich hier in meinem Haus auf?" fragte Dilara erstaunt und zupfte an ihren dichten Locken herum. „Ich vermute, daß du dafür gute und wichtige Gründe hast."

„Das ist meine Partnerin Cassandra Benedikt", stellte Mick seine Kollegin vor, zeigte auf Cassandra und schielte dabei aber in Richtung Kamin.

Dilara nickte kurz in Cassandras Richtung, vermied einen Händedruck und nahm leicht lächelnd Micks Blickrichtung wahr. „Und das ist Delphine, eine gute Bekannte aus früheren Jahren."

„Hallo!" sagte Mick und ging einen Schritt auf Delphine zu.

„Hey", erwiderte sie halblaut und ließ sich ansonsten nicht von ihrer Lektüre ablenken. Das Studium des gebundenen Buches erschien ihr eindeutig wichtiger als eine kurze Konversation. Mick blieb irgendwie hilflos im Raum stehen. In Cassandra krampfte sich alles zusammen. Warum machte sich ihr Partner bei dieser Zicke zum Affen, wenn er es doch bei ihr so leicht haben konnte? Fürwahr, die Wege der Liebe waren unergründlich.

Dilara bot den beiden Cops Platz in zwei großen samtbezogenen Sesseln an. Mick rückte sich seine Sitzgelegenheit so zurecht, daß er Delphine ohne große Verrenkungen weiter beim Lesen beobachten konnte. Cassandra nahm sich fest vor, sich künftig nicht mehr über ihn zu grämen.

Ein Affe im Zoo ist genug, überlegte sie traurig und ertappte sich dabei, wie sie ihr kleines Klemmbrett auf den breiten Tisch mit versetzten Karostücken aus gediegenem Wurzelholz legen wollte. Schnell packte sie es wieder ein. Sie wußte ja immer noch nicht, wie hochoffiziell Mick diesen Besuch anlegen wollte. Überhaupt war es jetzt an ihm, das Wort zu ergreifen. Cassandras Laune und Arbeitseifer war bis unter den Nullpunkt gesunken. Sie kam sich zwischen diesen beiden absoluten Schönheiten vor wie eine übergewichtige Pippi Langstrumpf bei einer Mißwahl, nachdem die vorher durch einen feuchten Kohlenkeller gerutscht war.

Cassandra sah, wie sich die Blicke von Micks bronzefarbenen Augen mit denen der smaragdgrünen von Dilara trafen.

„Momentan passiert einiges in London“, begann Mick endlich langsam und sehr gedehnt.

„Ich weiß.“ Dilara nickte und fixierte Mick weiter. „Ja, es bahnt sich etwas an. Wir stehen vermutlich vor wichtigen Entscheidungen.“

Bei dem Wort *wir* in Dilaras Ausführungen horchte Cassandra sofort auf.

„Ein weiterer Mord geschah in dem neuen Büroturm von LUNATIC-Cosmetics“, erklärte Mick.

Cassandra konnte unschwer erkennen, wie Dilaras Interesse stieg. „Luna Sangue!“ Sie ergriff mit beiden Händen ihr in der Mitte gescheiteltes Haar und warf es über die Schultern. „Diese Frau hat überall ihre Finger im Spiel.“

„Du kennst sie?“ fragte Mick.

„Ja, sie war auch schon bei mir.“

„Die Frau hat...“, begann sich Cassandra in das Gespräch

einzumischen, „in meinen Augen ein erhebliches psychologisches Problem.“

Ein Schmunzeln zog sich über Dilaras bisher so ernstes Gesicht. „Da haben Sie nicht ganz unrecht. Sie ist, nebenbei gesagt, nicht unbedingt meine allerbeste Freundin.“

„Trauen Sie Ihr einen Mord zu?“ wollte Cassandra wissen und versuchte, das Gespräch weiter an sich zu reißen.

Dilara lächelte nur milde, sah Mick aus den Augenwinkeln an und schwieg.

„Wann hast du Guardian das letzte Mal gesehen?“ richtete Mick seine nächste Frage an Dilara.

„Der hübsche, große Blonde“, mischte sich Cassandra wieder ein und versuchte mit aller Gewalt, weiter am Gespräch beteiligt zu bleiben. Sie spürte deutlich, daß es hier um sehr viel mehr als nur um ein paar Morde ging.

Hier saßen zwei Wesen mit ihr am Tisch, die eine geballte dunkle Macht in sich bargen.

Eine unheimliche und morbide Atmosphäre breitete sich in dem ansonsten gemütlichen Kaminzimmer aus. Cassandra glaubte zu spüren, wie sich ihre winzigen Nackenhaare aufrichteten. Seitdem sie Mick mit diesen beiden wunderschönen, aber unergründlichen Frauen zusammen gesehen hatte, wußte sie, daß sich irgend etwas auf sie zubewegte, das von nun an nicht mehr zu stoppen sein würde. Erst Luna Sangue und nun Dilara. Cassandra kam es plötzlich vor, als würde sie mit zwei Höllenengeln verkehren. Und dann noch die seltsam verschlossene Delphine mit ihrem wunderschönen Aussehen.

„Was ist mit Guardian?“ Dilara schien überhaupt nicht bemerkt zu haben, daß Cassandra etwas gesagt hatte. Sie beugte sich leicht vor, als könne sie es kaum erwarten, von Mick etwas Neues zu erfahren.

Und das gab es.

„Er ist dein Bruder, nicht wahr?“ Die Worte von Mick zeigten Wirkung.

Dilaras Augen wurden größer. „Wie bitte? Was behauptest du da?“ Ihre rauchige Stimme zitterte.

„Du wußtest es nicht?“ Nun zeigte sich Mick erstaunt. „Ich habe euch doch ständig zusammen auf dem Brompton Cemetery gesehen.“

Dilara schüttelte den Kopf. „Nein, ich wußte es nicht!“ antwortet sie tonlos. Sie fühlte sich, als ob eine Art Ohnmacht in ihr aufstiege. Antediluvian, durchzuckte es sie, du Unseliger, du mußt es gewußt haben! Dilara fragte sich im selben Atemzug, ob Guardian die ganze Zeit davon Kenntnis gehabt und es ihr verschwiegen hatte. Daher diese Vertrautheit, dachte Dilara, und ihre Träume aus der Kindheit, in denen ein blonder Junge mit blauen Augen vorkam. Das Blut pochte hinter Dilaras Schläfen. *Calvin, bitte komm heim!* Ihr Gefährte traf sich mit seinem Vater und war nicht im Haus, aber jetzt brauchte Dilara ihn. Dringend! Sie dachte intensiv an ihn, auch wenn das telepathische Band zwischen ihnen noch schwach war. Doch was war das? Da regte sich etwas spürbar in ihr. Wie ein sanftes Streicheln.

„Bist du okay?“ fragte Mick.

„Entschuldigt mich bitte“, murmelte sie. „Das muß ich erst einmal verdauen.“

Dilara verschwand in einem Nebenraum, und Mick betrachtete wieder Delphine, die immer noch auf den Teppichen vor dem Kamin lag, aber das Interesse an ihrem Buch offensichtlich verloren hatte. Ihr schlanker Körper steckte in einer Art dunkler Haremshose, wie sie in den Siebzigern modern gewesen waren. Ein bauchfreies knappes T-Shirt zeigte ihre schlanke, fast knabenhafte Taille. Delphine stützte ihren Kopf auf den verschränkten Armen ab und begann nun ihrerseits Mick zu betrachten.

Dessen Blick klebte längst fest an ihr.

Wie zwei Raubtiere, die sich vor der Paarung umschleichen, dachte Cassandra angewidert. Sie fühlte sich von Minute zu Minute unwohler in diesem Haus. Doch Mick sah ganz und gar nicht so aus, als würde er in nächster Zeit zum Aufbruch rufen wollen.

Cassandra sehnte sich zurück in ihr kleines, aber gemütliches Apartment oder in Micks Schlafzimmer. Sie wollte mit ihm alleine sein, wieder nackt mit ihm in seinem Bett liegen, auch ohne Sex, aber unbedingt mit Mick. Das war ihr wichtig. Nur weg von hier, weg von diesen seltsamen unheimlichen Frauen.

Mick und Delphine starrten sich noch immer an, ohne auch nur ein einziges Wort zu sagen. Ihre Augen waren wie durch ein unsichtbares Band miteinander verhaftet. Cassandra konnte an beiden nicht ein einziges Mal das notwendige Schlagen der Lider beobachten.

Nun holte sie doch ihr kleines Klemmbrett aus der Jackentasche hervor und knallte es mit voller Wucht auf den Holztisch. Delphines Kopf zuckte in Cassandras Richtung, und die dunklen Augen blitzten für einen kurzen Moment gefährlich auf. Cassandra wollte etwas sagen, aber die Worte blieben ihr regelrecht im Halse stecken. Delphine schien sich wieder zu entspannen. Ein kurzes Zucken zeigte sich auf ihrem Lolitagesicht, das man mit viel Wohlwollen als Sekundenlächeln deuten konnte. Dann drehte sie sich einfach herum und griff wieder nach ihrem Buch.

Mick erhob sich und verließ wortlos den Raum.

Die Zeremonien des Hungan bedeuteten für Mick den Einstieg in die Kreise des Vodun. Schon bald erlernte er die Riten eines Bokors und trat in die dunklen Bereiche der Schwarzmagie ein. Es war, als würde frisches Blut in einen aufgeschnittenen Brotlaib tropfen. Mick sog alles in sich auf – mehr und immer mehr. Sein Körper war wie eine Maschine, die einen ganz bestimmten Ölpegel benötigte, um auf die richtige Betriebstemperatur zu kommen. Und Mick war eine große und ganz besondere Maschine.

Sein Modell war einzigartig, sozusagen ein Prototyp. Ein einmaliges Luxusmodell in Sonderausführung.

Mick wurde zum Voodoovampir.

Diese rasante Entwicklung zerrte seine Seele auf die Folterbank des spirituellen Geistes, und Mick plante einen Ausstieg, den es natürlich nicht wirklich geben konnte.

Übrig blieb ein mühsam erlerntes Verdrängen, das er von Jahr zu Jahr meisterlicher beherrschte, und das ihn einen völlig neuen Weg in Europa einschlagen ließ.

In jedem zusätzlichen Jahr legte sich eine weitere klebrige Masse der Verdrängung auf seine Seele, und ganz tief in seinem Inneren wußte er nur zu gut, daß alle Schichten auch einmal wieder aufbrechen würden – aufbrechen mußten.

Vor seiner überstürzten Abreise aus Haiti besuchte er den Hungan, bei dem er seine erste Voodooerfahrung machen durfte, und erfuhr von ihm bei einer Manjé-loas, der Opferzeremonie, die einer Lebensveränderung und einem Neubeginn dienen sollte, daß ihm eines Tages eine junge weißblonde Frau begegnen würde. Diese sollte zum Mittelpunkt seines

Lebens werden, und das imaginäre Bild von ihr hatte sich für immer in sein Gedächtnis eingebrannt: Sie glich Delphine, die er bei Dilara fand, exakt, sogar bis auf die fast weiß glänzende Haarsträhne!

London, Juli 2006, Green Street

Calvin folgte dem Verlauf der Park Lane, Richtung Marble Arch, bog aber vorher rechts in die Green Street ein. Nach nur wenigen Schritten hatte er das Haus, das er suchte, gefunden. Es war klein und unscheinbar und wäre ihm, wenn er es nicht gezielt angesteuert hätte, nicht aufgefallen. Das sieht ihm gleich, sich in meiner Nähe einzuquartieren, dachte Calvin und durchschritt rasch den kleinen, spießigen Vorgarten, erreichte die Haustür und klopfte heftig an. Eine dickliche, freundliche Frau mittleren Alters öffnete ihm. Ließ ihn mit den Worten „Ihr Vater erwartet Sie bereits“ ein und wies ihm den Weg in die obere Etage des kleinen Hauses. Warum hat er sich ausgerechnet diesen Unterschlupf gewählt?, fragte sich Calvin. Warum ist er nicht in ein Hotel gegangen?

Sein Vater wartete schon im Türrahmen.

„Tritt ein, Calvin.“ Anton Percy Vale deutete seinem Sohn mit einer einladenden Geste, das kleine Gästezimmer zu betreten, das er im Haus eines Freundes, wie er erklärte, beziehen durfte.

Calvin blickte sich um und betrachtete die spartanische Einrichtung. „Warum wohnst du hier?“ entfuhr es ihm, und er hätte sich am liebsten auf die Zunge gebissen, weil er genau das nicht fragen wollte, da er die Antwort bereits kannte.

Die erfolgte dann auch sofort. „Weil du mich nicht zu dir gebeten hast, Sohn!“

Calvin setzte sich unaufgefordert auf einen Stuhl mit zerschlissener Polsterung. Am liebsten wäre er auf den letzten Satz seines Vaters nicht eingegangen. Aber er hatte sich vorgenommen, an diesem Tag die letzten unausgesprochenen Dinge mit ihm zu klären. Und seit sie beide in London waren, und er wieder Dilara an seiner Seite wußte, fühlte sich Calvin stärker – auch seinem Vater gegenüber.

Anton Percy Vale spürte dies deutlich, als er seinen Sohn betrachtete. Wie er dasaß in engen schwarzen Jeans, einem gleichfarbigen T-Shirt und mit offenem langem Haar. Was besonders ins Auge stach, war das Amulett, das er wie immer trug, und der weise Blick seiner dunklen Augen, in denen darüber hinaus ein warmes Licht flackerte.

Er hat mir einiges voraus, durchzuckte es Anton Percy Vale, ich hätte von ihm lernen können. Doch nun ist es zu spät.

Die Erkenntnis schmerzte.

„Du wußtest schon in Santa Barbara während der *Sitzungen*, die du mir auferlegt hast, daß das, was in mir steckt, für dich nutzlos ist.“ Calvins Stimme klang ruhig und sachlich. Er musterte seinen Vater und stellte fest, daß er innerlich mit ihm abgeschlossen hatte. Es war ihm, als betrachtete er eine fremde Person, wäre da nicht die Ähnlichkeit zwischen ihnen gewesen. Die *optische* Ähnlichkeit, denn innerlich hatten sie nichts gemein. Calvin atmete tief durch. Er fühlte sich seltsam befreit, denn er verspürte keine Verbindung mehr zwischen ihnen, soweit sie jemals bestanden hatte – auch die allerletzten Blutsbande waren gekappt. Das Wohl seines Vaters war ihm völlig gleichgültig. „Du wußtest, daß meine innere Kraft dem Schattenkelch gilt, nicht dem, dem sich dein Orden verpflichtet fühlt.“

„Was weißt du schon von meinem Orden. Du hast dich nie für ihn interessiert.“ Anton Percy Vales Stimme klang vorwurfsvoll.

„Das hat mehrere Gründe, *Vater*. Der erste ist, daß du mich schon sehr früh meines Elternhauses – und vor allem meiner Mutter – beraubt und nach London geschickt hast, der zweite ist, daß du dein Privat- und Ordensleben immer sehr strikt getrennt hast.“ Er hielt inne. „Und ein dritter Grund ist, daß du Oliver Richmond viel mehr in den Orden eingebunden hast als mich.“ Wieder hielt er inne. „Und ich glaube, das war eine weise Entscheidung. Ihr beide seid euch ebenbürtig.“ Der letzte Satz drang ironisch über seine Lippen. „Ich will ehrlich sein: Dein Orden hat mich nie interessiert, *Vater*. Naturwissenschaftliches schon, und ich habe auch meinen Glauben, fühle mich meinem dunklen Gott verbunden. Aber es ist nicht der deinige.“

„Ich weiß!“

„Somit stünde fest, daß uns nichts verbindet, *Vater*!“ Als Anton Percy Vale den Mund zu einer Erwiderung öffnete, fuhr Calvin rasch fort, so als wolle er das Gespräch möglichst rasch hinter sich bringen. Und so war es auch. Seit einigen Minuten verspürte er etwas, was er lange genug vermissen mußte: Dilaras Empfindungen. Das Band schwang wieder intensiv zwischen ihnen.

Und Calvin empfand neben dem Glück darüber, daß er mit Dilara nun wirklich wieder eins war, deutlich, daß die Gefühle seiner Vampirgefährtin in Aufruhr versetzt worden waren. Daher sprach er rasch weiter: „Kommen wir zu einem letzten Punkt, *Vater*. Beantworte ihn nur mit Ja oder Nein.“ Calvins Blick bohrte sich in den seines Vaters. „Trägst du die Schuld an Clarissas Selbstmord?“

Anton Percy Vales Schultern sanken nach vorne, was schon Antwort genug war, dennoch preßte er ein tonloses „Ja“ heraus.

Calvin erhob sich. „Ich denke, es ist alles gesagt. Geh deinen Weg, Anton Percy Vale, und kreuze meinen nie wieder!“

London, Juli 2006, Park Lane

Cassandra schob sich ungeniert zu Mick in Dilaras Badezimmer. Ihr Partner lehnte in Gedanken versunken an der im Jugendstil gekachelten Wand.

„Aus wieviel Toiletten muß ich dich noch rausholen?“ Cassandra versuchte einen fröhlichen Gesichtsausdruck, obwohl sie sehr deutlich beklemmende Schwingungen empfing.

Mick schwieg sich wie so oft aus.

„Warst du wieder mal auf einer deiner Gedankenreisen?“ fragte sie und konnte gar nicht anders, sie mußte ihn berühren. Fast mütterlich strich sie Mick das dunkle Haar aus der Stirn.

Der ließ es sich einfach gefallen. Er schien Cassandra wieder einmal nicht wahrzunehmen. Bemerkte die Anwesenheit seiner Partnerin nicht.

„Was ist mit dir, Mick?“ Cassandra rüttelte fast hilflos an seiner Lederjacke. „Ist es diese Delphine? Seitdem du sie gesehen hast, bist du völlig verändert.“

Der Blick aus Micks bronzefarbenen Augen erreichte sie endlich.

„Sie ist mir prophezeit worden!“ Seine Stimme klang verschwommen. „Sie ist es.“

Cassandra verdrehte die Augen. „Du hast ein wirklich großes

Problem, Mick. Du bist auf jede Frau scharf, die dir begegnet. So etwas ist doch einfach nicht normal."

Mick schüttelte den Kopf und runzelte seine Stirn. „Was redest du da, Cassy?"

Cassandra schöpfte schon wieder so etwas wie Hoffnung. Er hatte *Cassy* zu ihr gesagt. In einem liebevollen Ton. Irgendwas mußte er doch für sie empfinden. Doch leider kam nicht mehr von ihm in dieser Richtung. Vielleicht sollte sie seine momentane Ausdrucksweise auch nur als *geistesabwesend* deuten.

„Hinter jeder Frau bist du her!" Cassandra begann wieder an Mick herumzuschütteln. „Und was ist mit mir?" Sie ließ einen derben Fluch los, als Mick sie nur sanft anlächelte.

„Du nimmst mich nicht ernst!" Cassandra geriet langsam, aber sicher außer Kontrolle. „Merkst du denn nicht, was ich für dich empfinde?"

Mick machte ein unschlüssiges Gesicht. Offenbar wußte er nicht, wie er sich in dieser Situation verhalten sollte.

Cassandra war plötzlich alles egal. Sie wollte den letzten Vorstoß wagen, danach würde es vielleicht für immer zu spät sein – und sie ahnte nicht, wie nahe sie damit an der Wahrheit war.

Mit einer Hand griff sie Mick an die Hüfte, mit der anderen zog sie seinen Kopf zu sich herunter und preßte ihre Lippen auf seinen Mund.

Keine Regung. Mick blieb schlaff und wirkte seltsam unbeteiligt, benahm sich fast so wie eine Stoffpuppe in ihren Armen.

Wütend stieß sie ihn von sich. Mick wurde gegen ein kleines Wandregal gedrückt. Zwei dunkle Glaskaraffen stürzten zu Boden, um dort mit einem lauten Knall auf bemalten Fliesen zu zerbersten.

„Shit!“ schimpfte Cassandra.

„Du entwickelst dich langsam zu einer echten Gefahr für Toilettenräume, Cassy“, grinste Mick müde und bückte sich etwas steif, um die Scherben aufzusammeln. Danach verließ er wortlos Dilaras Badezimmer und ging zielstrebig an der geschlossenen Tür des Kaminzimmers vorbei, in Richtung Ausgang.

„Mick! Warte!“ Cassandra folgte nur mit Mühe ihrem Partner, der es plötzlich sehr eilig hatte, grußlos das Feld zu räumen. Dabei war sie außerordentlich froh darüber, daß sie das Haus wieder verlassen konnte.

Draußen tobte inzwischen ein regelrechtes Unwetter. Die gefühlte Temperatur schien sich in den letzten vierundzwanzig Stunden halbiert zu haben, und Cassandra fand ihre Kleidung immer unpassender. Der Nieselregen war zwar versiegt, hatte aber den kleinen Weg, der zu Dilaras Anwesen führte, bereits leicht pappig werden lassen.

Mick befand sich schon am Wagen und verharrte für einen Moment. Wohl kaum, um auf seine Partnerin zu warten. Er stand einfach nur da, hielt sein Gesicht mit geschlossenen Augen in den Wind und schien seine Haut kühlen zu wollen.

Cassandra legte den restlichen Weg auf Zehenspitzen zurück. „Was ist nur wieder mit dir?“ fragte sie und mußte die Stimme erheben, um sich bei den Windböen Gehör zu verschaffen. „Was hast du?“

„Nichts!“ Mick öffnete die Wagentür und ließ sich wie ein Sack Kartoffeln auf den Fahrersitz fallen. Cassandra stieg ebenfalls ein und betrachtete sich sogleich sorgfältig in dem drehbaren Rückspiegel.

Ich sehe grauenhaft aus!, stellte sie fest. Gegen Delphine wirkte sie wirklich wie eine Gewitterziege.

Mick starrte mit leerem Blick durch die Windschutzscheibe.

„Wohin geht es jetzt?“ fragte Cassandra mit einem leicht genervten Unterton. „Welche attraktive Hexe suchen wir nun auf?“

Sie erwartete schon gar keine Antwort mehr, aber die nächsten Stunden mochte sie auch nicht unbedingt hier im Wagen verbringen.

Mick zeigte sich noch abwesend, und in Cassandra stieg allmählich verzweifelte Wut hoch.

Dieser verdammte Nobelcop brachte sie noch an den Rand des Wahnsinns!

„Der Schlüssel steckt!“ Cassandra versuchte eine versöhnlichere Gangart einzuschlagen. „Fahr doch einfach nur los. Ich will fort von hier.“

Immer noch kam kein Ton aus Mick heraus.

„Shit, was ist mit dir?“

Cassandra sah, wie Mick seine Stirn massierte und weiter stumm und ausdruckslos vor sich hinstarrte. Der jungen Polizistin rissen mal wieder sämtliche Geduldsfäden. Kurzerhand sprang sie aus dem Wagen, umkurvte ihn, öffnete die Fahrertür und zerrte Mick heraus.

„Ich fahre!“ herrschte sie ihren Partner an. „Setz dich auf den Beifahrersitz, und dann will ich keinen Mucks mehr von dir hören.“

Micks Miene blieb weiterhin regungslos, als er um den Wagen wankte und schließlich neben Cassandra Platz nahm. Die schüttelte nur den Kopf und startete den Wagen.

Delphine hatte ihre bequeme Lage auf den Teppichen aufgegeben und saß im Schneidersitz auf dem Boden. Als Dilara das

Kaminzimmer wieder betrat, waren die Augen der jungen Frau – als würde sie meditieren – geschlossen.

„Ich muß dich bitten zu gehen, Delphine!“ sagte die Vampirin knapp, und ihre Stimme duldete keinen Einwand.

Delphine zog einen kleinen Schmollmund, widersprach aber nicht. Sie wollte sich Dilaras Gunst nicht verscherzen. Schließlich war ihre erneute Kontaktaufnahme nicht grundlos. Delphine dachte an die Hohepriesterin ihrer Kirche, die ein besonderes Opfer von ihr gefordert hatte, damit Delphine zu ihrer Stellvertreterin aufsteigen konnte. Ein Opfer, dem sich Delphine besonders verbunden fühlte. In einer speziellen Zeremonie wollte die Anführerin der Kirche Satans von dem Fleisch dieses Opfers kosten. Für Delphine war von Anfang an nur Dilara in Frage gekommen, und eines hatte sie sich dreist und eiskalt ausgerechnet: Dilara konnte sich sicher nicht vorstellen, daß sie gleich zweimal den gleichen Verrat an ihrer Blutsschwester begehen würde.

Doch! Sie würde!

Delphine verspürte nicht den Hauch von Skrupel. Sie verfolgte verbissen ihr Ziel, indem sie ihre Rolle als reumütige Freundin spielte, wohl merkend, daß Dilara bereits schwankte. Sie wußte, daß diese insgeheim einen Narren an ihr gefressen hatte. Seit ihrer ersten Begegnung. Das wollte sich Delphine zunutze machen.

Sie raffte ihre Sachen zusammen, verstaute das Buch und ihren Discman in einer buntbestickten Hippietasche, deren lange Kordel sie sich über die Schulter hängte, rief Dilara ein „Ich melde mich!“ zu und verließ das Haus. Just in dem Moment, als es Calvin betreten wollte.

So freundlich er sonst zu ihr war, denn er war Manns genug, einen gewissen Reiz in ihrer Optik und ihrem jungmädchenhaften Charme zu sehen – dennoch spürte er, daß Dilaras Warnung, in Delphine wohne ein böser Geist, zutraf –, so knapp grüßte und verabschiedete er sie in diesem Moment gleichzeitig.

Was Delphine mit einem hellen mädchenhaften Lachen quittierte. „Du hast es aber eilig, zu deiner Angebetenen zu kommen." Sie wurde ernster. „Das ist auch gut so. Sie braucht dich!"

„Ich weiß", sagte Calvin und schloß hinter Delphine die Haustür.

Dilara saß im Kaminzimmer auf der Kissenlandschaft und wartete schon sehnsüchtig auf Calvins Rückkehr, denn auch in ihr hatte sich die telepathische Verbindung deutlich bemerkbar gemacht, was ihr Kraft gab, besonders in Anbetracht dessen, was ihr Mick vorhin offenbarte: Guardian war ihr Bruder!

„Cal", rief sie, als er eintrat, und streckte die Arme nach ihm aus. Auf ihrem Gesicht lag ein Leuchten.

Calvin zog sie an sich, lehnte sich mit dem Rücken an ein Kissen, das an der Wand befestigt war, und nahm Dilara mit sich. „Hast du es auch gespürt?" fragte er und freute sich, als sie nickte. „Es ist genauso intensiv wie früher, Schatz!" Er küßte sie. „Hölle, was bin ich glücklich darüber."

„Ich auch, Cal." Dilara schmiegte sich an seinen hageren Körper, der sie immer noch so erregte wie in ihrer ersten Nacht. „Mick war eben hier!" flüsterte sie.

„Dieser Vampir-Cop? Hat er dich so in Aufruhr versetzt?" In Calvins Stimme klang Groll. „Es wird Zeit, daß ich den Burschen mal näher kennenlerne."

„Er scheint ein netter Kerl zu sein, Cal." Dilara löste sich von Calvin, setzte sich auf und sah ihren Gefährten an.

Wie schön sie ist, dachte Calvin, der besonders den Kontrast ihrer strahlend grünen Augen mit ihrem schwarzen Haar liebte.

Er hatte schon immer eine Schwäche für rassige, dunkelhaarige Frauen gehabt, daher hätte ihn ein Typ wie Delphine nie wirklich gereizt.

„Guardian ist mein Bruder, Cal!"

Calvin glaubte seinen Ohren nicht zu trauen. „Er ist *was*?"

„Mein Bruder!"

„Zur Hölle, das ist wirklich eine Neuigkeit. Das erklärt einiges", entfuhr es Calvin. „Ist sich Mick sicher? Woher weiß er es? Und warum hat dir Guardian nie etwas gesagt? Ob er es selbst nicht weiß?"

Dilara lachte. So kannte und liebte sie Calvin. Oft der völlig Schweigsame, und dann wieder floß es nur so aus ihm heraus. Wie sehr sie sich doch ähnelten!

Calvin sprang auf. Wieder ganz Herr der Situation, ergriff er Dilaras Hand und zog sie hoch und mit sich. „Ehe wir lange herumrätseln, suchen wir Guardian am besten sofort auf." Er zwinkerte Dilara zu. „Und vorher schlagen wir ein junges, knackiges Opfer. Ich habe Durst."

London, Juli 2006, in den Katakomben der St. Paul's Cathedral

„Wir müssen dich sprechen!" Dilara und Calvin flossen in die Bibliothek, in der Guardian wie fast immer saß. Als er Dilaras Stimme hörte und die beiden feinstofflichen Schatten Gestalt annehmen sah, spürte er sofort, daß etwas geschehen war.

Zeit für das Gespräch, das ich schon so lange vor mir hergeschoben habe?, fragte er sich.

Dilaras nächste Worte bestätigten es. „Mick war heute bei mir, mit einer für mich unerwarteten Neuigkeit!"

Schon wieder dieses Mischwesen mit den sonderbaren Augen, durchzuckte es Guardian. „Und was genau war das?“ Er konnte sich ein amüsiertes Schmunzeln über Dilaras Aufregung nicht verkneifen.

„Er behauptet, daß wir Geschwister sind.“ Dilara stemmte beide Hände auf den Schreibtisch und beugte sich weit über das Möbelstück, hinter dem Guardian saß. „Hat er recht, Guardian? Bist du mein Bruder?“ Ihre dunkel-melodische Stimme zitterte erwartungsvoll. Guardians blaue Augen streichelten sie, gaben ihr die Antwort. „Wie lange weißt du es schon?“ Nun klang ihre Stimme eindeutig enttäuscht.

„Noch nicht sehr lange. Es war erst eine Vermutung, die dann immer mehr zur Gewißheit wurde.“

Dilara wirkte mit einem Mal erschöpft. „Das mußt du mir mal in Ruhe erzählen, nachdem ich es verarbeitet habe.“

Wieder huschte ein Lächeln über Guardians Züge. „So schlimm ist es doch sicher auch nicht, oder?“

Dilara schüttelte den Kopf. „Nein, ganz im Gegenteil.“ Sie sah ihn ernst an. „Jetzt weiß ich auch, warum du immer über mich gewacht hast. Du machst deinem Namen alle Ehre, Guardian!“

„Danke!“ antwortete er trocken, aber von Freude durchzogen, als er Dilara ansah und in dem Bewußtsein, daß sie Geschwister waren. Doch ihn bewegte zudem ein anderer Gedanke. „Noch einmal zu Mick, Dilara. Glaubst du, daß von ihm Gefahr droht? Ich weiß ihn nicht so recht zuzuordnen.“

Dilara dachte einige Augenblicke nach. „Nein, ich fühle mich wohl in seiner Gesellschaft. Ich glaube nicht, daß er uns gefährlich wird.“

„Ich schlage vor, wir bitten ihn zu einem Gespräch“, riet Calvin, der die ganze Zeit geschwiegen hatte, sachlich und ruhig.

Guardian blickte den ernsthaften Vampir erstaunt an. Calvin hatte in den letzten Monaten eine Entwicklung durchgemacht, die dem blonden Vampir gefiel. Er ist ein würdiger Partner für Dilara, dachte er.

„Das ist eine gute Idee!“ pflichtete er Calvin bei und fühlte Erleichterung, als sich seine Schwester und ihr Gefährte wieder verabschiedeten, denn er wollte alleine sein. Emotionen nie gekannten Ausmaßes stürzten über ihn herein. Wenn es nämlich stimmte, daß er und Dilara Geschwister waren, und davon ging er aus, dann entsprach alles andere, was er in den Aufzeichnungen gefunden hatte, womöglich auch der Wahrheit. Er begleitete Dilara und Calvin noch ein Stück des Weges durch die düsteren, nur von Wandfackeln erleuchteten Gänge der Katakomben, verabschiedete sie hastig und irrte danach alleine weiter. Aufgewühlt und von einem inneren Instinkt getrieben, floß er immer schneller durch verwinkelte Gänge und drang in bisher nie gesehene abgelegene Grotten vor – wie von irgend etwas magisch angezogen.

Und ihm entfuhr ein Keuchen, als er eine geräumige Kuppelhalle entdeckte, sie zögernd betrat und das Mosaik eines fünfzackigen Sternes auf dem Boden erblickte!

Er hatte Antediluvians Allerheiligstes gefunden!

IN SUCUM ET SANGUINEM

(In Fleisch und Blut)

London, Juli 2006, Park Lane

Cassandra schlug zuerst die Richtung zu Scotland Yard ein. Besann sich aber dann doch eines Besseren. Was sollte sie dort mit Mick in seinem seltsamen Zustand?

Sie überlegte, daß es vielleicht besser wäre, ihn mit in ihr Apartment zu nehmen. Ja, das würde Sinn ergeben. Nicht nur für ihn, auch sie konnte sich erst mal wieder sammeln und – ganz wichtig – eine heiße Dusche nehmen.

„Welche Bedeutung hat diese Delphine für dich?" fragte sie ganz ruhig, und Mick fand langsam wieder zu sich.

„Vor langer Zeit wurde sie mir auf Haiti als *Ti-bon-ange* angekündigt", sagte er mit brüchiger Stimme. „Ihr Bild habe ich all die Jahre in mir getragen."

Cassandra verzichtete darauf, sich diesen Voodoofachbegriff erklären zu lassen.

„Und jetzt bist du hin und weg?" Ihre Stimme klang ziemlich bitter.

Der Regen setzte wieder ein und prasselte auf das Wagendach. Cassandra stellte die Wischer eine Stufe höher und beobachtete Mick, wie er eine dunkle Tube aus seiner Jackentasche hervorholte und sich zwei kleine Kopfhörer in die Ohren steckte.

„Was hast du vor, Mick?"

„Ich brauche einen Moment. Nur einen kurzen Augenblick."

„Diese verdammten Geistreisen tun dir nicht gut, Mick!" Cassandra klang besorgt. Sie verlangsamte die Geschwindigkeit. „Warte, wir fahren zu mir, dann kannst du dich ausruhen."

Doch Mick dachte nicht daran, seine Prozedur zu unterbrechen. Mit der übelriechenden Paste rieb er sich die Mundinnenseiten ein, danach die Augenhöhlen. Die Substanz erreichte das Oberlid, schmolz weiter in die Tränendrüsen, die den feinen Schleim über die Augenoberfläche verteilen konnten.

„Verdammt, Mick!“ Cassandra wurde das Tun ihres Partners von Minute zu Minute unheimlicher.

Aber der Cop hörte sie bereits nicht mehr. Er war längst weggetreten und befand sich auf einer anderen Ebene in dieser Welt.

„Nun bekam ich doch tatsächlich Furcht, daß ich auf dich warten muß!“ Greg Lanes Stimme hallte laut lachend von Micks Seelenwänden wider. „Verzeih mir, mein treuer Freund, aber anscheinend kann ich diese Zwänge und Ängste aus der vergangenen Welt immer noch nicht ganz ablegen.“

„Ich habe Fragen, Greg!“

„Natürlich hast du Fragen, Mick. Dafür bin ich doch da.“

„Vorweg: Ich habe den Eindruck, als seiest du es, der mir jedesmal etwas mitteilen möchte. Dabei ist es doch immer meine Entscheidung gewesen, dich aufzusuchen.“

Gregs Lachen dröhnte noch lauter. „Ja, das mag sein, daß du solch einen Eindruck hast, mein Freund.“

Es raschelte und rieb in ihren beiden Seelengehirnen, die sich von mal zu mal besser miteinander verzahnten.

„Ich habe in Dilaras Umfeld eine Frau getroffen. Delphine. Zu ihr besteht seit Jahren eine Verbindung.“

„Eine Verbindung?“ unterbrach ihn Greg. „Nein, keine Verbindung, mein Freund. Eher eine Ahnung, mehr nicht. Die wirklichen Verbindungen entstehen erst noch.“

Rauschen.

„Auf meiner Ebene kam ich in den Genuß, Kontakt mit Antediluvian, dem Fürsten der Nosferati, aufnehmen zu dürfen. Er teilte mir mit, daß der Schattenkelch von alleine seine Macht niemals entfalten wird."

„Ich verstehe nicht, Greg."

„Du wirst noch sehr gut lernen, alles zu begreifen, mein Freund!" fuhr Greg fort. „Es wird einen Verbund geben, dem du angehören wirst."

„Einen Verbund? Mit wem und wozu?"

„Es geht um Macht, mein guter Mick, um eine sehr wichtige und erforderliche Macht!"

„Hat dies auch eine Bedeutung zu meiner Verbindung zu Delphine?"

Zum ersten Mal hatte es den Anschein, als würde Greg zögern.

„In etwa, mein Freund, in etwa. Der Verbund der Fünf besteht aus Dilara, Guardian, Calvin, der Mondgöttin und dir als Oberstem Götzen! Bondye, diesen Namen trägst du seit deiner Kindheit, er weist auf deine wahre Bestimmung hin."

„Verbund der Fünf? Oberster Götze? Welchen Weg muß ich beschreiten?"

„Halte dich weiter an Dilara, mein Freund!" Wieder erklang Gregs schallendes Lachen. „Und vergiß mich aber dabei nicht!"

Als Mick zum zweiten Mal diesen kurzen Schrei ausstieß, schlug ihm Cassandra mit der flachen Hand mitten ins Gesicht. Ihrem Partner flogen die weißen kleinen Stöpsel gleichzeitig aus den Ohrmuscheln, und Mick öffnete mit flackernden Lidern seine verschmierten Augen.

„Nun bekommst du die Rechnung für deine sensationellen Erfolge der letzten Jahre!“ schrie Cassandra ihm ins Ohr, sie hatte noch nicht gemerkt, daß Micks Berieselung durch den monotonen Voodoosingsang bereits unterbrochen war. „Was glaubst du, passiert, wenn dich unser Dr. Grean so sieht?“

Der Wagen rollte hart über einen Geschwindigkeitspolder, und Mick wurde wie eine willenlose Puppe kurz in die Höhe gelupft.

„Ich schlage vor, wir nehmen uns den Rest des Tages frei und sprechen uns mal so richtig aus. Besonders über die weitere Vorgehensweise in unserem Fall.“

Mick blickte Cassandra von der Seite her an. „Laß mich bitte aussteigen!“

„Drehst du jetzt ganz und gar durch?“ fragte sie verwirrt. „Was soll das? Was ist los mit dir?“

Mick starrte sie nur durchdringend an. Seine bronzefarbenen Augen schienen um einiges dunkler geworden zu sein. Die übelriechende Paste klebte noch in den Augenhöhlen und Mundwinkeln und verlieh dem Cop ein wahrhaft dämonisches Aussehen.

„Nach jedem dieser Trips veränderst du dich etwas mehr!“ schimpfte Cassandra. „Komm endlich mal zu dir, so geht es doch nicht weiter!“

Mick öffnete kurzerhand von innen die Beifahrertür, warf Cassandra einen weiteren undefinierbaren Blick zu und sprang aus dem fahrenden Auto.

Bevor Cassandra noch reagieren konnte, um den Wagen zu stoppen, war ihr Partner schon draußen und rutschte auf dem nassen Asphalt gegen den Bordstein.

„Um Gottes willen! Nein!“ brüllte Cassandra in einer Mischung aus Wut und Verzweiflung. „Du Idiot! Was tust du?“

Sie befanden sich immer noch im Randgebiet von London, von daher war das Verkehrsaufkommen nicht weiter dramatisch. Cassandra setzte die blaue Blitzleuchte ein und fuhr quer über die Gegenfahrbahn auf einen kleinen Parkplatz. Nur ein paar Meter weiter, und sie hätte mitten auf der Straße parken oder ein weitaus halsbrecherischeres Wendemanöver riskieren müssen. In den Rückspiegeln sah sie, wie sich Mick aufrappelte und durch den Regen in einen großen angrenzenden Park lief.

Fluchend ließ Cassandra den breiten, bis auf die blaue Rundumkennleuchte zivilen Dienstwagen gegen die Fahrtrichtung auf den Parkplatz holpern. Entsetzte Autofahrer stoppten und schauten verständnislos dem Geschehen zu. Verzichteten aber wegen der schlechten Witterung darauf, auszusteigen und rumzugaffen. Nur zögerlich fuhren sie weiter, nicht jedoch, ohne sich zumindest noch einmal kräftig die Hälse zu verrenken.

Cassandra stellte den Wagen in der ersten freien Parktasche ab und kam allen Vorschriften nach, um ihn sorgsam zu verschließen. Dann spurtete sie quer über die Straße, in die Richtung, in die sie Mick vor wenigen Sekunden verschwinden sah.

London, Juli 2006, Südwesten

Mick hetzte wie ein Betrunkener durch den triefnassen Park. Innerhalb weniger Minuten war er völlig durchnäßt. Nach und nach kam bei ihm die äußerliche Normalität zurück, sein Gang wurde wieder gefestigter.

Die Laubbäume im Park waren vollständig ausgeschlagen und tauchten die ausgetretenen Wege durch ihre Dachfunktion in ein dunkles Schummerlicht. Mick lief ohne Ziel weiter, wußte aber genau, was ihm sein Geist befahl.

Seine lang unterdrückte Neigung war wieder hervorgebrochen und bestimmte ab sofort sein Denken und Handeln. Die furchtbarste Zeit auf Haiti hatte ihn wieder eingeholt und hielt ihn fest im Griff.

Die schnell verschlungenen blutigen, rohen Fleischstücke, die er sich jeden dritten Tag einverleiben mußte, reichten nun nicht mehr aus. Endlich war es wieder einmal an der Zeit, lebendes Fleisch zu essen, wobei ein ganz wichtiger, ritueller Punkt zu beachten war: erst fressen und keinesfalls zuerst töten.

Wenn der Bann nun nach all diesen langen Jahren wieder aufbrach, dann auch richtig und mit aller Raffinesse. Er wollte die Lust am Menschenfleisch voll und ganz auskosten und das heilige Ritual nicht halbherzig vornehmen.

Micks bronzefarbene Augen suchten nach einer schnellen Beute.

Er wollte Menschenfleisch!

Jetzt und hier!

Im Südwesten von London, an einem regnerischen Mittag im Juli!

London, Juli 2006, Richmond Park

Cassandra fluchte laut, als ihr ein tiefhängender nasser Zweig ins Gesicht schlug.

Sie fragte sich, womit sie das nur verdient hatte?

Seitdem sie ihren neuen Kollegen Mick Bondye kannte, rannte sie ihm in allen Lebenslagen hinterher und machte sich bei ihm wirklich zum Affen. Das konnte man ohne weiteres so sehen. Nur, sollte sie ihn deswegen jetzt alleine und unkontrolliert durch den Richmond Park irren lassen?

Natürlich nicht.

Mick war ein guter Kerl. Dieser Voodookram und diese Paste aus gesammelter Ameisenscheiße waren schuld daran, daß er langsam, aber sicher abdrehte.

Die vielen Erfolge der letzten Jahre forderten augenscheinlich ihren Preis.

Mick brauchte Hilfe, und die wollte Cassandra ihm geben. Da konnten ihm ruhig noch mehr seltsame Frauen wie Luna Sangue und Delphine über den Weg laufen. Von denen konnte Mick wohl kaum etwas erwarten.

Cassandra hielt inne und überlegte, in welche Richtung Mick wohl gerannt sein konnte.

Verdammt! Dieser Park war nicht gerade klein, genaugenommen war er der größte in London. Wie sollte sie Mick finden?

Unschlüssig drehte sie sich einmal im Kreis. Eigentlich war es sinnlos weiterzusuchen. Vielleicht tat ihm diese Abkühlung auch mal ganz gut. Und außerdem: Mick war alt genug, um – zum Teufel noch mal – selbst auf sich aufpassen zu können!

Cassandra stand kurz davor, ihrem Selbstüberredungsversuch zu erliegen, und war bereits soweit, die Suche nach Mick aufzugeben, als sie die fürchterlichen Schreie hörte.

Um diese Uhrzeit war der Richmond Park selten menschenleer. Außer bei einem solch ekelhaften Regenwetter wie an diesem Tag.

Mick stand auf einer kleinen Grünfläche, an der sich zwei der vielen Wege kreuzten, und wartete geduldig. Der Wind blies ihm rauh in das schöne ebenmäßige Gesicht. Die schwarze Paste hatte sich aus den Mund- und Augenwinkeln heraus durch den Regen verwischen lassen und bedeckte seine Haut wie eine bizarre Tätowierung.

Nach einigen Minuten erblickte er eine Person, verhüllt in einem großen hellen Regenumhang, die sich auf einem alten klapprigen Damenfahrrad durch den Dauerregen und gegen den Wind vorankämpfte. Meter für Meter kam das Fahrrad näher, und Mick spürte, wie sich sein Zahnfleisch verhärtete und sich brennender Speichel in seinem Rachen sammelte, bis es schmerzte.

Ein Windstoß riß die große Kapuze vom Kopf einer jungen, rothaarigen Frau.

Sie ähnelt Cassandra sehr, durchzuckte es Mick.

Er rannte los.

Die Radfahrerin hielt inne, stieg von ihrem antiken Fortbewegungsmittel und machte Anstalten ihren Umhang wieder zu richten, als sie Mick auf sich zulaufen sah. Die Gefahr war offensichtlich. Nach einer Schrecksekunde begann sie laut zu schreien. Da war Mick mit einem riesigen Sprung bereits über ihr und riß sie zu Boden. Als sich seine Zähne in Hals, Schulter und Nacken der Frau schlugen, erstarb ihr angstvolles Gebrüll. Der Schock über den brutalen Überfall lähmte sie.

Cassandra spurtete in die Richtung, aus der sie die spitzen Schreie vernommen hatte.

Konnte das etwas mit Mick zu tun haben?

Sie schauderte. Was, um Gottes willen, stellte ihr Partner in seinem vorübergehenden Wahn an?

Nein! Es gab eigentlich keinen zwingenden Grund, die spitzen Schreie mit Mick in Verbindung zu bringen.

Sie hetzte weiter. Als Cop war es ihre Pflicht zu helfen. Wo und wann auch immer.

Nur eine Minute später erreichte sie die kleine Wegkreuzung und sah kurz dahinter das alte Damenfahrrad liegen.

In Cassandra schrillten sofort sämtliche Alarmglocken. Sie riß ihre Waffe aus dem Holster und ging in bedachten Schritten parallel entlang zum Ort des Überfalls. Sorgsam sicherte sie sich dabei nach allen Seiten ab. Während sie ihre Dienstpistole in Anschlag brachte, sprang sie hinter einer kleinen Baumgruppe hindurch und sah Mick, wie er völlig durchnäßt auf dem Waldboden kniete und einer jungen Frau große breite Hautfetzen vom Hals zog. Dies war offensichtlich nicht sein erster Biß, denn der Nacken der Frau sah grausam zerklüftet aus. Ihr ganzer Oberkörper war blutüberströmt.

Doch die Frau lebte noch. Ihr Gesicht schimmerte kalkweiß, wie das einer Toten, aber ihre Augen waren noch so unglaublich voller Leben. Sie starrten Cassandra um Hilfe bittend an. Flehten um Gnade, Erlösung oder was auch immer. Ihr Körper war völlig unbeweglich vor Schreck, so steif, als wäre die Totenstarre längst eingetreten.

Doch ihre Augen lebten und würden *so* auch für immer in Cassandra weiterleben.

Mick schien zu spüren, daß jemand hinter ihm stand. Mit einem Ruck fuhr sein Kopf herum. Sein teilweise noch geschwärztes Gesicht war blutverschmiert und verzerrt wie bei einem wilden Tier, weiße kleine Hautfetzen hingen an seinem Kinn herunter.

Und Cassandra sah in seine bronzefarbenen Augen und steckte ganz langsam ihre Waffe wieder in das Holster zurück.

London Juli 2006,in den Katakomben der St. Paul's Cathedral

Guardian sah sich fassungslos in der Kuppelhalle um, in die ihn ein innerer Drang geführt hatte. Ganz so, als wäre es nun endlich an der Zeit, daß *der Wächter* ihrer angesichtig wurde. Und er spürte allein beim Anblick des fünfzackigen Sternes auf dem Boden eine uralte Saat in sich aufgehen, in Sekundenschnelle zu einem Gewächs unvorstellbarer Kraft und Spiritualität ersprießen, die ihn erfüllte, aber auch mit jäher Intensität aus ihm herauswollte. Er hob wie beschwörend die Arme zur Decke der steinernen Halle und stieß einen Schrei aus, der ihm fremd in den Ohren hallte und eine Mischung aus Entzücken, Erregtheit und Triumph darstellte. Lange stand er da und nahm die besondere Aura dieses Ortes in sich auf. Er fühlte etwas Heiliges, etwas Ursprüngliches und Zukunftsträchtiges.

Langsam ging, nein, schwebte er durch die Halle, versuchte jedes kleinste Detail wahr- und in sich aufzunehmen, was ihm jedoch nicht gelang. Zu groß war seine Ehrfurcht, die ihn schlagartig befallen hatte. Was ihn erstaunte, war die Tatsache, daß aus der höchsten Erhebung der Kuppelhalle ein Licht drang, das die Halle sanft erhellte und genau auf den fünfzackigen Stern am Boden ausgerichtet war.

Guardian versuchte erst gar nicht auszumachen, unter welchem Punkt der oberirdischen Welt die Kuppelhalle lag. Dafür bemerkte er, daß die steinernen Wände mit einem schwarzen Rußfilm überzogen waren, als wären sie einem starken Feuer ausgesetzt gewesen. Seltsamerweise waren der Stern und ein breiter Radius um ihn herum nicht davon befallen.

Guardian bemerkte in einer Nische Artefakte wie Schalen, die – näher betrachtet – geronnene Blutreste enthielten, dunkle Kerzen, die halb heruntergebrannt waren, und andere Utensilien, die darauf schließen ließen, daß irgend jemand – war es vielleicht Antediluvian gewesen? – hier ein Ritual vorgenommen hatte.

Guardian war bereits im Begriff, sich abzuwenden, als er in der Nische, hinter den Gegenständen, den gleichen pyramidenförmigen Schrein entdeckte, wie er sich in dem Altarraum befand, der einst die Schattenchronik und Antediluvians Aufzeichnungen enthalten hatte.

Guardian tastete mit einer Hand die nachgebildete Schädelwand ab und fand den kleinen totenkopfförmigen, vorstehenden Knopf, den er mit Nachdruck hineinschob. Es gab ein klickendes Geräusch, als würde ein Mechanismus in Gang gesetzt, und schon schob sich die kleine Wand knirschend zur Seite.

Das Innere des Schreines enthielt nur zwei Gegenstände: ein weiteres in weinrotes Leder gebundenes Buch und einen gleichfarbigen Lederbeutel. Guardian nahm beides heraus und begab sich, von fieberhafter Neugier befallen, umgehend auf den Rückweg. Dieses Mal verließ er sich nicht auf seinen Instinkt, sondern prägte sich den Weg genau ein. Weil er mit untrügerischer Sicherheit wußte, daß dieser Ort ihr Geschlecht stärken würde.

Er benötigte nur wenige Minuten, wie ihm schien, um den Rückweg anzutreten, und begab sich augenblicklich in seine Bibliothek. Wie schnell ihm, nach der ersten respektvollen Scheu, diese Welt vertraut und zueigen war, erstaunte ihn immer noch.

Guardian legte das Buch auf den Schreibtisch, nahm Platz und öffnete den weinroten Lederbeutel, der ein zusammengerolltes Pergament und ein auffällig graues Pulver enthielt.

Guardian entnahm das Schriftstück, zog die Kordel, die es zusammenhielt, auseinander, glättete das Papier und las:

„Dem Schattenkelch ist ein gleichnamiger Farn gewachsen,
dessen zerstoßene Wurzeln
in blutrotem Wein
fünf Stunden Geistreise schenken –
für alle Begierden!
Doch ist Maß zu halten,
sonst droht dem Trinkenden stete Begehrlichkeit
nach dem besonderen Trank!“

„Sonderbar, höchst sonderbar!“ murmelte Guardian und fragte sich, was es mit dem Pulver auf sich hatte. Doch bevor er in seinen Enzyklopädien über den Schattenkelch-Farn nachlesen wollte, schlug er den weinroten Band auf, der ebenfalls in dem Schrein verborgen lag.

Stunden saß Guardian über dem Büchlein und fragte sich, warum gerade dieses in der Kuppelhalle aufbewahrt worden war und nicht zusammen mit den anderen. Er näherte sich allmählich dem Ende des dünnen Bandes und verspürte grenzenlose Enttäuschung, weil er keinen Hinweis auf das Ritual, das augenscheinlich in der mystischen Grotte durchgeführt worden war, bereithielt.

Doch als er die letzten Seiten erreichte, wurde seine Geduld doch noch belohnt.

DIE MACHT DES SCHATTENKELCHES

stand da in Großbuchstaben, und Guardian stieß ein lautes Keuchen aus.

„Endlich!" rief er, und die Wangen seines sonst so hellhäutigen Gesichtes röteten sich vor Aufregung. Das Blau seiner Augen nahm eine noch eisklarere Nuance an, als er halblaut zu lesen begann:

Die Macht und Magie des Schattenkelches entfaltet sich nur durch den Verbund der Fünf. Wenn dieser das besondere Blutopfer – zu einem Trank geeint – erbringt und den Schwur des Kelches spricht, wird ihn das geheime Licht erfassen und mit wahrlich ewigem Leben erfüllen.

Der Schattenkelch vereint seinen Wächter – in dessen Obhut er verbleiben soll, den liebenden Geist – der das Heil der Schattenwesen sichert, die aus dem Feuer Wiedergeborene – im Namen des Mondes, den Seelenwanderer – und Obersten Götzen und die zentrale Kraft – Di-La-Rah.

An der Spitze der Fünf steht das starke Paar, doch nur der lie-

bende Geist vermag es, die Inschrift des Kelches – den Blutschwur – zu entziffern.

Die Flamme leuchte ihnen – ad infinitum!

Guardian blieb wie vom Donner gerührt sitzen und starrte auf das Geschriebene, so konzentriert, daß es oftmals vor seinen Augen verschwamm.

Es war auf einmal alles so klar und ergab einen Sinn. Und er mußte diese Erkenntnis mit denen teilen, die es betraf – bis auf eine.

London, Juli 2006, Park Lane

„Kannst du dir vorstellen, was Guardian so Wichtiges mit uns zu besprechen hat?" Dilara drehte die kurze Nachricht, die ihnen ihr Bruder hatte zukommen lassen, gedankenversunken in den Händen.

Calvin, der mit ihr am Küchentisch saß und zeichnete, Block und Stift aber sofort beiseite legte, zuckte mit den Schultern. Dann verzog er seinen Mund zu einem verschmitzten Lächeln. „Was ich mir hingegen überhaupt nicht vorstellen kann, ist, wie ein Wesen so altertümlich leben kann." Er kicherte. „Das erinnert ja fast schon an die Zeiten der reitenden Postboten und Brieftauben." Calvin war ein Technikfreak, und für ihn war es unvorstellbar, ohne Handy, Internet und sonstigen technischen Schnickschnack auszukommen.

Dilara stimmte nur allzu bereitwillig in sein Kichern ein, trat an seinen Stuhl heran, beugte sich hinterrücks über Calvin und legte ihre Arme um ihn. Küßte ihn seitlich auf den Hals und scherzte: „Ja, mein technisch bestens ausgerüsteter Vampirgefährte. Lästere nur!“ Ihre Zungenspitze fuhr einige Male verspielt über seine Halsschlagader, dann knabberte sie übermütig an seinem Ohrläppchen, bevor sie Calvin zuraunte: „Laß uns gehen, Guardian wartet auf uns!“

London, Juli 2006, in den Katakomben der St. Paul's Cathedral

Als sie wie zwei langgezogene Schatten in die Katakomben der St. Paul's Cathedral flossen, hatten Dilara und Calvin das Gefühl, als würde nach diesem Abend nichts mehr wie vorher sein. Und sie sollten recht behalten. Als sie Guardians Bibliothek – sie empfanden die Räumlichkeit alle längst nicht mehr als die Antediluvians, in der sie nur zu Gast waren – erreichten, befand sich schon ein weiterer Besucher dort.

Calvin betrachtete den hochgewachsenen, durchtrainierten Mann mit dem kurzgeschnittenen schwarzen Haar und der dunklen Kleidung, der ihn aus bronzefarbenen Augen anblickte, und wußte bereits, bevor Dilara „Hallo Mick!“ sagte, wen er vor sich hatte: den Vampir-Cop, der augenscheinlich mehr als sie alle wußte.

Mick und Calvin begrüßten sich mit einem kräftigen Händedruck, und Calvin fühlte sich von dem gewinnend offenen Lächeln, das Mick ihm schenkte, angezogen. Ihm war der Cop auf Anhieb sympathisch, und das schien auf Gegenseitigkeit zu beruhen.

„Wurde auch Zeit, daß wir uns alle mal zusammensetzen!“ Mick grinste und beobachtete, wie Dilara und Calvin nebeneinander Platz nahmen. „Ihr seid wirklich ein hübsches langmähniges Paar!“ feixte er, wurde dann aber schlagartig ernst, als sich Guardian, der sich merklich reserviert verhielt, räusperte.

„Setz dich doch bitte auch, Mick!“ sagte er ruhig.

Der junge Cop kam der Aufforderung sofort nach. Auch er konnte beim Betreten der Katakomben verspüren, daß er am Wendepunkt seines Lebens stand.

„Ich will mich nicht mit langer Vorrede aufhalten. Wie ihr wißt, habe ich in Antediluvians Reich Vorstoß genommen, seine Aufzeichnungen gefunden und sorgfältig studiert. Dabei bin ich auf einige wesentliche Dinge gestoßen, von denen ich euch gleich noch berichten werde. Aber zuvor muß ich euch etwas Ungeheuerliches erzählen. Ich bin auf Antediluvians Allerheiligstes gestoßen!“

Nachdem Guardian geendet hatte, blickte er erwartungsvoll in die Runde. Erst blieb es still, und dann redeten Dilara, Calvin und Mick wild durcheinander, wobei sich Dilara und der Vampir-Cop in nichts nachstanden.

Ein flüchtiges Lächeln huschte über Guardians Züge. „Gemach! Gemach!“ Er vollführte eine beschwichtigende Geste. Als wieder Ruhe eingekehrt war, fragte er: „Wollt ihr denn gar nicht wissen, was ich in den Aufzeichnungen gefunden habe?“

„Natürlich!“ rief Dilara. „Spanne uns nicht auf die Folter!“

Guardian öffnete einen kleinen Ledereinband, der vor ihm lag. „Ich bin endlich auf einen Hinweis über den Schattenkelch gestoßen.“ Er las laut vor und endete mit den Worten:

„Für mich ist ganz klar, von welchen fünf Wesenheiten hier die Rede ist: Dilara ist die einzige, die namentlich erwähnt wird, der Wächter bin eindeutig ich..."

„Jau!" sagte Mick vorlaut. „Guardian, der Wächter, und du darfst den Becher dann auch bewachen!"

Auf Calvins Gesicht trat ein breites Grinsen, ansonsten ging aber keiner von ihnen auf Micks Zwischenruf ein, sondern Guardian fuhr fort: „Kommen wir zu dir, Mick! Auch dein Name – Bondye – weist daraufhin, daß du einer der Fünf bist." Er zwinkerte dem Voodoovampir zu. „Wenn ich es recht sehe, heißt *Bondye* doch Oberster Götze, nicht wahr? Und wenn ich es weiter recht erkannt habe, hast du weitaus mehr Fähigkeiten als wir."

Mick schluckte. Es verschlug ihm selten die Sprache, aber jetzt war ein solcher Moment. Das bot Guardian die Gelegenheit, fortzufahren. „Calvin, du bist der Nächste. Du bist eindeutig der liebende Geist!" Dieses Mal zwinkerte er in die Richtung seiner Schwester. „Du bist das beste Beispiel dafür, Dilara. Wenn man bedenkt, was für eine Wandlung mit dir vonstatten gegangen ist." Er zögerte und blickte dann Calvin an, und die Farbe seiner blauen Augen leuchtete eine Spur wärmer. „Und auch auf mich hast du schon eine gewisse Wirkung." Er lachte kurz, entblößte seine spitzen Zähne, die im Schein der Kerzen aufblitzten und schenkte Calvin einen weiteren wohlwollenden Blick. „Und nun ist auch ersichtlich, daß du der Wesentliche bist, um die Macht des Schattenkelches zu aktivieren. Nur du vermagst es, die Inschrift des erforderlichen Blutschwures zu entziffern. Warum auch immer."

Calvin keuchte. „Bist du sicher?"

Guardian nickte. „Ja, das bin ich! Doch nun zu der Letzten: die aus dem Feuer Wiedergeborene – im Namen des Mondes... da komme ich nur zu einem Schluß." Er blickte Dilara,

Calvin und Mick an. „Wer kreuzte in letzter Zeit euer aller Wege und trägt den Namen des Mondes? Und sieht darüber hinaus meiner Schwester verblüffend ähnlich?“

„Luna!“ riefen Dilara, Calvin und Mick einstimmig.

Letzterer schickte noch ein „Respekt, Respekt! Greg hatte tatsächlich recht“ hinterher.

„Wie bitte?“ Calvin sah den Cop verständnislos an.

„Na ja, wie Guardian eben schon sagte, ich bin der Seelenwanderer und habe das ein oder andere kleine Gespräch mit der Seele meines ermordeten Partners Greg Lane geführt. Um es salopp zu formulieren. Und der wußte mir Ähnliches zu berichten, ich konnte es nur nicht vollends zuordnen. Er riet mir aber, mich an Dilara zu halten.“ Mick verschwieg wohlweislich, woher Gregs Seele die Information bezog.

Dilara sah merklich in sich gekehrt aus. Sie mußte an den Tag denken, als Luna in ihr Haus gekommen war und ihr angeboten hatte, gemeinsam Antediluvians Erbe anzutreten. Ob sie mehr wußte, als sie preisgegeben hatte?

Guardian tippte auf das Büchlein vor sich. „In diesen Aufzeichnungen schildert Antediluvian auch genau, wie das Ritual zur Entfesselung der Kraft des Kelches vonstatten gehen muß.“ Er hielt einen Moment inne. „Und sie geben auch Aufschluß darüber, wie das *besondere* Blutopfer aussehen muß!“

„Da bin ich aber gespannt!“ ließ sich Mick vernehmen.

Guardian, der so gut wie immer eine kerzengerade Haltung einnahm, lehnte sich zurück und legte die Hände auf den Lehnen seines Stuhles ab. „Ein jeder von uns muß ein Wesen opfern, mit dem er auf besondere Weise verbunden ist.“ Er sah die Drei, die ihm gegenübersaßen, ruhig an, doch die zeigten keinerlei Reaktionen.

„Wann soll das Ritual denn vollzogen werden?“ stellte Mick die Frage, die auch Dilara und Calvin beschäftigte.

„Das ist der nächste Punkt: schon sehr bald."

„Wann?" fragten die Drei wieder einstimmig.

„Am 25. Juli, fünf Wochen nach der Sommersonnenwende", erwiderte Guardian.

„So bald?" rief Dilara und wurde von einer sonderbaren Erregung ergriffen.

Guardian nickte sorgenvoll. „Bleibt nur noch die Frage zu klären, wo sich der Schattenkelch befindet."

„Wartet, da kann ich vielleicht helfen." Mick kramte in der Tasche seiner leichten Sommerjacke herum. „Das haben wir gleich." Er zog eine Tube hervor, die beim Öffnen einen üblen Geruch verströmte, bei dem besonders Dilara die feine Nase verzog, erst recht, als sie sah, daß sich Mick diese Paste auf das Zahnfleisch und in die Augenränder schmierte.

Greg fühlte Freude, als sich Mick wieder meldete. „Wie schön, mein Freund! Du bist pünktlich wie immer!"

„Ich brauche deine Hilfe, Greg", antwortete Mick klar. Ihre Verbindung wurde immer störungsärmer.

Greg kicherte. „Was du nicht sagst!"

„Greg! Es ist wichtig."

Gregs Seele breitete die Schwingen aus, fühlte sich wohlig und frei.

„Wer hat den Schattenkelch?" wollte Mick wissen.

Greg lachte beschwingt. „Mich wundert es, daß du nicht schon längst selbst darauf gekommen bist."

„Nun mach' es nicht so spannend", drängte Mick.

„Er ist in Lunas Umfeld", rief Greg fröhlich.

„Was heißt Umfeld?" Micks Stimme klang gereizt.

„Hey, sei nicht so unhöflich, schließlich willst du, daß ich dir helfe.“

„Sorry, Kumpel, aber es geht um sehr viel, und die Zeit eilt!“

Wieder kicherte Greg. „Es ist nicht die Zeit, die eilt!“

„Greeeeeg, bitte!“

„Also gut, also gut... Ihr solltet Luna aufsuchen, sie kann euch Näheres dazu sagen. Der Kelch ist nicht in ihrem Besitz, aber sie weiß, wer ihn hat!“

„Danke, Greg!“

„Keine Ursache!“ jubelte Greg. „Komm bald wieder.“

„Versprochen, Greg!“ sagte Mick, und ein Jauchzen klang ihm hinterher.

Mick schüttelte sich, blieb aber dennoch eine Weile benommen sitzen und versuchte dann, seine Augen zu reinigen. Guardian öffnete eine Schublade des Schreibtisches, zog ein weiches Tuch hervor, das an ein überdimensionales Batisttaschentuch erinnerte, und reichte es Mick. „Nimm das!“

Mick ergriff es. „Danke!“ Nachdem er sich weitestgehend gereinigt hatte, blickte er in die Runde und sah dann schlußendlich Guardian ernst an. „Du solltest schleunigst zu Luna Sangue Kontakt aufnehmen. Der Schattenkelch ist zwar nicht in ihrem Besitz, aber sie weiß, wer ihn hat!“

„Das wird ja immer sonderbarer“, murmelte Calvin. „Ich weiß genau, daß mich ein Mann von hinten überwältigt hat. Vielleicht steht er ja doch mit ihr in Verbindung.“

Mick verkniff sich eine laxe Bemerkung und fragte stattdessen ernsthaft: „Ein Mann, sagst du?“

Calvin nickte. „Hast du einen Verdacht?“

„Da war doch dieses Interview im TV. Dieser Berater... dieser..."

„Mark Garimont!" rief Calvin, der über ein phänomenales Namensgedächtnis verfügte.

„Genau!" Mick fuhr sich mit beiden Händen kraftvoll durch die kurzen Haare. Dann stutzte er mitten in der Bewegung. „In Gregs Informationen war noch etwas. Er hat uns alle namentlich genannt, nur Luna nicht, er nannte sie die Mondgöttin."

„Coyolxa!" entfuhr es Guardian und Dilara gleichzeitig, und sie fühlten sich an die Wiegen ihres Seins erinnert, sahen sich an, und nun ergab alles noch mehr Sinn.

„Antediluvian hat im British Museum Coyolxa wiedererweckt", murmelte Dilara.

„Die, die vom Schmerz ihrer Opfer lebt!" preßte Guardian heraus.

„Für mich erklärt sich jetzt jedenfalls, warum sie immer im Plural redet", mischte sich Mick ein.

Guardian grübelte eine Weile. „Das kann auch andere Gründe haben! Durch das Feuer, das im Museum ausbrach und auch sie erfaßte, kann sie Schaden genommen haben."

„Somit wäre sie also die Schwachstelle in unserem Fünferbund in spe!" Mick sah es nun sachlich, war plötzlich wieder ganz der Polizist. „Wir anderen ergänzen uns perfekt. Aber sie ist und bleibt eine Randfigur."

„Aber ohne sie geht es anscheinend nicht", warf Calvin ein. „Und wir wissen zu wenig über sie, um sie richtig einzuschätzen."

„So ist es!" pflichtete ihm Guardian bei. „Ich werde sofort Kontakt zu ihr aufnehmen." Er sah die Drei an. „Und wir sehen uns in zwei Tagen wieder. Denkt bis dahin darüber nach, wen ihr für geeignete Blutopfer haltet. Nun gilt es, keine Minute mehr zu verlieren, wenn es gelingen soll!"

London, Juli 2006, Park Lane

„Wen wirst du opfern, Schatz?“ fragte Calvin mit einer unbeteiligten Stimme, als ob er über das Wetter plaudere. Eine Verhaltensweise, die er sehr selten zeigte, und die Dilara immer wieder erstaunte, wenn sie einmal zum Vorschein kam. Denn Calvin war im Grunde ein edler Charakter mit Gefühl. Er war wirklich der *liebende* Geist.

„Delphine!“ stieß sie hervor, ohne auch nur eine Sekunde nachzudenken. „Ich habe noch eine Rechnung mit ihr zu begleichen, wie du weißt.“ Sie verzog ihren schönen vollen Mund zu einem verächtlichen Grinsen. „Es wird mir eine außerordentliche Freude sein, das an ihr durchzuführen, was sie einst für mich vorgesehen hatte!“

Calvin lächelte weise.

Dilaras grüne Augen taxierten ihren Gefährten. „Und wie sieht es mir dir aus?“ Die Frage war rein rhetorisch. Sie wußte es bereits, fühlte es mit ihm.

„Meinen Vater!“ Er stieß einen undefinierbaren Laut aus. „Auch wir haben noch eine Rechnung offen!“

Dilara streichelte ihm sanft über die Wange. „Ich weiß!“ sagte sie leise. „Deine Mutter!“

Calvin strich sich die langen Haare zurück. „Das ist die ausgleichende Gerechtigkeit. Er hat mich der Liebe meiner Mutter beraubt.“ Er lachte zynisch. „Und nun wird er dem Wort *Blutsbande* einen völlig neuen Charakter geben!“

Wieder berührte Dilara sanft seine Wange. „Er hat es verdient!“ flüsterte sie.

„Ja, das hat er.“ Calvin stand auf, trat an das Fenster des

Kaminzimmers und blickte hinaus in die Nacht. Dann drehte er sich wieder herum. „Weißt du eigentlich, welches Glück und welche Möglichkeiten uns zuteil werden, wenn sich Antediluvians Aufzeichnungen bewahrheiten und es uns gelingt, den Schattenkelch erneut in unseren Besitz zu bringen und seine Kräfte zu entfesseln?“ In seiner Stimme schwang eine Wärme und Sehnsucht, die Dilara sofort erreichte. Sie eilte zu ihm, umfing seine Taille und preßte sich an ihn. Das Gesicht in seinem offenen Haar verborgen. „Was meinst du, wen Mick und Guardian opfern?“

„Das ist eine gute Frage.“ Calvin küßte sie. „Wir werden es sehen.“

London, Juli 2006, LUNA-Tower

Luna drehte unschlüssig den Brief, den ihr ein Bote überbracht hatte, in den Händen. Dort stand in einer steilen, sehr altertümlich wirkenden Handschrift, daß Guardian, dessen Existenz ihr sehr wohl bewußt war, eine Unterredung mit ihr erbäte. Mehr noch, daß es von ungeheurer Wichtigkeit für ihre Art sei. Und es – was den Ausschlag gab – um den Schattenkelch ginge, dessen Kraft nur durch bestimmte Begebenheiten erweckt und nutzbar gemacht werden könne.

„Der Schattenkelch! Ewiges Leben!“ flüsterte Luna und dachte an ihre letzte Unterredung mit Mark Garimont, die damit endete, daß sie ihm gesagt hatte, sie ginge auf sein „Angebot“ ein, unter zwei Bedingungen: erstens wolle sie den Zeitpunkt ihrer unseligen Zusammenkunft bestimmen, und zweitens verlangte sie einen Beweis dafür, daß er den Schattenkelch besäße. Worauf Garimont ihr nur Stunden später ein Sofortbild von sich und dem Kelch präsentierte. Auf seine elegant-schleimige Art.

Luna preßte einen unflätigen Fluch heraus. Sie haßte diesen Bastard und wollte sein Blut sehen. Mehr noch, sein Leben qualvoll beenden und sich an seinem Schmerz ergötzen. Lange schon hatte sie ihrer besonderen Lebenserhaltung im Geheimen gefrönt, aber Garimont hatte sie als ihr erstes öffentliches Opfer auserkoren. Ihr fehlte nur noch der würdige Rahmen. Und vor allem, zuvor mußte sie an den Schattenkelch gelangen, ohne ihn zu gefährden. Wäre das kostbare Gefäß nicht gewesen, hätte sie Garimont längst wie einen Wurm zertreten oder es aus ihm herausfoltern lassen. Aber die Gefahr war zu groß, daß sein Geist dabei brach oder er seinen Verletzungen erlag und der Schattenkelch verloren war.

Es galt, mit Taktik vorzugehen, und da schien ihr Guardians Brief wie ein Fingerzeig des Himmels zu sein. Oder der Hölle, dachte Luna zynisch, das wäre wohl zutreffender.

Sie ergriff die elegante Unterarmtasche, die neben ihr auf einem Stuhl lag, erhob sich, blickte im Vorbeigehen in einen hohen Spiegel, stellte zufrieden fest, daß sie gut aussah, und verließ ihr Arbeitszimmer und wenige Minuten später den LUNA-Tower.

London, Juli 2006, in den Katakomben der St. Paul's Cathedral

Guardian hatte eine Weile gezögert, ob er Luna sofort in die Katakomben bitten oder als erstes Treffen einen neutraleren Ort vorschlagen sollte. Aber bedachte er die Brisanz des Gesprächsthemas, wollte er jede Möglichkeit eines unerkannten Lauschers ausschließen.

Hinzu kam, daß es nur noch wenige Tage bis zum 25. Juli waren und die Zeit eilte.

Er wartete mit Spannung darauf, ob Luna seiner Einladung Folge leisten würde, war sich aber beinahe sicher, daß sie es täte. Jeder der Eingeweihten wußte nun, daß der Schattenkelch in den Händen eines einzelnen von ihnen wertlos war. Auch Luna stand diese Erkenntnis bevor, und so war sich Guardian sicher, daß sie sich auch dem Verbund der Fünf nicht entziehen würde. Nun kam es darauf an, ob sie tatsächlich wußte, in wessen Besitz der Kelch war, und ob man an ihn gelangen konnte.

Guardian lehnte sich in seinem Stuhl mit der hohen Rückenlehne zurück und wartete. Er spürte, daß sich eine andere Wesenheit durch die Gänge der Katakomben auf ihn zubewegte. Mit dem gleichen Instinkt, mit dem er die Kuppelhalle gefunden hatte.

Das kann nur Luna sein, dachte er und fühlte Erregung in sich aufsteigen. Diese Begegnung hatte etwas Signifikantes. Das spürte er deutlich. Die Wiedergeborene... die Mondgöttin... welch eine Vorstellung... sie als eine der Fünf... sie, die...

Die Schritte näherten sich schneller und wurden lauter. Dann trat Luna Sangue in die steinerne Bibliothek.

In Guardian stieg ein sonderbares Gefühl auf, als er Dilaras Ebenbild entgegenblickte. Es war, als würde er ihrer Schwester angesichtig werden. Ihrer Schwester oder junggebliebenen Mutter. Ihrer jung wiedergeborenen Mutter?

Guardian wurde es heiß und kalt bei der Vorstellung. Wenn er seinen Gedankenfaden weiterspann, würde er in diesem Moment seiner...

„Es ist mir eine Freude, dich zu sehen, Guardian!" sagte

Luna mit wohltönender Stimme in Guardians Überlegungen hinein.

Der blonde Vampir mußte sich mit aller Macht davon lösen. Mit einem freundlichen, aber unverbindlichen Gesichtsausdruck bat er Luna, Platz zu nehmen. „Die Freude ist ganz auf meiner Seite."

Luna lächelte – kühl und dennoch nicht distanziert.

Guardian kam das vertraut vor.

„Wir wollen keine Zeit verschwenden. Aus welchem Grund hast du uns hergebeten?"

Auch das kam Guardian bekannt vor. Keine lange Vorrede, sondern sofort und präzise auf den Punkt kommen.

Das könnte ich sein, dachte er, und ihm wurde unwohl, auch, als er sie im Plural reden hörte, was ja bereits Mick, Dilara und Calvin erwähnt hatten. Es nunmehr selbst zu hören, schuf eine sonderbare Atmosphäre zwischen ihnen. Was ist bei ihrer Wiedergeburt schiefgegangen?, fragte er sich. Oder hat ihr Verhalten einen anderen Grund? Wohnen in ihr zwei Seelen?

Er setzte sich auf, begann zu erzählen – all das, was er auch schon Dilara, Calvin und Mick offenbart hatte – und endete mit den Worten: „Weißt du, wo der Schattenkelch ist, und wie wir an ihn gelangen können?"

Luna schlug ihre schlanken Beine übereinander. Ihre Bernsteinaugen funkelten lebhaft im Dämmerlicht. „Und ob ich das weiß, und ich werde ihn uns beschaffen!"

Wie abgesprochen hatten sich Mick, Dilara und Calvin wieder in den Katakomben unter der St. Paul's Cathedral eingefunden, die immer mehr auch zu ihrer Zufluchtstätte geworden waren, und Guardian berichtete ihnen von seiner Unterredung mit Luna. Auch davon, daß diese tatsächlich über den Verbleib des Schattenkelches Bescheid wußte und ihn beschaffen, sprich sicherstellen wolle. Daß er somit am Tage des Rituals in den Katakomben sein würde und alles wie bereits geplant verlaufen könne.

Dilara kehrte nach der Unterredung sofort in ihr Haus in der Park Lane zurück, während Calvin zu seinem Vater entschwand, um ihn zu dem „Abendessen“ einzuladen, das Guardian angeblich geben wollte, als mutmaßlich letzten Versuch, sich doch noch anzunähern.

„Meinst du, er wird darauf eingehen?“ fragte Dilara zweifelnd.

Calvin nickte stumm und verabschiedete sich vor ihrem Haus mit einem flüchtigen Kuß. Während Dilara im Innern des Gebäudes verschwand und Delphine anrief, um sie zu sich zu bitten, setzte Calvin von innerer Hektik befallen seinen Weg fort.

Nachdem Dilara das Telefonat beendet hatte, ging sie hinaus in den Garten und fragte sich, was bei dem Ritual geschehen würde, und ob die Kraft des Schattenkelches geweckt werden könnte. Was würde sich ändern? Würden *sie* sich durch den Verbund der Fünf ändern? Sie dachte an Mick und konnte sich ein Grinsen nicht verkneifen. In seiner lockeren Art hatte er dem „Kind“ gleich einen Namen gegeben und grinsend kundgetan: „Somit gründen wir gewissermaßen eine Dynastie.“

„Hey!“ ertönte eine Stimme hinter ihr. Delphine hatte die unangenehme Angewohnheit, sich leise heranzuschleichen.

Dilara drehte sich immer noch grinsend herum. Bald wird dir das *Hey* vergehen, dachte sie gehässig, und ein düsterer Strom durchzog sie. Sie konnte es kaum erwarten, sich endlich an Delphine zu rächen.

„Du strahlst ja wie ein Honigkuchenpferd!“ Delphine kramte in ihrer flippigen Umhängetasche herum und zog ein Päckchen Tabak und Zigarettenpapier hervor.

Dilara deutete darauf. „Ich glaube, wir bleiben besser hier draußen!“

Delphine kicherte und wollte dann neugierig wissen: „Warum sollte ich denn so schnell zu dir kommen?“

„Mein Bruder lädt am 25. Juli zu einem Abendessen ein. Ich würde mich freuen, wenn du mitkommst.“

Delphine riß ihre dunklen Augen auf, sagte aber nichts.

„Mick ist auch dabei“, schickte Dilara noch wie beiläufig hinterher.

Das Glitzern in Delphines Blick verriet sie. „Mick kommt auch?“ fragte sie interessiert.

Dilara griff das Thema nur zu bereitwillig auf, da es dem Gespräch eine leichte, persönlichere Note gab und die eher ungewöhnliche Einladung unverfänglich erscheinen ließ. Sie lachte betont fröhlich. „Du scheinst ja Gefallen an ihm gefunden zu haben!“

Delphine klimperte auf die gespielt-naive Weise mit ihren dichten Wimpern. „Er sieht doch toll aus!“

„Allerdings!“ pflichtete ihr Dilara bei. Die beiden Frauen hatten es sich mittlerweile auf der versteckt liegenden Terrasse hinter dem Haus bequem gemacht, und Delphine drehte eine ihrer übelriechenden Zigaretten. Dilara verzog angewidert die Nase, als Delphine die Selbstgedrehte entzündete, gierig den Rauch inhalierte und in kleinen Schüben wieder durch die Nase entließ. „Puuuuuh, die riechen wie getrocknete Matratzen.“

Delphine lachte glockenhell.

Sie sieht aus wie ein Engel, dachte Dilara. Delphine, völlig weiß gekleidet, mit ihren offenen weiß-blonden Haaren und dem Unschuldsblick, hatte tatsächlich etwas von einem flügelschlagenden Himmelsboten.

„Und?“ fragte Dilara. „Kommst du mit? Oder überläßt du Mick meinen Fängen?“

Als Delphine gerade „Klar, komme ich mit!“ sagte, erklang ein belustigtes „Ich gebe dir gleich *meinen Fängen*!“

„Cal!“ rief Dilara erstaunt. „Das ging aber schnell. Heißt das etwa...?“

Daß dein Vater nicht mitkommt, wollte sie sagen, aber sein Blick deutete ihr bereits, daß ihre Befürchtung nicht zutraf.

„Mein Vater wird ebenfalls Guardians Einladungen folgen.“

„Prima!“ Delphine klatschte begeistert in die Hände und warf ihre langen weiß-blonden Haare mit einem effektvollen Schwung über die Schultern. „Das scheint ein interessanter Abend zu werden.“

Und ob!, dachten Dilara und Calvin gleichzeitig.

London, 25. Juli 2006, Paddington

„Es ist soweit, Gazelle!“ Mick blickte Cassandra aufmunternd an. „Gleich erhältst du einen weiteren Einblick in meine Welt.“

Cassandra war es sonderbar zumute. Seit dem Ereignis im Richmond Park, das Mick und sie in stiller Übereinkunft zum Tabuthema auserkoren hatten, lebte sie in einem Zustand, der zwischen Schock und Gleichmut lag. Aber so sehr die Polizistin in ihr sie auch aufforderte, Meldung in Scotland Yard zu machen, so sehr wehrte sich die liebende Frau dagegen. Schließlich versuchte sie sich zu beruhigen, daß ihr ohnehin niemand glauben würde. Sie konnte schlecht vor Dr. Grean treten und ihm freimütig erklären: Die Morde, die die letzten Monate London erschüttert haben, sind Bandenkriege führerloser Vampire, und Ihr Super-Cop Mick Bondye ist einer von ihnen, mehr noch, er ist ein Baka, ein Voodoopriester, der mit den Seelen Verstorbener Kontakt aufnehmen kann. Dann säße sie sicher schneller in einer Gummizelle, als sie *Mick* sagen konnte. Erschwerend kam hinzu, daß sie dann mit dem Gedanken leben müßte, den Mann, den sie liebte, verraten zu haben. Denn Mick saß ihr fast von der ersten Sekunde, da sie ihn erblickte hatte, in Fleisch und Blut. Nein, sie würde ihn nicht verraten.

Lieber würde ich sterben, dachte sie und ahnte nicht, wie nah ihr der Tod bereits war.

London, 25. Juli 2006, LUNA-Tower

„Sind Sie soweit, Mark?“ fragte Luna Sangue zeitgleich und zwang sich zu einem gewinnenden Lächeln, das aber nicht ihre Bernsteinaugen erreichte. Sie sah hinreißend aus in ihrem schlichten, bodenlangen, weinroten Kleid mit dem tiefen V-Ausschnitt auf dem Rücken.

Mark Garimont sah sich am Ziel seiner Wünsche und spürte, wie ihm Hals und Hose zu eng wurden. Er umklammerte den Metallkoffer, in dem er den Kelch bei sich trug, noch krampfhafter, so, als wäre er ein Rettungsanker.

Nun konnte sich Luna doch einen kleinen Seitenhieb nicht verkneifen. „Sie sehen unwohl aus, und das, wo Sie so nah am Ziel Ihrer Träume sind. Ist das alles doch einige Nummern zu groß für Sie?“

Mark Garimonts Gestalt straffte sich, was ihn auch nicht imposanter erscheinen ließ. „Keineswegs!“ sagte er.

„Gut so, wir verachten Versager!“ Sie beugte sich zu ihm herüber und hauchte: „Besonders im Bett!“

Nun wurde Garimonts Kehle auch noch staubtrocken, und es war ihm deutlich anzusehen, daß ihm die ganze Angelegenheit immer mehr entglitt. Längst fragte er sich, warum Luna ihn nicht überwältigte und den Kelch an sich nahm und ihm anstelle dessen in Aussicht gestellt hatte, ihm mehr Einblick in ihre Welt zu gewähren. Bei diesem Abendessen.

Mark Garimont war mittlerweile so in seinem Wunschdenken verstrickt, war so in seiner Gier nach dieser Frau gefangen, war so bar jeglichen logischen Denkens, daß er ihr beinahe wie ein Opferlamm folgte, das sich nur noch den Anschein gab, Herr seiner Sinne zu sein. Dabei spürte er die Gefahr, in der er schwebte, dennoch war er nicht mehr bei klarem Verstand und willens, sich zu entziehen.

Luna ergötzte sich daran, wie er sich innerlich wand. Es versetzte sie geradezu in ein Hochgefühl, auf das sie schon viel zu lange verzichtet hatte.

Sie gab ihm ein Zeichen und setzte ihr verführerischstes Lächeln auf. „Lassen Sie uns gehen! Wir wollen unseren Gastgeber ja nicht warten lassen!“

London, 25. Juli 2006, in den Katakomben der St. Paul's Cathedral

Der Raum, der der Kuppelhalle vorgelagert war, bestach durch eine anheimelnde Atmosphäre. Er glich einem Rittersaal mit einer langen Tafel, um die kunstvoll geschnitzte Stühle gruppiert standen, und die festlich gedeckt war. Kerzen in Kandelabern spendeten sanftes Licht. Würziger Duft entströmte flachen Räucherschalen. Auf Silberplatten waren kalte Speisen angerichtet.

Guardian stand in einen schlichten schwarzen Anzug gekleidet an einem Buffetschrank und stellte soeben eine Karaffe Rotwein ab, in der nur noch ein kleiner Rest war, als Orcus eintrat.

„Ich danke für deine Einladung", sagte der Alte, der wieder in ein kuttenartiges Gewand gehüllt war und wie ein Mönch wirkte.

„Ich freue mich, dich zu sehen!" erwiderte Guardian salbungsvoll.

Ehe Orcus etwas erwidern konnte, erklangen Stimmen von sich rasch Nähernden, die bald darauf den Saal betraten.

„Darf ich euch bekanntmachen?" rief Guardian, von einer immer stärker werdenden Euphorie befallen. „Das ist Orcus, vom Rat der Nosferati. Orcus, das sind meine Schwester Dilara und ihre Freundin Delphine, und ihre Begleiter Anton und Calvin Percy Vale. Bitte setzt euch doch!"

Nachdem sich alle begrüßt hatten, nahmen sie Platz und sprachen eifrig aufeinander ein, als die nächsten Geräusche erklangen: Schritte, die von den Wänden widerhallten, Stimmen waren jedoch nicht zu vernehmen. Das gerade aufgekeimte Gespräch der bereits Anwesenden verstummte wieder, als eine selbstbewußte Frau in einem weinroten langen Abendkleid eintrat, die Dilara verblüffend ähnlich sah. An ihrer Seite ging ein Mann, der in keinster Weise zu ihr paßte, weil er einen völlig verunsicherten und beinahe hündischen Eindruck vermittelte.

„Luna!" Guardian eilte auf sie zu, erfaßte galant ihre Hand und küßte sie.

„Das ist Mark Garimont." Luna deutete auf ihren Begleiter, der krampfhaft einen silbernen Koffer in der Hand hielt.

Guardian begrüßte Garimont und wies ihm und Luna zwei Plätze zu. Dann klatschte er in die Hände. „Somit sind wir fast vollzählig, bis auf..."

Erneut erklangen Schritte. Synchron fest und laut, als stammten sie von zwei gleichwertigen Personen, als das nächste inkongruente Paar erschien.

„Mick!" Guardian war ganz der nonchalante Gastgeber. „Wie ich sehe, hast du deine reizende Partnerin mitgebracht."

Cassandra riß beim Anblick der merkwürdigen Gesellschaft Augen und Mund auf. Als eingefleischte Polizistin nahm sie sofort einige Dinge wahr: die sonderbare Umgebung, und darin die Personen versammelt, die ihr in letzter Zeit im Zusammenhang mit Mick und den Mordfällen über den Weg gelaufen und mit Sicherheit nicht alle menschlich waren.

Was geschieht hier?, fragte sie sich erschrocken und überlegte fieberhaft, ob sie nicht unter einem Vorwand verschwinden sollte.

Als spüre Mick ihren Zwiespalt, berührte er sanft ihren Arm und bugsierte sie an zwei leere Stühle heran, drückte sie auf einen, der neben Calvins stand. Cassandra wollte sich gerade zu dem langhaarigen Vampir herumdrehen, als sich Mick neben sie setzte und flüsterte: „Entspanne dich, Cassy!"

Sie wollte etwas erwidern, doch Guardian, dessen Platz am Kopfende der Tafel noch frei war, schwebte förmlich herbei, blieb an seinem Platz stehen, und alle sahen ihn erwartungsvoll an. „Ich freue mich, daß ihr meiner Einladung gefolgt seid. An dieser Tafel sind alle vereint, deren Wege sich in der Vergangenheit schicksalhaft gekreuzt haben."

Er legte eine kleine Pause ein.

„Und die in Zukunft noch enger miteinander verwoben sein werden."

Guardian hüstelte.

„So lasset uns trinken!"

Er erhob sein Glas, in dem der Rotwein seine blutrote Schwere entfaltete, blickte in die Runde und nippte an dem aromatischen Getränk. Die anderen taten es ihm nach, viel zu sehr mit sich und diesem mysteriösen Treffen beschäftigt, als daß ihnen die Tatsache aufgefallen wäre, daß der Wein bereits eingeschenkt worden war. Guardian, der zuvor mit Mick, Dilara, Calvin und Luna die Platzordnung abgesprochen hatte, war so in der Lage gewesen, vor dem Eintreffen seiner „Gäste" dem Wein der Blutopfer das Schattenkelchpulver beizumengen.

Nachdem sie alle ihre Gläser geleert und Guardian ihnen noch einmal nachgeschenkt hatte, bemerkte Delphine mit einer Stimmlage, die reinster Soul war: „Der Wein schmeckt recht bitter!" Ansonsten hatte sie nur Augen für Mick, der ihr gegenübersaß, sie zwar auch eindringlich musterte, sich aber in recht liebevoller Art um Cassandra bemühte. Dennoch schwang eine spürbare Energie zwischen ihm und Delphine. Eine Art Impuls, der sie auf intensive Weise verband. Aber auch die anderen waren von der Umgebung gefangen. Anton Percy Vale war schon bald mit Orcus in ein angeregtes Gespräch vertieft, während Calvin eindringlich Mark Garimont musterte, den Mann, von dem er nun wußte, daß er ihn hinterrücks überfallen und den Kelch geraubt hatte.

„So eßt doch!" forderte Guardian seine Gäste auf, und sofort entfaltete sich rege Geschäftigkeit, die Gespräche nahmen zu, die Stimmung wurde heiterer und besonders diejenigen, die auserkoren waren, ihre Leben für die Macht des Schattenkelches zu geben, langten kräftig zu. Doch je länger das

Mahl dauerte, desto wortkarger wurde es in der Runde, weil der Wein seine Wirkung zeigte. Beinahe gleichzeitig verfielen die fünf, die als Opfer auserkoren waren, in einen tranceartigen Schlaf.

Das war der Moment, auf den alle gewartet hatten!

Guardian sah augenblicklich Luna an. „Wo ist der Kelch?" fragte er, und seine Stimme klang heiser vor Erregung.

Mit einer fließenden Bewegung griff sie zwischen ihren und Mark Garimonts Stuhl, wo der Koffer stand, hob diesen hoch, schob ihren Teller in die Mitte der Tafel, legte den Koffer vor sich und öffnete ihn.

Nie würde Calvin den Augenblick vergessen, als Luna aufstand und feierlich – als berge sie ein Kleinod – den Schattenkelch hochhielt, und sich daraufhin auch alle anderen von ihren Plätzen erhoben. Erregtes Raunen entrang sich ihren Lippen und vereinte sich zu einem einzigen Ton. Guardian, der Wächter, trat an Luna heran und löste den Kelch langsam aus ihren Händen, ging zu Calvin und sprach für alle vernehmlich: „Calvin Percy Vale, liebender Geist, lies uns die Inschrift."

Calvin ergriff umgehend den Kelch, auf dessen silbernen Zinnfuß sich eine Gravur befand, und las mit klarer, fester Stimme:

Im Blute verbunden
Fünf ihre Zahl soll sein
Wenn durch den Kelch sie einander gefunden
Die Kraft, sie zu einen, ist allen gemein

„Bitte wiederhole!“ forderte ihn Guardian auf, und an die anderen gewandt: „Und ihr möget es euch merken!“

Calvin tat, wie ihm geheißen, und bald schon war es den anderen, als habe sich der Blutschwur fest in ihnen verankert.

Auf ein Zeichen von Guardian begann der Aderlaß der Opfer. Auch hier befand der Wächter, daß Calvin beginnen möge. Der langhaarige schwarzgekleidete Vampir beugte sich über seinen Vater, der schlaff zurückgelehnt in seinem Stuhl saß, und biß ihm in die Halsschlagader. „Für Mutter!“ raunte er haßerfüllt und ließ einen kräftigen Strahl des Blutes in das Opalgefäß des Kelches fließen. Dann gab er diesen an Dilara weiter, die sich an ihr Opfer wandte. Delphine war halb nach vorn auf den Tisch gesunken. Dilara drehte sie mit Genugtuung zurück und beugte sich über sie. Bevor sie zubiß, murmelte sie: „Die Rache ist mein!“ und schloß die Augen, um das Geräusch zu genießen, als das dunkle Blut in den Kelch floß. Diesen reichte sie Luna, die ihn mit entrücktem Blick entgegennahm, sich beinahe angeekelt über Mark Garimonts zusammengesunkenen Körper beugte und mit einem kurzen Biß seine Halsschlagader öffnete. Während sich sein Blut mit dem der beiden vorherigen Opfer vermischte, murmelte Luna zornig: „Wer die Göttin stört, wird vergehen!“ Genüßlich nahm sie die Note des Lebenssaftes, der in den Kelch floß, in sich auf und gab ihn dann an Mick. Der bettete Cassandra, deren Körper vom Stuhl zu rutschen drohte, beinahe zärtlich gegen die Stuhlrückenlehne und küßte ihre Stirn. Bevor er seine Zähne in ihren Hals grub, flüsterte er: „Danke, daß du mich nicht verraten hast, Cassy! Deine Seele wird nun für immer auf besondere Weise mit mir verbunden bleiben.“ Er strich ihr über die Wange, während ihr Blut floß, nahm dann den Kelch in beide Hände und reichte ihn letztendlich an Guardian weiter. Der blieb erst vor Orcus‘ regungsloser Gestalt stehen und betrachtete den alten Nosferatu. „Ich glaube, du hast die ganze Zeit gewußt, was geschehen würde, Herr des Totenreiches. Und du warst des ewigen Lebens müde. Sei gewiß, daß ich den Kelch und das Geheimnis um die Fünf wahren werde!" Er beugte sich über den Alten und ließ auch ihn zur Ader.

Dann, als der Kelch gefüllt und das Blutopfer erbracht war, blickte Guardian in die Runde. „Ihr wißt, was nun zu tun ist, also lasset uns gehen!"

Anton Percy Vale spürte einen dunklen Sog in sich aufsteigen und sich selbst vom ihm erfaßt. Gefangen in einem Strudel, wurde er immer schneller um die eigene Achse gedreht. Dabei roch er Pech und Schwefel, und eine alles versengende Hitze schloß ihn ein, raubte ihm den Atem und drohte ihn zu ersticken. Er versuchte zu schreien, als ihn eine Feuerzunge erfaßte und verbrannte.

Delphines Seele schwamm dahin in einem Meer von Gefühlen, wie sie nicht ambivalenter hätten sein können. Da war immer noch ihre Machtgier, nicht nur an der Seite ihrer Hohepriesterin die Kirche Satans anzuführen, sondern diese von ihrem Thron zu stoßen und ihre Stelle einzunehmen. Doch was stärker wog, war das Gefühl, das Mick in ihr wachgerufen hatte. Ein nie gekanntes, dafür um so intensiveres. So wurde sie hin- und hergerissen zwischen warmem Licht und kaltem Dunkel, und ihre schwarze Seele drohte daran zu zerbrechen.

Orcus fühlte sich energiegeladen wie in den Zeiten seiner Jugend. Endlich konnte er sich über das Totenreich hinweg-

begeben, alte Fesseln, die ihn lange genug gehemmt hatten, abstreifen und seinen spirituellen Geist entfalten. Ich danke dir, Wächter, dachte er und breitete seine Seelenschwingen aus.

Cassandra spürte Micks Anwesenheit noch. Er streichelte ihre Seele, und sie fühlte eine allumfassende Wärme in sich aufsteigen, als sie erkannte, daß er doch etwas für sie empfand, das an Liebe grenzte. Nicht Liebe zur Frau, sondern zum Menschen, die wohl sogar reiner war als die geschlechtliche. Das Glücksgefühl, das sie daraufhin empfand, war ein nie dagewesenes und unübertreffliches.

Mark Garimonts Gefühle schwankten zwischen Zorn, daß er hereingelegt worden war, und einem nie gekannten Empfinden von Heiterkeit. Doch noch überwog die Wut, mehr auf sich selbst, daß er sich hatte zum Narren machen lassen. So trieb er dahin – richtungslos.

Die *besonderen* Fünf betraten feierlich, wie in einer Prozession, hintereinander die Kuppelhalle mit dem fünfzackigen Stern auf dem Boden.

Die Vorhut bildete der blauäugige Wächter mit dem Kelch in beiden Händen, gefolgt von Dilara, Calvin, Mick und Luna als Nachhut. Sie fanden in der Mitte des Sternes zueinander. Vier, die den Wächter umringten, der zuerst seine Lippen an den Kelch setzte und trank, das kostbare Gefäß dann reihum gehen ließ, mit einem Hochgefühl beobachtete, wie auch die anderen kosteten, und dann den geleerten Kelch wieder entgegennahm. Auf sein hoheitsvolles Nicken schritten die Vier, wie eine sich öffnende Rosenknospe, von der Mitte aus jeder an eine Ecke des fünfzackigen Sternes und blieben dort stehen. Der Wächter beließ den Kelch in der Mitte und schloß an der fünften Ecke den magischen Kreis. Dann streckte er beide Arme dem Kelch entgegen, und die anderen taten es ihm nach. Fünf Münder öffneten sich wie einer und sprachen die Worte im Gleichklang:

Im Blute verbunden
Fünf unsere Zahl soll sein
Wenn durch den Kelch wir einander gefunden
Die Kraft, uns zu einen, ist allen gemein

Der Opal des Kelchgefäßes begann pulsierend zu funkeln, und als das letzte Wort verklungen war, flutete eine Lichtenergie aus dem Kelch, stieg als gleißender Strahl bis in die höchste Spitze der Kuppel. Dann teilte er sich in fünf blau-weiße Säulen, von der jede einen der *besonderen* Fünf einschloß, sie einhüllte und mit der ewigen Flamme erfüllte, die ihnen wahre Unvergänglichkeit verlieh und sie vereinte.

DANKSAGUNG

In diesem Band möchte ich die Gelegenheit ergreifen, denen zu danken, die mich auf den Wegen der mysteriösen Vampirin Dilara wesentlich begleitet – oder erst auf diese geholfen – haben.

Danken müßte ich eigentlich vielen, aber da man dann oftmals nicht die rechten Worte findet und vielleicht sogar Menschen vor den Kopf stößt, die es nicht verdient haben, beschränke ich mich auf die Personen, die in besonderer Weise zum Erfolg des Serienstarts beigetragen haben.

Allen voran Wolfgang Hohlbein für sein Vertrauen in meine Arbeit und seine Unterstützung durch die Herausgabe der Serie. Ohne ihn hätte sie niemals diese „breite" Öffentlichkeit erreicht.

Danke, Wolfgang!

Auch wenn ich nicht der Mensch vieler Worte bin, so weiß ich es dennoch *sehr* zu schätzen!

Jörg Kleudgen, der mit mir die Serie weiterentwickelt hat (und dies fortführen wird), und der unerschütterlich in einer sehr schwierigen Phase an meiner Seite stand. Unter Aufopferung seiner Zeit, seines wohlverdienten Urlaubs und anderer Projekte!

Die Zusammenarbeit verläuft derart harmonisch und greift immer so problemlos ineinander über, daß ich Dir speziell dafür danken möchte, Jörg!

Ich habe selten eine derartige Affinität – ohne viele Worte – verspürt und erleben dürfen (was ein großes Geschenk für mich ist).

Du warst immer zur Stelle – ganz im Sinne der Serie – und hast erkennen lassen, daß für Dich Teamarbeit das ist, was es auch für mich bedeutet. Das *Miteinander*.

Bleibt noch ein Mann zu erwähnen, der mir die Gelegenheit gab, diese Serie nach meinen Wünschen zu gestalten, wie es mir wohl bei *keinem* anderen Verlag möglich gewesen wäre.

Jörg Kaegelmann, dem ich auf diesem Wege dafür danken möchte – aber auch für unsere sonstige Zusammenarbeit.

Danke euch!

Alisha Bionda, Palma Nova, April 2006

Leseprobe aus der Serie TITAN
Band 23

GERMANIA

von S.H.A. Parzzival

ISBN 3-89840-123-5

Offensichtlich war ich nur kurz besinnungslos gewesen.

Der gebündelte Sog hatte ausschließlich den Major, Monja und mich ergriffen. Sir Klakkarakk befand sich zur selben Zeit ebenfalls noch in unmittelbarer Nähe, aber er konnte der Naturkraft mit seinen vier stahlharten Insektenbeinen locker trotzen.

Patrick O'Healy stand auch schon wieder und betrachtete das Blut, das er mit dem Handrücken von seinem zerkratzten Gesicht abtupfte. Ich war dermaßen mit Monja verknotet, daß wir uns noch nicht wieder auf die Beine bringen konnten. Wir klemmten unter einer Klimadüse, waren aber auf den ersten Blick völlig unversehrt.

Sir Klakkarakk erreichte uns mit nur zwei Sprüngen. „Verzeih, Shalyn, das ging einfach zu schnell!“ Seine schwarzen Fühlerschläuche flatterten lustig im Sturm, und sein knarriges Sprechorgan war trotz der enormen Geräuschkulisse gut zu vernehmen. „Ich wollte euch beide greifen, aber da wart ihr schon auf der Reise.“

Zu meinem Erstaunen drehte er sich zuerst zu Monja herum, um ihr zu helfen. Inzwischen hatte er sie wohl fest in sein Quogorenherz geschlossen. Ich erhielt immer mehr den Eindruck, daß Monja, ohne eigenes Dazutun, einfach durch etwas ganz Besonderes, das sie ausstrahlte, jeden für sich gewinnen konnte.

Sie blickte von hinten durch meine Beine durch und wedelte mit der Hand nach Sir Klakkarakk. „Zieh bitte nur an dem rechten Bein, dann wird es gehen!“

Sir Klakkarakk zog also an ihrem rechten Bein, und Monja kam mit einer langsamen Drehung unter mir hervor.

Sie lachte und legte dabei wieder ihren Kopf schief. „Das hat sogar ein wenig Spaß gemacht!“

Ich konnte mehr erahnen, als daß ich es verstand, was sie sprach. Jetzt sag bitte nicht: Nochmal!, dachte ich. Sie schien ganz offensichtlich keine Schmerzen zu haben. Wir hatten uns anscheinend gegenseitig sehr gut abgefedert.

Ich schielte nach dem Soldaten, dessen Gehirn sich gerade über uns durch den Sturm in Streifen aufteilte. Mir war nicht zum Lachen zumute.

Monja schien meine Gedanken zu erraten und wurde ernst. „Bitte, laß uns nach Hause fliegen!“

Ich erinnerte mich an Amos Carter. Wir hatten noch Kontakt.

„Was ist passiert, Shalyn?“ Ich vernahm seine Stimme nur sehr undeutlich. Umständlich kroch ich noch einmal unter den Klimakasten. Monja und Patrick O’Healy hockten sich hin und gaben mir Windschutz.

„Der Sturm wird immer heftiger!“ brüllte ich in mein Kragenmikrophon. „Ein Teil der Eingangshalle, in der wir uns befinden, ist zertrümmert. Wie sieht es sonst im Areal aus?“

„Ähnlich!“ Er schien zu überlegen. „Für die Evakuierung wird inzwischen gesorgt.“

Ich war beruhigt. GERMANIA sollte also geräumt werden. Das war uns verborgen geblieben, aber es war gut zu hören. Natürlich wußte ich zu diesem Zeitpunkt nichts von den wahren Hintergründen. In dem Fall hätte mich das alles keineswegs beruhigt.

„Sollen wir zur TITAN und starten?“

„Ja!“

„Kommen Sie mit?“

„Nein, ich bleibe mit all meinen Leuten hier. In gewissen Gebäuden ist man hier ebenso sicher wie in der TITAN.“

Das konnte ich mir gut vorstellen.

„Wir führen noch Gespräche mit der Regierung und versuchen weiter, den Anschlag zu stoppen.“

Mein Gefühl sagte mir, daß das nur eine sehr dürftige Ausführung der momentanen Situation war. Aber dies schien mir zu diesem Zeitpunkt auch völlig egal zu sein. Ich wollte ebenfalls, wie meine Crew und alle anderen, nur noch weg von hier. Der ständige Orkan zerrte an den Nerven.

„Okay! Wir bringen die TITAN zurück in die Werft!"

„Viel Glück, Shalyn! Nehmen Sie später bitte noch einmal Kontakt auf." Amos Carter unterbrach die Verbindung.

Viel Glück? Das hörte sich irgendwie nicht gut an.

Vanessa kam mit ausgebreiteten Armen auf uns zu. Sie ließ sich fast ohne Kraftanstrengung herantreiben. „Alles klar bei euch?"

Ich nickte.

Der Prof hatte seine Jacke umgestülpt, steckte nur noch mit den Armen drin, die er hoch über den Kopf hielt und so zu zwei Segelmasten umfunktioniert hatte. Auf dem Hosenboden sitzend kam er zu uns rangerutscht. Ihm schien es offensichtlich etwas besser zu gehen.

„Wir versuchen zur TITAN zu kommen!" brüllte ich in die Runde, als auch Anake und Cy herangeflattert waren.

Alle nickten und zeigten sich sichtlich erleichtert.

Warany P'stanhagon verspürte ein innerliches und sehr unangenehmes Kribbeln. Er fühlte sich von Minute zu Minute schlechter. Um ihn herum wurde lautstark diskutiert. Es ging um Themen, die vorher nicht unbedingt eingeplant gewesen waren. Auch nicht in den abwegigsten Theorien.

Der gleichzeitige Angriff der genmanipulierten Tiere hatte nicht auf dem Plan gestanden. Ein passender Ansprechpartner in ihrem Terrornetzwerk war so schnell auch nicht auszumachen.

Der zusätzliche Anschlag auf GERMANIA ließ Michael Moses noch unberechenbarer werden. Er hatte sich aus den Verhandlungen ausgeschaltet. Das gefiel P'stanhagon nicht. *Ganz und gar* nicht.

„Wir brechen die Aktion ab!" rief jemand.

„Und lassen uns von der World-Police widerstandslos festnehmen?" kam der Einwand aus der Runde. „Was hätten wir dann erreicht?"

Sie durften dieses Gebäude nicht verlassen, bevor nicht zumindest die unterste Stufe ihrer Forderungen erfüllt worden war. Dazu gehörte auch eine Art Rehabilitation. Die nun aber sehr unwahrscheinlich wurde, wenn es stimmte, daß es in GERMANIA Tote gegeben haben sollte. Und daß dies der Wahrheit entsprach, darüber wurden sie gerade über die Live-TV-Sender informiert.

Eine Gruppe von fünf Wissenschaftlern arbeitete emsig daran, die Klimadaten zu überprüfen und sie gegebenenfalls herunterzufahren und in einen erträglichen Bereich zu führen. Eine solche Intensität war nicht gewollt. Bereits der zweite Fehler in der Kalkulation der Gruppe.

Die Bildleitung zur Weltregierung hatte P'stanhagon von sich aus auf Eis gelegt. Von dort kam nur die ständige Wiederholung, aufzugeben und das Gebäude zu verlassen. Keine weiteren Zugeständnisse. Nichts. P'stanhagon wurde klar, daß sie für eine solche Situation einfach nicht gut genug vorbereitet waren. Die ganze Aktion hatte er mehr oder weniger selbst geplant. Über viele Jahre zwar, aber anscheinend zu einseitig und nur aus seiner Sicht als Wissenschaftler heraus. Da steckte zuwenig Kalkül und Berechnung dahinter. Dinge waren nicht richtig zu Ende gedacht worden. Seine Mitstreiter hatten ebenso wenig wie er eine Ausbildung in Sachen Terrorismus. Eine wirkliche, ständige Verbindung zu den Gaianern gab es ebenfalls nicht.

Durch P'stanhagons Gehirn rasten Gedanken, die wohl besser einige Monate vorher die engen Windungen hätten durchlaufen sollen.

„Meldet sich Michael Moses?" rief er nach hinten. Seine Stimme klang heiser, und ein pelziger Geschmack breitete sich in seinem Mund aus.

„Nein!" lautete die kurze Antwort. „Wir kommen nicht zu ihm durch."

„Verdammt!"

„Dieses ignorante Schwein!"

„Mit wem haben wir in GERMANIA Kontakt?"

„Zwei wechselnde WORLD-MARKET-Offiziere, wie mir scheint", sagte ein weiterer, der ebenfalls vor einer großen Bildfläche hockte. „Ein Dienstgrad ist nicht zu erkennen. Sie stellen die gleiche Forderung wie die Regierung und bitten um Verständnis, daß Michael Moses nicht mehr zu uns sprechen wird."

„Vielleicht ist er kollabiert!" rief einer aus der Runde und lachte hart. „Gönnen würde ich es ihm."

Der Mann hat Nerven, dachte P'stanhagon zerknirscht. Seine Drohung mit dem zusätzlichen extremen Temperatursturz hatte offenbar keine Wirkung gezeigt. Vielleicht war es tatsächlich das Vernünftigste, wenn sie die Klimazone in der Sonora-Wüste wieder in die Normalität regelten und sich dann den Regierungstruppen draußen ergaben. Gewiß immer noch besser, als sich durch einen Zugriff töten zu lassen. Aber daran glaubte Warany P'stanhagon nicht, das würde man kaum wagen, weder die Regierung noch Michael Moses mit seinen diversen hinterhältigen Kampftruppen. Schließlich waren *sie* es hier, die einen winzigen Teil des Klimas auf der Erde in Griff hatten, und ihn so beeinflussen konnten, daß das gesamte Klima der Erde ins Wanken geriet.

Die Regierung würde niemals einen planlosen Angriff auf die Wetterstation versuchen. Michael Moses ebenfalls nicht. Er saß ja direkt unter der Fliegenklatsche. Aber: Je länger sie keinen Kontakt mehr zu dem Mogul hatten, um so mehr zweifelte Warany P'stanhagon an seinen Überlegungen.

Er beugte sich zu seinen Instrumenten hinab.

„Wir sollten es mit dem Orkan nicht zu weit treiben", sagte er in einem Tonfall, auf dem man hätte Gemüse raspeln können. „Wir sind bei einer Windgeschwindigkeit von knapp über 230 Stundenkilometern? Kann das denn sein?" Irritiert blickte er in die Runde. Ernste Gesichter um ihn herum. „Verdammt! Was ist los?"

„Es ist aus dem Ruder gelaufen", sagte jemand leise. Er war aber gut zu hören, weil fast Totenstille im Raum herrschte. „Das Klima über GERMANIA läßt sich zur Zeit von uns nicht mehr regulieren."

P'stanhagons Körper verkrampfte sich. „Das kann nicht sein. Die Klimaregelung wurde unzählige Male erprobt. Über Jahre hat alles einwandfrei funktioniert."

„Ja, aber wir haben stets nur mit gemäßigtem Klima gearbeitet. Und auf eine solch lange Distanz von mehreren Stunden wurde mit Unwettern jeglicher Art noch nicht einmal experimentiert."

Die Zunge klebte an P'stanhagons Gaumen fest. Das war richtig. Mit diesem Anschlag hatten sie für sich auch gleichzeitig Neuland betreten. Die Lage wurde immer unkalkulierbarer. Der Wissenschaftler wünschte sich zeitlich zurück, um die ganze Aktion noch einmal überdenken zu können. Doch dafür war es leider zu spät.

Viel zu spät!

Zwei Stunden nach Einsatzbeginn und einige Metzeleien später, wurden alle Einsatzkräfte zurückgerufen. Der Orkan hatte derart an Kraft gewonnen, daß ein weiteres Operieren in der Luft unmöglich wurde. Jan Sinnlar landete ausgepumpt, aber überglücklich, auf dem Platz direkt hinter der GERMANIA-Halle. Heute war er Shalyn Shan ganz nah gewesen. Ja, diesen Tag wollte er sich für den Rest des Lebens merken.

Was er nicht wußte, er befand sich bereits im Rest seines Lebens!

Jan berührte den Boden und schaltete kurz darauf den Fluganzug ab. Da wurde er brutal von den Füßen gerissen und meterweit in die Dunkelheit geschleudert. Er hatte den größten Fehler begangen, der in diesem Einsatz überhaupt möglich war. Jean, der Franzose, war nicht müde geworden, mehrfach zu betonen, den Fluganzug erst auszuschalten, wenn sich der Träger im windstillen Bereich befindet. Daran hatte Jan Sinnlar im entscheidenden Moment nicht gedacht. Der Orkanwirbel schleuderte ihn gegen eine dunkle Hauswand. Besinnungslos blieb Jan liegen. Hagel prasselte auf ihn nieder.

Jan Sinnlar hatte es mit seiner Einsatzfreude übertrieben. Sein Körper war bei der Landung bereits völlig entkräftet gewesen. Zudem waren alle anderen schon lange vor ihm zurückgekehrt. Sein Unfall blieb unbeobachtet. Als Jean ihn anrief, konnte Jan ihn weder hören noch antworten. Seine Kommunikationsanlage war durch den Sturz abgerissen und im Wetterchaos verschwunden.

P'stanhagon stürzte sich auf seine Armaturen und begann fieberhaft zu arbeiten. Er wollte es einfach nicht wahrhaben, daß gerade jetzt, wo es darauf ankam, seine Wissenschaft unzureichend sein sollte. Sehr schnell merkte er aber, daß sich das extreme Klima in der Sonora-Wüste tatsächlich verselbständigt hatte. Es ließ sich nur noch in kleinen Nuancen regulieren, zudem viel zu langsam. Um das Unwetter wieder zu stoppen, würde man Stunden benötigen. Falls es überhaupt gelingen sollte. Jemand hatte eine Theorie, ein anderer ebenfalls. Es wurde heiß diskutiert, als plötzlich ein grausamer und gewaltiger Schlag in ihren Raum fuhr.

Jemand hatte ein Display zur Erläuterung hochgehalten. Dieser Jemand war plötzlich nur noch zur Hälfte da, sein Oberkörper verdampfte in Sekunden zu einer heißen Qualmwolke. Das Display, eben noch waagerecht, kippte zur Seite – auf eine Bauchhälfte – und ging dann in ein bis zwei Umdrehungen zu Boden. Der halbe menschliche Körper bewies eine erstaunliche Stabilität und klappte erst nach kurzer Zeit, sehr langsam, zur Seite. Einzelne Glieder zuckten dabei kaum merklich.

P'stanhagon starrte fassungslos auf das Geschehen. Erst jetzt sah er, daß zwei weitere seiner Männer ebenfalls verkohlt waren.

Dies war das Ende!

Ihm fehlte die Kraft zu schreien.

Alle anderen brüllten dafür aus Leibeskräften und griffen nach ihren Waffen.

Ein kurzer, aber verheerender Laserstrahl hatte eine Öffnung in den Raum gebrannt. Groß genug, um schwarze Schemen hineinzulassen. P'stanhagons Männer schossen sofort auf alles, was in den Rauchschwaden sichtbar wurde.

Es stank bestialisch nach einem Gemisch aus verbranntem Fleisch, Plastik und Stahl.

„Wir geben auf!" brüllte P'stanhagon und riß die Arme nach oben. Seine Männer registrierten dieses Signal in ihrer Panik kaum. Sie feuerten weiter auf die Gestalten. Die jedoch ballerten nach einer kurzen Orientierungsphase zurück. Es waren mannshohe Kampfroboter, die den Lasergeschossen mühelos standhielten.

„Hört auf!" schrie P'stanhagon und fuchtelte mit den Armen. Behielt sie aber über seinem Kopf. „Hört auf!" Er rief es zu seinen Leuten, aber wohl auch zu dem Gegner, der recht wahllos in das Menschenknäuel schoß. P'stanhagon sah seine Kampfgefährten sterben. Einige lagen angeschossen auf dem Boden und konnten vor Schmerzen ihre Waffen nicht mehr bedienen, oder waren dem Tode durch Herzstillstand bereits sehr nahe.

Ja! Das mußte das Ende sein!

Verdammt! Warum hatten sie es versucht?

Warum hatten sie es auf diese Art versucht?

Ihm kam plötzlich alles so sinnlos und lächerlich vor.

Alles, was vorher wichtig war, hatte auf einmal keine Bedeutung mehr. Jetzt triumphierten der Schmerz, die Panik – die Todesangst!

P'stanhagon drehte sich wie ein Derwisch mit erhobenen Händen im Kreis und stieß nur noch unverständliche Worte aus. Mit feuchten Augen sah er, wie seine Kameraden niedergemetzelt wurden. Der Raum war erfüllt mit letzten qualvollen Schreien. Ein Wimmern, ein erstickter Fluch. Dann war der Spuk vorbei. Der Zugriff hatte nur wenige Sekunden gedauert.

P'stanhagon röchelte und preßte die Hände auf seine Ohren. Hinter den Kampfmaschinen traten nun zwei ebenfalls dunkel gekleidete Männer aus den Rauchschwaden hervor. Ihre Kampfmasken hatten sie über die Stirn nach hinten gezogen. Die akute Gefahr war für sie offenbar gebannt. P'stanhagon sah, wie sie sich sorgfältig umblickten, die Waffen dabei im Anschlag hielten. Ständig sprachen sie in ihre Kragenmikrophone. Gleichzeitig fixierten sie ihn. Kamen näher, indem sie über Leichen und Leichenteile stiegen.

Alle sind tot!, dachte P'stanhagon und rang nach Luft. Ich lebe noch!

Er betrachtete seine Kameraden, die verkrümmt auf dem Boden lagen.

Das ist die Hölle!

Er wünschte sich, auch zu sterben.

Die beiden Männer kamen näher. Der ätzende Qualm im Raum verzog sich nur langsam.

Mit brutaler Gewalt stieß einer der Männer Warany P'stanhagon gegen die Wand. Der taumelte und sackte kraftlos zu Boden. Er merkte kaum noch, daß er seine Hände immer noch zitternd in die Luft hielt. Einer der Männer richtete eine kleine Digi-Cam auf ihn. Er blickte verständnislos, fast apathisch nach oben. Die Kamera zeigte weiter auf ihn. Die Männer quatschten, filmten, quatschten wieder. Dann erschossen sie Warany P'stanhagon, bevor der Arm mit der Digi-Cam lahm werden konnte.

Bitte lesen Sie weiter in TITAN 23 „Germania“

TITAN
STERNENABENTEUER
TITAN
STERNENABENTEUER
HIMBEER TOD
S.H.A. Parzzival
BLITZ
Band 25, ISBN 3-89840-125-1, 9,95 EUR
TITAN
STERNENABENTEUER
FLEDER MÄUS
S.H.A. Parzzival
BLITZ
Band 26, ISBN 3-89840-126-X, 9,95 EUR
Die Erde steuert in eine bizarre und grauenvolle Zukunft.
Genmonster, Klimakatastrophen, Ökoterroristen, rätselhafte Morde und Wirtschaftsgiganten im Kalten Krieg mit der Weltregierung.
Dazwischen Shalyn Shan, Kommandantin des Forschungsraumers TITAN, die eine geheimnisvolle Vergangenheit aufzuklären hat.
TITAN
STERNENABENTEUER
KRAKEN TANZ
S.H.A. Parzzival & Horst Hoffmann
BLITZ
Band 27, ISBN 3-89840-127-8, 9,95 EUR
TITAN
STERNENABENTEUER
S.H.A. Parzzival & Horst Hoffmann
TRÄNEN MELODIE
BLITZ
Band 28, ISBN 3-89840-128-6, 9,95 EUR
Lieferbar ab September 2006!
www.BLITZ-Verlag.de

DIE CHRONIK DER UNSTERBLICHEN
DER TODESSTOSS
WOLFGANG HOHLBEIN
DIE CHRONIK DER UNSTERBLICHEN
DER UNTERGANG
WOLFGANG HOHLBEIN
DIE CHRONIK DER UNSTERBLICHEN
DIE WIEDERKEHR
WOLFGANG HOHLBEIN
DIE CHRONIK DER UNSTERBLICHEN
DIE BLUTGRAFIN
WOLFGANG HOHLBEIN
DIE CHRONIK DER UNSTERBLICHEN
DER GEJAGTE
WOLFGANG HOHLBEIN
Der neue packende Thriller von
Wolfgang Hohlbein
Das Paulus Evangelium
THRILLER
WOLFGANG HOHLBEIN
vgs
3-8025-3479-4
DIE CHRONIK DER UNSTERBLICHEN
DIE VERFLUCHTEN
WOLFGANG HOHLBEIN
WOLFGANG & REBECCA HOHLBEIN
Das Blut der TEMPLER II
Die Nacht des Sterns
Das Blut der TEMPLER
WOLFGANG HOHLBEIN
Bald im Buchhandel und unter www.vgs.de
vgs EGMONT